新装版
マジックミラー

有栖川有栖

マジックミラー

MAGIC MIRROR

by Alice Arisugawa

有栖川有栖

講談社文庫

新装版
マジックミラー

有栖川有栖

講談社

目次

ダイアローグ 9
第一章 湖畔の死 13
第二章 悲しむ者 69
第三章 彼らのいわゆるアリバイ 111
第四章 私立探偵 168
第五章 首のない死体 223
第六章 迷路の街 272
第七章 アリバイ講義 328
第八章 夜の虚像 359
モノローグ 420
解説 鮎川哲也 425
文庫版のためのあとがき 430
新装版のためのあとがき 434

――十月二十八日、地獄荘で語り明かした人たちへ

登場人物

空知《そらち》雅也《まさや》…………推理作家
柚木《ゆずき》新一《しんいち》…………古美術商
柚木　恵《めぐみ》…………その妻
柚木健一《けんいち》…………新一の双子の弟
高井《たかい》美保《みほ》…………その内縁の妻
高井秀司《しゅうじ》…………美保の前夫
三沢《みさわ》ユカリ…………恵の妹
片桐《かたぎり》光雄《みつお》…………編集者
小桑《おぐわ》　龍《りゅう》…………私立探偵
加瀬《かせ》警部
杉山《すぎやま》警部補
広瀬《ひろせ》警部…………空知の創作中の主人公

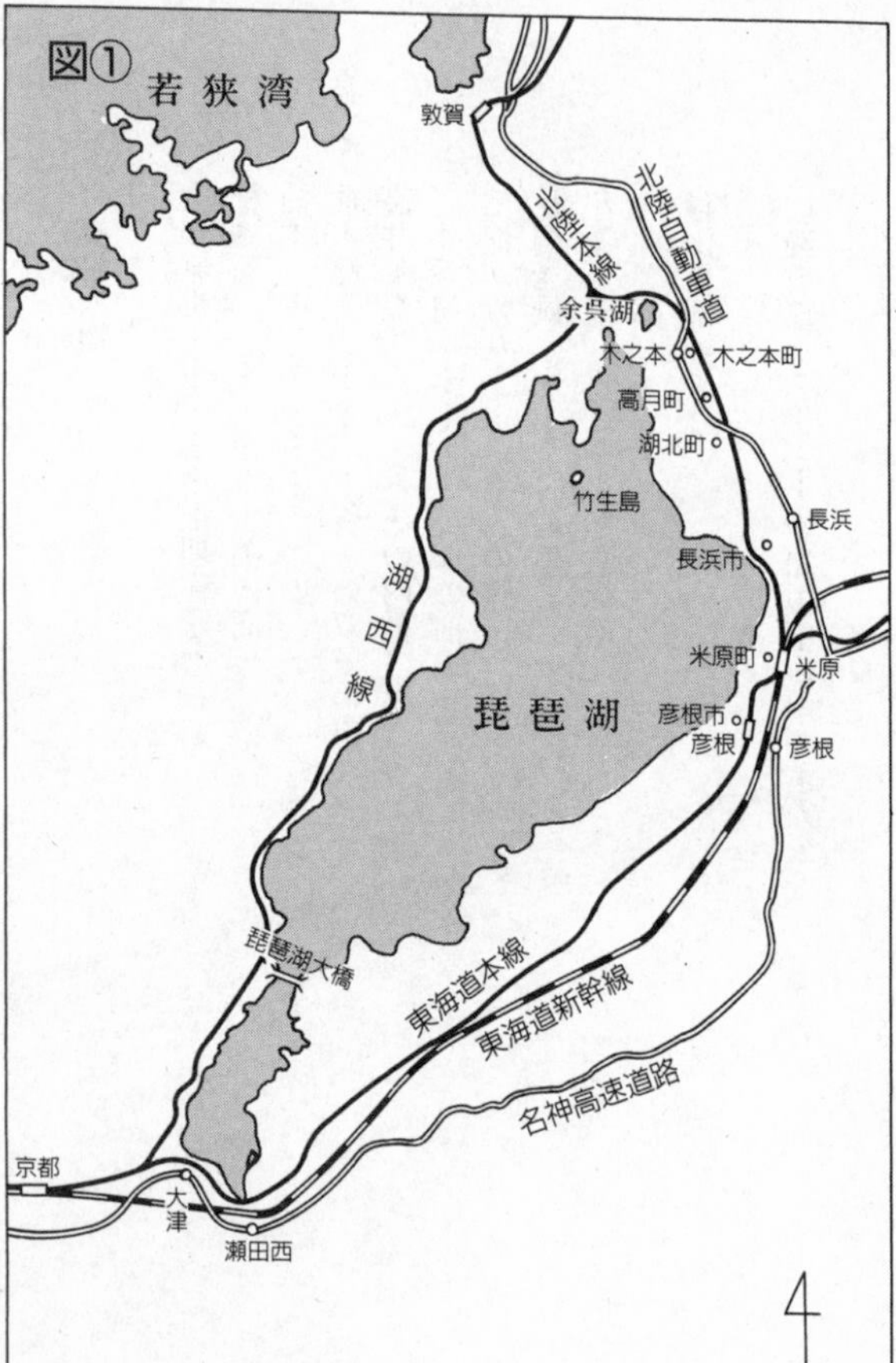
図①
若狭湾
敦賀
北陸本線
北陸自動車道
余呉湖
木之本
木之本町
高月町
湖北町
竹生島
長浜
長浜市
湖西線
米原町
米原
琵琶湖
彦根市
彦根
彦根
琵琶湖大橋
東海道本線
東海道新幹線
名神高速道路
京都
大津
瀬田西
4

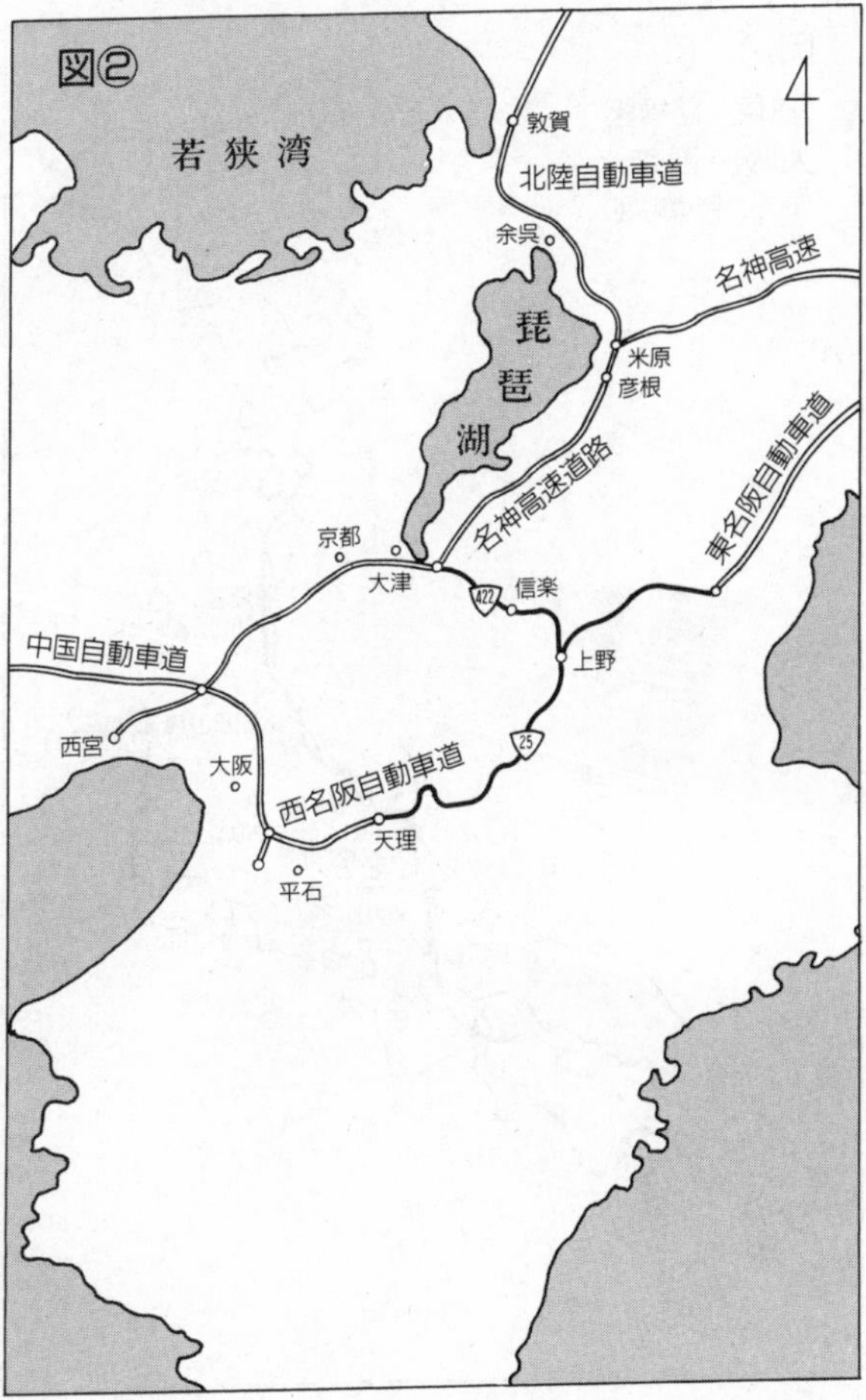
図②
4
若狭湾
敦賀
北陸自動車道
余呉
名神高速
琵琶湖
米原
彦根
名神高速道路
東名阪自動車道
京都
大津
422
信楽
上野
中国自動車道
西宮
25
大阪
西名阪自動車道
天理
平石

図③

「白鳥」路線図

大阪→青森

(時刻は発車時間)

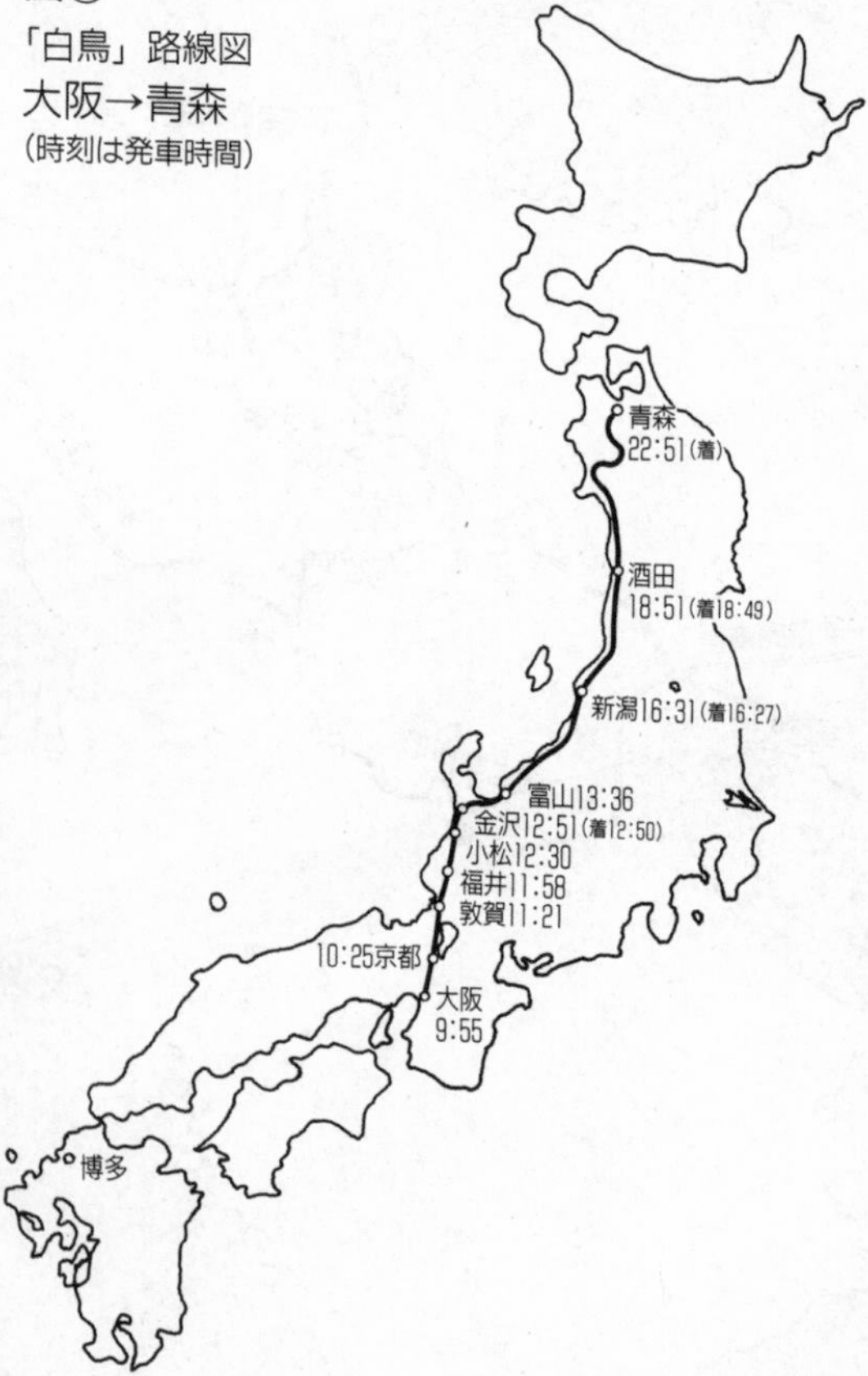

ダイアローグ

男たちは暗い部屋にいた。

一人は窓辺に立ち。

一人は椅子に掛け。

ヘッドライトと尾灯の川を見降ろしながら、窓辺の男は黙ったままでいた。椅子の中の男が低い声で独白のように『計画』を話すのを聞いているのかどうかも定かでない。

話していた男も相槌《あいづち》の一つもないのが気になったか、窓辺の男の背中に向かって声をかけた。

「聞いてんのか？」

窓辺の男は「ああ」とだけ返事を吐き出した。

「明日やろう。今の段取りでええな?」

椅子の男がそう確認を求めると、窓辺の男は一度小さく咳払《せきばら》いをした。

「そこまでする必要が……あるかな」

椅子の男の眉根に皺《しわ》が寄る。

彼は、ぼんやり銀色に光るシガレットケースをパチンと開いた。

「何や、気が進まんって言うんか?」

窓辺の男は「いや」と口の中で言っただけだった。椅子の男は窓辺の男の背中をしばらく見つめていたが、相手がさらに言葉を継ぐのを待つように、ゆっくりとした動作でシガレットケースから煙草を一本取り出すと、唇の端でくわえて火をつけた。

「後味のよくない仕事になりそうでな」

窓辺の男がようやくそれだけ言った。椅子の男は何を今さらと言うように、音をたてずに舌打ちの真似だけをした。

「後味の悪さは金が忘れさせてくれる。この期《ご》に及んで躊躇《ためら》ってどうする」

椅子の男はそこでふと思いついたように、くわえ煙草のまま窓辺の男に尋ねた。

「お前、あの女に惚れでもしたか?」

「いいや、そんなんやない」

窓辺の男は夜景に向かって首を振った。

「金のために動いてるんや、お前も俺も。やり始めたビジネスは最後までやり遂げるもんやぞ」

窓辺の男はそれに応えず、部屋に短い沈黙が落ちた。

「最後までやるんや。ええな？」

椅子の男は念を押すように言い、窓辺の男は再び「ああ」と応《こた》えた。

「明日。明日やぞ」

椅子の男は繰り返した。くどいと思ったか、窓辺の男はくるりと振り返った。

「判ったよ、もう」

二人の男は向かい合った。

「なら——ええ」

椅子の男は二度ほどふかしただけの煙草を灰皿の中で揉み消した。

「ようよう、元気だせよ、兄弟」

男は椅子から立ち上がった。

暗い部屋の中。

対話は終わった。
部屋の中央に大きな姿見が立てられているかのような眺めだった。
同じ顔の二人の男たちは向き合ったまま、同時に頷《うなず》いた。

第一章　湖畔の死

1

「そんなことはあり得ない。不可能ですよ。警部さん、あなたはお忘れになってるんじゃないでしょうね？　事件当夜、私は宮崎にいた。その私がどうやって仙台で殺人が行なえたと言うんですか？」

彼が力みながらアピールするのに対して、広瀬《ひろせ》警部は落ち着き払って答えた。

「ええ、あなたは終始そうアリバイを主張してこられた。それが私ども捜査陣にとってどうしても突き崩せない大きな壁だったわけです。――しかし少し様子が変わってきました。私は昨日、宮崎にあなたのアリバイの裏を取るために自ら足を運びました。やはり現地へ行ってみるもので、私は宮崎駅で非常に興味深い、ある事実に気がついたんですよ」

彼の背筋にぞくりと悪寒《おかん》が走った。

（こいつ、何に気がついたって言うんだ？）

「ここまで？」

片桐《かたぎり》は原稿から顔を上げて言った。

「そう」

空知《そらち》はデザートのシャーベットをすくいながら答える。

「連載小説をやってるわけじゃないんですよ。書き下ろしなんだから、わざとらしくこんないいところでちょん切んなくてもいいじゃないですか」

「はは。意地悪やから、僕は」

「つたく。続き、気になるなぁ」

「ビール、もう一本飲みます？」

「もちろん」

そう言うと片桐は大声をあげてウェイターを振り向かせ、人差し指を突き立てて「黒、黒」と繰り返した。人の話し声と生演奏で賑《にぎ》やかな広い店内だが、そんなにどならなくてもよいものを。

「ブレリアですよ」

「え？」

「今演《や》ってる演奏ですよ。懐かしいな。私、これを卒業コンサートで演ったんですよ。七年ぶりに聞きました」

　片桐が大学時代にフラメンコギターのサークルに所属していたことは聞いていた。今も現役で、爪に瞬間接着剤を塗り込んだ跡がある。弦を思い切り強く弾く必要があるフラメンコのギタリスト独特の爪だが、知らない人間が見たなら異様な感じがするだろう。

「そんな爪してても許されるんやね、片桐さんのとこは」

「これですか？」と自分の指の先を見て彼は「うちは出版社の中でも特に自由な社風ですから、これぐらい誰も気に留めませんよ。受付の子がお歯黒を塗りでもすりゃ慌てるかもしれませんけど」

「ええ会社なんですね」

「皮肉ですか？」

「とんでもない。僕もそんな会社勤めを経験してみたかった」

　片桐に黒ビールが、空知に紅茶がきた。受け皿に角砂糖がのっているのを見て、空知は今時のレストランで珍しいな、と思った。

セピア色の液体の中に角砂糖を二つそっと落とす。彼は角砂糖が好きだった。カップの中のそれが、ゆっくりと自壊の気配に満ちていくのをしばし見つめる。そして、スプーンをカップに入れて上の方で静かに紅茶を掻き混ぜると、円形の対流の中で角砂糖はゆっくりと崩壊を始める。その様を観察することが、彼のささやかな楽しみだった。それを楽しむのに適しているからこそ、彼はコーヒーより紅茶を選ぶのかもしれない。

形あるものはみな、いずれ滅びる。割れ、砕け、折れ、散り、溶け、腐り……。

彼は『崩れる』というイメージに何故か惹《ひ》かれた。老朽化した高層ビルが爆破され、崩れ落ちるシーンをいつかテレビのニュースで見た時には、軽い眩暈《めまい》を覚えすらした。

「真剣な顔をして何を見てるんですか。茶柱でも立ってます？」

一気に一杯呷《あお》った片桐がからかって言った。空知は少し照れて笑う。

「新しいトリックがぼんやり浮かびつつあったのに、ぶち壊してくれましたね」

「またまた」彼は口の端の泡を掌で拭いながら「空知さんがあんな真剣な顔する時は推理小説のことを考えてる時じゃない。何か猥褻《わいせつ》な想像をしてる時でしょ？」

「アホな」

二人は笑った。一曲終わり、拍手が湧いた。片桐もコップを置いて手を叩く。

「片桐さんが酔うてしまう前に仕事の話をしておこう。——まだ肝心の結末を読んでもろてないけど、どうですか、今度のは？」

空知が言うと、片桐はすっと真面目な顔になった。

「いいですよ、とても。アリバイトリックのスケールが大きそうだし、容疑者が絞られてく過程も論理的です。これでこそ空知マジックですよ。犯人は憎らしいし、広瀬警部はいつも以上に渋い。バイ・プレイヤーも面白い人物揃いですね」

「うまいこと言うなぁ。書いてる最中の作家にはよいしょよいしょで、できてからまとめてあげつらう。これが編集者のセオリーなんでしょ？」

「そんなセオリーありませんよ。つまんないなと途中で思っても、そうはっきりと私なんか言えませんけど、わざわざこんなに褒《ほ》めたりはしません。そんな無理をしたら体に悪いじゃないですか」

「そしたら今の感想は信じてええわけかな」

「信じてください、この目を見て」

片桐はぎょろりとした目をさらに剝《む》いてみせた。「やめてよ」と言いながら、空知は少しほっとしていた。

書いていて自分なりに充分な手応えは感じていたのだが、片桐の「いいですよ」を聞くと改めて自信が湧いてくる。空知は自分自身よりも、片桐の鑑賞眼の方を数倍信じていた。

空知が三年前にゴールド・アロー賞の佳作に選ばれた時からのつき合いだった。生まれて初めて書いた小説を懸賞に応募したらまんまと佳作に潜り込めた上、手直しすれば本にしてやれるかもしれないと出版社は言ってきた。同い年の編集者、片桐のアドバイスを受けて、当時失業中の身だった空知はがんばった。書き直しを重ねながらコツを会得《えとく》し、第四稿で合格点に到達することができた。恩人だと思って感謝している。編集者としての片桐に敬意を払うとともに、空知は冗談を愛し、決して自分をことさら大きく見せようとしないこの男が好きだった。

「今度の作品にはこの後おまけを入れようと思ってるんですけど」

「何か趣向を凝らすんですか？」

片桐は興味ありげに身を乗り出してくれる。

「ほら、ディクスン・カーが『三つの棺』の中でフェル博士の密室講義っていうのをやったでしょ。密室トリックを分析分類した奴。あれのアリバイトリック版をやろうかなぁと思ってるんやけど」

「うわぁ、それを広瀬警部にやらせるわけですか？　困った先生だな、こりゃ」

「まずい？」

片桐は咳払いした。「そりゃ、空知雅也《まさや》のアリバイ崩しミステリのファンは楽しんでくれるかもしれない。でも、日本の警視庁の警部がアリバイトリックの分類をするとなると、リアリティに欠けるどころか、ほとんど幻想小説ですよ」

「すごい言われ方やな」

空知は苦笑を漏らした。

「でもやってください」

「何や、そら」

「馬鹿馬鹿しくて空知雅也らしい。あんまり浮くようなら考え直すとして、とりあえずやっちゃってください。没にするとしても私は読みたい」

「没にほとんど決まったような言い方ですね。推理小説マニアの編集者を推理作家につける弊害《へいがい》を感じるな」

「そう言わないで。どこまでもお供する覚悟の担当者なんですから」

「僕、来年はＳＦに転向しますよ」

「書けるもんですか、ＳＦなんて。ビデオのタイマー録画もできない癖に」

「東京から大阪までわざわざ人の恥部に触れにきたんですか？」

こんな軽口を片桐と交わすのが空知は好きで、彼が東京からやってくるのがいつも楽しみだった。一人暮しを淋しく思うことはなかったが、やはり人恋しくなることもある。

「あとどれぐらいかかりそうですか？」

「八十枚かな」

「いいえ、枚数じゃなくて時間、日数ですよ」

「うん、今言うたアリバイ講義をまとめんといかんから、二週間ぐらいかな」

「それを省いたら？」

「四日」

「困った先生だ。好きなようにしてください。——四月二十日にもらえればいいです。その時はまた大阪にきますから」

「いいですよ、持って行きますから。たまには東京に出んと」

「田舎暮しで刺激がなさすぎるんでしょう？」

「それはある」

片桐は大阪を指して田舎と揶揄《やゆ》したわけではない。空知の自宅が実際、大阪近郊とは思えないほど辺鄙《へんぴ》なところにあったからだ。空知もさすがに自宅まで編集者にきてもらうのに忍びなくて、いつも梅田まで出てきて会う。自宅から梅田《うめだ》まで、車で一時間以上かかる。今日も車だから飲めない。

「一度きてみますか、うちへ？　きっと驚くから」

「ええ。ボタン鍋をごちそうしてください」

「それ、洒落《しやれ》になってない。うちの裏で猪《いのしし》を見たことあるから。二、三年前やけど」

「へぇ」と片桐は呆れ顔になる。

腕時計を見るとまだ九時前だった。

「片桐さん、そろそろ場所、変えましょか」

「この前行った店にしましょう。雰囲気がよかった」

二人は同時に腰を上げた。片桐が伝票を取って「外で待っててください」と言いながらレジに向かった。空知は店を出た。

窓際の席が埋まっていたので見損ねた夜景を少し眺めようと思い、展望のための大きな窓に寄ろうとした。北の山並みの裾、宝塚《たからづか》あたりに灯がちらばっているのをぼんやり見ながら数歩歩いて彼ははっとした。

「ユカリさん？」

声をかけると、ベージュのブレザーを着て横向きに夜景を眺めていた若い女はこちらを振り返った。

「ああ、空知さん」

「お久しぶりですね」と言いながら空知は歩み寄った。「お元気ですか？」

「はい。空知さんもお元気そうで。――私、空知さんの本全部読んでますよ」

空知に見覚えのある深いえくぼを作ってユカリはにっこりと微笑んだ。

「嘘ばっかり。そしたら僕の本って全部で何冊出てるのか、言うてみてください」

「ゴールド・アロー賞の佳作になったのが第一作目の『クロノスの罠』。次が『丸木教授最後の旅』。それから『夜、走るもの』、『時計仕掛けの旅人』、『海を見ない特急』、『第三の鉄路』でしょ？　三年間で六作。堅実な執筆ペースですね」

「正解。感激しました」

発表した順もあっている。空知は本当に嬉しかった。

「陰ながら応援しています。ご活躍なさってますすね」

「売れてない。ギリギリの生活です」

「もうそろそろ次のご本が出る頃だと楽しみにしているんですけど」

「てこずりまして。でも、もう脱稿します。六月に出せると思います。そうでないと貯金が底をつく」

「それやったら早く出して読ませてください」

都会の夜景を背にしたユカリを、空知はまた一段ときれいになったな、と思いながら見ていた。癖毛を肩の近くまで垂らした髪型は変わっていないが、大人の落ち着きがほどよく漂っている。にきびがちょっと減り、化粧はぐんとうまくなった。この前ユカリを見たのは、大学を卒業する少し前だった。七年前。何だ、片桐のブレリアと同じく七年ぶりの再会というわけか。――あの時、ユカリは十八だった。

ぼんやり彼女の顔を見つめていたのに気づき、空知は慌てて口を開いた。

「今何をなさってるんですか？」

「食品関係の会社の秘書課でこき使われてます」

「そうですか。嫌な上司がおっても、僕みたいに机を蹴り倒して辞めたりせんようにね。後で後悔しますから」

冗談だと思ってユカリは笑っている。冗談どころか、空知雅也の真実だ。四十年後の自伝――そんなものが書ければだが――に書くつもりでいる。あのひと蹴りで職を失うことがなかったら、自分は本気で小説を書いてみようなどと考えなかったかも知れない。

「お姉さんも、お元気ですか?」

そう尋ねる口調の中に遠慮が混じっているのを空知は自覚した。

「はい。結婚してからあまり会ってませんけど、変わりなくやってるようです」

「そうですか」

他に聞く言葉は見つけられなかった。二人は少し黙っていた。

「お待たせ。いやぁ、レジの子がもたもたして」

手を振りながら片桐がスペイン料理店から出てきた。彼は空知と並んで立っているユカリに気づくと、「ん?」と顔を前に突き出した。

「空知さんのお知り合いですか?」

「僕のファンクラブの会長。三沢《みさわ》ユカリさんをご紹介します」

空知の言葉にユカリが頭を下げると、片桐は「へえ」とのけぞった。

「これは驚いた。空知さんにこんなチャーミングな若い女性ファンがいるとは意外でした——あ、私、片桐と申しまして、こういう者です」

彼から名刺を受け取ると、ユカリはすぐに応えた。

「珀友社《はくゆうしゃ》って、空知さんの本を出されてる出版社ですね。では、片桐さんは空知さんの――」

「はい。担当編集者です」と片桐は嬉しそうに言った。「いやあ、直接ファンの方にお目にかかれて嬉しく思います」

「ファンクラブは嘘ですよ。ファンまでは本当らしいけど」

空知が言うと「判ってますよ、そんなこと」と片桐は唇を尖《とが》らせ、空知にからむ。

「しかしなんですか、空知さん、こんな素敵な人を外で待たせといて。最初からご一緒したかったなあ」

「あ、それは違う」

そう言ってから空知は気がついた。ユカリは誰かを待っていたのではないか。

「いいえ、私がここで空知さんとお会いしたのは偶然です。友だちを待ってるところだったんです」

「彼氏と待ち合わせでしたか」

片桐が残念そうに言うのをユカリが否定しかけた時、ワンレングスの女性が近づいてきた。

「ごめんなさい、ユカリ。残業、こんなに遅くなるとは思うてなかったのに」

どうやらユカリの待ち人が現れたらしい。彼氏ではなかった。それを見て何故か片桐はほっとした様子だった。

待たせていた友人が見知らぬ男二人に囲まれているのを見て、遅れてきた彼女は警戒したように推理作家と編集者をじろじろ見た。ユカリは事情を面倒がらずに説明してくれた。

「ああ、この方がいつもユカリが言うてた空知雅也さん？　わぁ、どないしょう。本を持ってたらサインしてもらうのに」

ワンレン美人の態度がころりと変わった。

「じゃ、今度うちから先生が出す新しい本をお二人に送らせてもらいますよ。サイン入りで。——ねぇ」

最後の「ねぇ」は空知に向けられたものだ。全く女性には不必要なまでに親切な男だ。

二人は楽しみに待つと喜んだ。幾分その表現は大袈裟にしてくれているのかもしれないが、喜んでいるのは確からしい。

「これからユカリとゴールデンウイークの海外旅行の打ち合わせをするんです。先生、次は外国を舞台のミステリ書いてください」

それを聞いて片桐は噴き出すのをこらえていた。外国どころか家の裏の猪を話題にしていたのだから、おかしかったのだろう。

「それでは僕らはここで失礼します」つけ加えてユカリに「お姉さんによろしく」

女友だち二人連れと手を振って反対方向に別れた。「もう、おなかぺこぺこ」「あたしも」という会話が消えていく。

「空知さん、女性に受けるんだなぁ。サインが欲しいだなんて言われてましたね」

片桐が感心したようにぶつぶつ呟いている。

「大阪では推理作家なんかよりも漫才師のサインの方がもっと女の子に喜ばれる」

「どうです、空知さん。この次の作品はせこいブルートレインのアリバイなんかやめにして、『スイス登山鉄道殺人事件』にしませんか？」

「まさか」

「『アラスカ鉄道の殺意』とか」

「いやや」

「『死のラインゴルト特急』」

「あかん」

片桐は声を低くして「お姉さんによろしくってどういう意味なんです？」

「うるさい編集者め、殺す！」

空知は片桐の首を絞めた。

「やめて、くすぐったい。ちょっと、やめてください」

エレベーターホールでふざける男二人を、気味悪そうに老夫婦が避けて通り過ぎた。

2

ふと目が覚めた。壁の電気時計の針は二時前を指している。眠りの深い自分がこんな時間に目を覚ましてしまったのか、と恵《めぐみ》は妙な気がした。

（いつもはここにきても、こんなことはないのに）

ベッドの枕許の窓を見た。春の星空が気のせいか朧《おぼろ》に大きく見える。静かな夜だった。起き上がって外を眺めてみると、暗い湖面を風が渡っていたが、小さな湖には漣《さざなみ》もたっていなかった。

（ここに一人で夜を過ごすことになるとは思ってもみなかった）

九時を過ぎて入った夫からの電話を思い出し、やれやれと嘆息した。

「悪いんやけど仕事の切りがまだつけへんのや。三連休を取るというだけでなかなか大変なんやわ。まだ、彦根《ひこね》におる。ちょっと今夜中にそっちに行くのは無理やな」

夫の新一《しんいち》はすまなさそうに言った。

「明日の朝早くそっちに着くようにする。こんなことになるんやったら、最初から一緒に明日出るんやったな」

恵はそうしたかったのだ。それなのに新一が、先に行って食料を買っておいてくれ、などと言うものだから、午後すぐに電車で一人この別荘までやってきた。挙句《あげく》の果てに仕事が片づかないので明日の朝行く、だ。こんな淋しい家で一人わざわざ一夜を過ごす必要などなかったのだ。

「申し訳ない。そんな事情やからがまんしてくれ。戸締まりに気をつけて早く寝てしまうといい」

恵は努めて平然と「判ったわ」と答えた。

「そっちの方を向いて頭を下げるから許せよ。……これでええやろ？　じゃ、おやすみ」

こちらが「あんまり無理しないでね」と言いかけた時、すでに新一は受話器を置いていた。退屈しのぎにしばらく、持ってきた文庫本を読んだ。

十時頃、本当にもうさっさと寝てしまおうかと思ったが、久しぶりにユカリの声が聞きたくなり、アドレス帳に控えてあった妹のマンションのダイヤルを回した。——留守だった。

また本をしばらく読んでから、十一時半頃、夜遊びをからかってやろうと思い、もう一度妹に電話をかけた。

「はい、三沢です」

若々しい声が答えた。二十四歳のユカリの声は、まだ学生のようだった。

「ユカリ？　私よ」恵も幾分ふだんより高い声を出した。「あかんやないの、そんなにあっさり名前を名乗ったら。悪戯《いたずら》電話かもしれへんのやから、『はい』だけでええんよ」

「姉さん？　久しぶり。——つい名前を言うてしまうわよ。友だちからやったら『はい』だけでは失礼でしょ」

「女の一人暮しなんやから用心を怠らないことよ。変な電話がかかったりするでしょ？」

「ないわね。たまにはそういうのがあると刺激になって面白いんやろうけど」

「面白いもんですか。夜中にそんなのがかかってきたら嫌なもんよ、気味悪くて。前うちにも時々おかしなのがかかってきて……」

「はい、気をつけます。——姉さん、何か用?」

「ううん、特に用事はないんやけど。今ね、余呉《よご》の別荘に一人やねん」

恵は新一にすっぽかされたいきさつを話したが、ユカリはあまり気のなさそうな相槌を打っていた。

「今、電話してよかった?」恵は尋ねた。「あんまり話に乗ってきてくれへんやないの。彼氏からの電話を待ってたんやったら悪いから切るけど」

「彼氏からの電話を待つような身分になりたいもんね」ユカリは溜め息混じりに言った。「そうやないの。ちょっと飲みすぎて頭が重いだけ。酒豪の友だちとさっきまで一緒やったんよ」

「大丈夫? あんまり遊びすぎたらあかんよ。——そしたら今日は長電話やめとくね。明日も仕事やろうから」

「いい、いい、気を遣《つか》ってくれへんでも。姉さんからの電話久しぶりなんやから」

ユカリは「ちょっと待ってね」と言った。少し間があって、椅子を引いてくる音がしたかと思うと「OK、お菓子も持ってきた」と子供のように屈託のない声がした。

恵は淋しい家の中で、心が和《なご》むのを感じた。

互いの近況などを三十分ばかり話した。恵は喧嘩もしばしばながら夫とまずはうまくやっていると伝え、ユカリは人使いの荒い会社の愚痴をひととおりこぼしてから、五月の連休は同僚と初めての海外旅行に行く予定だと嬉々として話した。

「ウエストコーストに行くんよ。姉さんの新婚旅行みたいにヨーロッパを回りたかったけど、お金も休みもそれには足らへんかった。ヨーロッパは新婚旅行に取っとくつもり」

五年前に恵が結婚した半年後、長女を嫁にやってまずひと安心した両親は、熊野《くまの》の奥の温泉に旧婚旅行に出かけた。仲のいい父と母の珍しい夫婦水入らずのささやかな旅行を、娘たちは喜んで送り出した。次女のユカリを嫁がせたら、親たちは頻繁《ひんぱん》に旅行に行くようになるだろう。そうなれば自分たちも嬉しい、と恵はユカリと話していた。そうなると二人とも思っていた。――バスが谷底に落ちたという知らせを聞くまでは。

「ユカリに少しは余裕ができたみたいでよかった」横目で時計を見ると十二時過ぎだった。「長々と話してごめんなさいね。また電話するわ、主人のいぬ間を見計らって」

「私もかける。一度会いたいね。大阪へくることとないの?」

「そうね、近いうちに何か口実を作って行くわ。その時は事前に連絡するから」

「楽しみにしてる」ユカリは少し言葉を切って「そうそう、今日、空知さんに会うたわ」

「あら、そう」

懐かしく、そして少し胸の痛む名前だ。

「梅田で友だちと待ち合わせてたら、ひょっこりと。姉さんのこと元気かって訊《き》かれた。よろしくって言うてはったよ」

「元気そうだった？」

「うん。昔より頼もしそうになってたわ、さすがに。でも優しそうな感じは一緒」

「ユカリはああいうタイプに弱そうね」

「姉さん、もったいないことした」

恵は空知の話を冗談にしたくなかった。

「久しぶりにゆっくり話せて本当によかった。主人がすっぽかしてくれたおかげやね。——それじゃあね。おやすみなさい」

「うん、おやすみ」

受話器を置くと、シャワーを浴びてすぐにベッドへ入った。

あれから一時間半ほど眠ったことになる。

(朝までぐっすり眠りたかったわ、こんな夜は)

恵は暗い湖の彼方を見やっていた。遠い星空の下で、ワープロを打っているであろう、空知の姿が浮かんだ。かつて自分がやむなく傷つけてしまった男の姿が……。

——あいつは紳士的に身を引いてくれたな。

夫はそう言って笑った。

恵はカーテンを引いた。

再び眠りに落ちるまでの短い間に、恵は学生の頃を思い出していた。

3

現場の五十メートルほど手前で、加瀬《かせ》警部らを乗せたパトカーは一度大きくバウンドした。道路の窪《くぼ》みを、富田《とみた》刑事がよけそこねたらしい。天井で頭のてっぺんを打った上、唇を嚙んだ加瀬は顔をしかめた。

「おい、気をつけろ」

太い眉の下から睨《にら》みつけつつ、ルームミラーの中の富田に言うと、細身の癖にコンパスで描いたように丸い顔をした若い刑事は「すみません」とぺこりと頭を下げた。五、六度忙しく瞬《まばた》きをして、ハンドルを握り直している。加瀬は頭と唇の痛みに舌打ちしながらも、つい顔をほころばせてしまった。富田は仕事の上でもポカが多い男だったが、憎めない奴というキャラクターが周囲で定着していて得をしている。

しかし、彼が気を引き締めなおして運転を続けるまでもなく、もう現場の前まできていた。所轄署のパトカーの手前に停車させると、富田はタクシーの運転手も言わないひと言を肩越しに加瀬に投げた。

「着きました」

加瀬は「見たら判る」と短く言って車を降りた。

警部は現場の前に立つと、その別荘らしい小さな家と周囲をひと渡りなめ回すように眺めた。山が湖畔まで迫った土地に、それは一軒だけぽつんと建っていた。

余呉湖。周囲六キロ余りのさして大きくない湖で、土地の人間は『よごのうみ』と呼ぶ。日本一の面積を持つ琵琶湖の山一つ隔てた北に、ひっそりとある。三方を山に囲まれた静かな湖面を鴉《からす》の影がよぎり、向こうの山からその仲間の声がしていた。湖からの風はまだ肌寒く、加瀬は腕組みをしたまま足早に家の中に入る。

「県警の加瀬です」

玄関まで出迎えた所轄署長の権田《ごんだ》警視とその隣の警部補に挨拶をする。事件の説明を警部補が引き受けた。

「木之本《きのもと》署の杉山《すぎやま》と申します」

表情に緊張の色がある。四十過ぎだろうか、加瀬には同年配らしく見えた。向かい合うとやや背が低い。県警本部勤めの経験もあり、優秀だと聞いている。

「現場は？」

「はい、こちらのリビングです」

杉山は先に立ち、県警の刑事らを殺人現場に導いた。鑑識課員の写真撮影や指紋採取はもうほとんど終っており、現場は加瀬らの到着を待って保存されていた。

死体は外傷の有無の検分もすんだらしく、着衣をつけていた。浅黄《あさぎ》色のセーターを着た三十歳前後の女が、体の右側を下にしてフローリングの床に倒れている。その首に黒い電気コードが巻きついているのがまず目に留まった。顔には鬱血《うっけつ》が見られる。口からは舌が半ばまで出、両目が見開かれたままでむごたらしい。彼は死体の傍《かたわ》らに屈み込み、いつもするように合掌した。

「被害者はここの住人ですか？」

加瀬は屈んだまま、歯切れのいい口調で尋ねた。杉山は胸のあたりに手帳を構えた姿勢で頷いた。

「はい。この家の所有者、柚木《ゆずき》新一の妻で恵、二十八歳のようです。身元の確認に妹が大阪からこちらに向かっています」

「妹？　大阪？　亭主はつかまらないんですか？」

杉山は「ええ」と答えて、ちらりと手帳を見た。

「柚木氏は博多に出張に出ていて、今連絡を取ろうとしている最中です。どうやらまだ新幹線の車中らしいんですが、何号に乗っているのか判らないんです。出張先に着く時間は判っていますから、到着次第そちらから連絡が入るはずです」

「身内の者は妹だけですか？」

「はい。被害者の所持品らしいアドレス帳の一番に名前が記されていたのが三沢ユカリという妹です。職場の番号まで載っていましたのですぐに電話を入れたんですが、彼女の話を聞いた限りでは、両親とも死別しているそうです」

「その妹に電話をしたのはいつ頃なんですか？」

「二十分ほど前です。木之本署にきてもらうようになっています。勤務先は新大阪駅のすぐ近くだということでしたが、それでもくるのにあと一時間以上はかかるんではないでしょうか」

「不便なところですからね」

その妹はこの琵琶湖の北の湖までどうやって駈けつけるのだろうか、と加瀬は考えた。湖西《こせい》線を走る特急雷鳥なら頻繁に大阪を出ているが、あいにく余呉、木之本近くには停車駅がない。新幹線で米原へ出て、北陸本線で琵琶湖の東を北上してくるのが早い。しかしその場合も各駅停車を利用せねばならないし、その本数は決して多くなかった。いずれにしても、何かの間違いであってくれと祈りながら、電車に揺られているることだろう。


そんなことを考えながらも、彼は現場の有様をずっと観察していた。床には無残な死体が横たわっていたが、ソファやテーブルの位置がずれた様子もなく、テーブル上のコップや灰皿、置時計もごく日常的に置かれていた。警察官が退場し、死体を運び去ってしまえば、この部屋で殺人があったようには見えなくなるだろう。

「他の部屋の様子はどうです。強殺の線は薄そうですか？」

「まだ何とも言えません。裏のトイレの窓が破られてはいますが、偽装の可能性もあります。だいたいここは別荘として使われていたらしくて、金目のものはほとんどないようなんです」

「強殺にしては現場が乱れていませんからね。犯人は被害者の顔見知りということも考えられそうだ」

加瀬がそう第一印象を述べると、杉山はこっくりと頷いて同感の意を表した。

「ところで第一発見者は誰なんです？」

「それが妙な具合になってまして」杉山は渋い顔をした。「うちの署の巡査がこの現場に最初に足を踏み入れたんですが、実は通報の電話を受けてきてみて発見した次第で」

整理の悪い話に加瀬は少し苛立《いらだ》った。

「すいません、もう少し判るようにお願いできますか？」

「あ、失礼しました」杉山は手帳に目をやった。「午前十時四十分頃木之本消防署に男の声で電話が入ったんです。『余呉湖畔南の家から不審な男が出て行くのをさっき目撃しました。空き巣らしいので調べてみてくれませんか』という内容です」

「消防署にですか？」

杉山は手帳から顔を上げた。

「そうです。応対に出た消防署員が『こちらは一一九番です。警察とお間違えではありませんか？』と応えると、相手は狼狽《ろうばい》した口調で『間違えました。私は今とても急いでいますので、申し訳ありませんがそちらから警察へご一報願えないでしょうか。

何か事件があったようなんです』と懇願してきたそうです。そして署員が言葉を返す間も与えず、ここの家の場所を口早に説明し、『決して悪戯でかけているんじゃありません。よろしくお願いします』と言って電話を切ってしまったそうです」

「で、消防署から連絡が回ってきた？」

「はい。たった今こんな通報があったがどうするか、と。単なる悪戯電話のようでもありましたが、念のために余呉派出所に知らせ、見に行かせることにしました。中《なか》崎《ざき》、佐藤《さとう》の両巡査がきてみたところ、玄関のドアが細目に開いていた上、中に声をかけても応答がありませんでした。そこで中へ入り、死体を発見したというわけです。死体発見は十時五十八分。両巡査によると、死体は発見時まだ若干《じゃっかん》のぬくもりを保っていたとのことです」

「死後間もなかったわけですか……」

「検死によると、死亡推定時刻は十時三十分以降だと断定できるそうです。——死因は絞頸《こうけい》による窒息死、情交の跡なし」

「最初に消防署にかかってきた電話が変ですね」加瀬はぼりぼりと顎《あご》を掻いた。「こんなところをそんな時間からうろうろしていたその電話の本人こそ何の用があったんでしょう？　この近辺には確か国民宿舎がありましたっけ。そこに用がある人間でしようかね？　この時期に湖畔をサイクリングする者もいないでしょうから」

「私どもも同じことを考えて、国民宿舎には問い合わせました。そんな電話をかけた者はいないということです」

「じゃ、何者なんでしょう。このあたりには公衆電話もないし、その男はどこから電話をしたのかも疑問ですね」

「おっしゃるとおりです。もしかすると電話の主はただの通りすがりの目撃者ではなく、事件の当事者ではないかとも思えるのですが」

　最後の方は推測に過ぎないためか、杉山は遠慮がちに言った。

「それもありそうなことです。一一九番と一一〇番を間違えたというのも作為的に行なったのかもしれません」

　そう言いながら加瀬は、それも妙な話だと思った。通報者が事件の当事者、もっと具体的に言って殺人犯人だとすれば、彼はどうして逃走の時間を割《さ》いてまで死体発見を早めるようなことをしたのだろう？　その理由が判らない。

「作為的に番号を間違ったというのはどういうことでしょうか？」

　加瀬は答えて、「もしも殺人犯人自身が何らかの事情で警察に通報しようとしたのだとしても、自分の声を覚えられたり、録音されたりすることは避けたかったと思います。直接警察に電話を入れなかったのはそんな心理からではないかと想像しただけですよ」

「そうかもしれませんね」

杉山は手帳に短いメモをとった。

「壊れたトイレの窓を見せてください。その後で二人の巡査の話を伺いましょう」

「こちらです」

杉山は奥へ警部を案内した。

八畳ほどのリビングの他、部屋は六畳の洋室と四畳半の和室の二間。洗面台とユニット式のバスは玄関脇。問題のトイレは浴室から離れた家の一番奥で、裏に面していた。水洗式ではないが、よく磨かれたタイル貼りで清潔そうだった。窓には鉄格子がなく、ガラス切りらしきものできれいに切り取られた長方形の穴が開いていた。差し込み式の錠がはずされて垂れ下がっている。

「空き巣が入ったように見えますね」

加瀬が窓を見つめながら言うと、杉山はその背中に向けて、

「切り取られたガラスは窓の外の地面に落ちていました。切った際に内側へ落ちてしまわないように、ガムテープで留めていた痕跡が残っています」

「小さな窓ですから小柄な奴しかくぐれんでしょう。外に踏み台に使われたようなものはありましたか？」

「何もそれらしいものはありません」

加瀬は背伸びをして窓枠を調べたが、靴跡はなかった。「しかしこれは無用心な窓やな」と独り言を言う。

「特に貴重品が置いてあったとも見えませんが、盗まれたものでもあるんでしょうかね」

これは杉山に聞いても判ることではない。夫の検分を待つしかないだろう。ただ、空き巣が荒らそうと狙う家には見えない、という印象を口にしただけだ。

「他の部屋をご覧になりますか？」

杉山の問いに黙って頷き、警部は六畳の洋室に入った。ダブルベッドと書き物が何とかできそうな小さな机が一つ。その上に黒い武骨な電話とそのすぐ脇に文庫本がのっている。窓は西向きで湖が見えた。湖畔はまだまだ新緑の季節には早く、色彩に乏しい。対岸を北陸本線の列車が走っているのが微かに見えた。

「この電話の指紋採取ももちろんすんでいます」

杉山が言った。加瀬が机の上に目をやっていたからだろう。しかし警部が見ていたのは電話機ではなかった。

『湖《うみ》の琴』、水上勉《みなかみつとむ》。この湖というのは余呉湖のことですか?」

加瀬は手袋をはめた手で文庫本を取ると、ぱらぱらとめくってみた。

「ああ」と杉山は拍子抜けしたようだった。「そうです。ここに配属になってから私も読んだことがあります。ご当地本です」

「被害者が読んでいたんでしょうかね」

「おそらくそうだと思います。女性の半生ものですから」

「読書家なんですな」

「ここにある本はこれ一冊きりのようですが」

「いいえ、警部補のことですよ。私は本なんてもう何年も読んでない」

加瀬は本を机の上に置いた。

優しく哀しげな題名の本から、被害者の生前のぬくもりが微かに伝わってくるような気がした。

余呉湖畔主婦殺人事件の捜査本部が木之本署に設置された。

4

ホームの時計を見ると一時五分前だった。ユカリは小走りに新幹線の改札を抜けながら、乗り換えの下り北陸本線のホームを捜した。

(大きな駅)

跨線橋《こせんきよう》の窓から広い米原駅の構内が見渡せた。

(新幹線で何度も通過したことはあるけれど、この駅で電車を降りたんは初めてやわ)

ユカリは努めてとりとめのないことを考えようとしていた。そうでもしなければ、胸の内の不安が際限もなく広がっていき、その場にしゃがみ込んでしまいかねなかったから。

敦賀、金沢方面と書かれたホームへの階段を、手摺《てすり》に右手を添えながら足早に降りる。頭上の時刻表を見上げると次の下り普通列車の発車までまだ三十分あった。思っていた以上に本数が少ない。警察からの突然の電話に驚き、会社を飛び出して新大阪駅に直行し、発車ベルが響くホームでこだまに滑り込んだ。時刻表など見る間はなかったし、こだまの車中で車掌に北陸本線との連絡を尋ねることも思いつかなかったのだ。

(聞いたからって、JRのダイヤが変わったわけでもないもん)

ユカリはベンチに腰を降ろそうとして思いとどまった。砂埃《すなぼこり》がこぼれている。ティッシュで払おうとハンドバッグを開いた時、読みかけの本が目に入った。昨夜、空知に会って嬉しくなり、読み返そうと今朝持って出た彼の著書。

(空知さんに知らせた方がええやろか……)

ユカリはふと思った。と、次の瞬間にまさか、と打ち消す。

姉には柚木新一という夫がいるのだ。七年前に別れた学生の頃の恋人に、混乱した頭で電話をかけてどうする。電話? そう、第一、電話番号が今すぐ判らないではないか。マンションに帰れば彼からきた年賀状があるだろうが。年賀状? そう、年賀状がきた。彼の最初の本が出た時、祝いの言葉と感想を長い手紙にしたためて送った。その返礼を兼ねた一度きりの年賀状だった。一度きり? そう、あの一度きりだった。第二作目が出た時も感想を書いて送ったのだが、その返事はどんな形でも返ってこなかった。三沢恵の妹からの手紙など不快なのかもしれない、と思い、ユカリはそれっきり葉書一枚書いていていない。昨日会った時も、ユカリが手紙を送ったことがあるのさえ覚えていないように空知は話していた。

(空知さんに知らせようかなんて、何で思うんやろう……)

ティッシュを捨てたゴミ箱の前に立ったまま、ぼんやりそんなことを考えていた。

ああ、そうだ、ベンチに座るために拭いたんだわ、と振り返ると、渋紙色の顔をした老婆が一人、ちょこんと腰を降ろしていた。愛らしいほど小さな老女だった。大きな風呂敷包みが傍らに置かれて、もう人の座る余地はない。

別にさほど座りたかったわけではない。構いはしない、と思ってぐるりを見回すと、ホームに立っているのは自分一人だった。列車を待つ者は皆、ベンチに腰を降ろして黙っている。すべてのベンチが埋まっていた。ふだんなら何でもないはずのそんな光景が、今のユカリにはどこか奇妙で、意味ありげに思えた。

(私の席がない)

父と母を乗せたバスが谷へ落ちたという知らせを聞き、熊野に向かったあの時は姉が一緒にいた。——今の自分には誰もいない。

(私が座る席がない。……姉さん、私、独りになったん?)

涙で昼下がりの駅が滲《にじ》んだ。

ノックの音に顔を上げると、もうドアは開いており、加瀬と名乗った四十がらみの刑事が立っていた。

確か警部と聞いた。眉が太く髭の剃《そ》り跡が青々とした、精悍《せいかん》で野性味のある顔をしていたが、しゃべり方と物腰は柔らかだった。といってもそれは被害者の妹、ユカリに対してだけのようで、部下に指示を与える口調は決して温厚な紳士のものではなかった。

ドアを開けたまま、彼は部屋に入ってきた。

「少しは落ち着きましたか？」

ユカリは「はい」と答えるしかなかった。

＊

姉の遺体を確認した後、しばらく一人にして欲しいと駄々を捏《こね》るように言うと、彼は空いていた取調室らしいこの部屋に黙って通してくれた。悪い夢を見ているのだ、と信じようとしても今しがた霊安室——ふだんは署員の休憩室らしい——で対面した姉の骸《むくろ》が鮮やかに脳裏に浮かんで責め立て、ユカリは声をあげてしばらく泣いた。警察署のすぐ近くを走る北陸本線の踏切りが時折鳴って、列車が駆け抜けた。ユカリの慟哭《どうこく》は廊下にもずっと響いていたはずだ。——警部がノックをしたのは、ユカリの涙が涸《か》れてからだった。

「すみません。取り乱してしまいまして」

ユカリは初めてハンカチを使って両頰を拭った。

「そのひと言が言えるだけあなたはしっかりしてらっしゃる」警部は穏やかに言った。「少しお話を伺っても構いませんか？」

ユカリが「大丈夫です」と答えると、警部は戸口に目をやった。それが合図だったらしく、同年配でやや小柄な刑事が入ってきた。ユカリの会社の資材課長に似た地味な風貌《ふうぼう》をしていたが、やはりここにいる男の方がはっきり判るほど、鋭い眼光を持っていた。

「落ち着かれたところでもう一度自己紹介をします。私は滋賀県警本部捜査一課の警部で加瀬と申します。こちらが所轄のここ木之本署刑事課の杉山警部補。この事件を担当いたします」

「杉山です」

小柄な刑事が軽く頭を下げるのに合わせ、ユカリも目を伏せて会釈した。

「秘書をなさっているそうですね？」

加瀬は世間話をするような軽い口調で尋ねた。

「太陽フーズという食品会社の秘書課に勤めています」

われながらはっきりと返事ができているではないか、とユカリは自分を励ました。

「太陽フーズですか。大きな会社だ。うちの坊主がお宅のチーズハンバーグに目がない。——そこにずっとお勤めですか？」

「短大を卒業してすぐ勤めています。もう四年目になります」

「ユカリさんは今、独りでお住いなんですか？」

「そうです」

そこで加瀬は煙草を吸っていいかと尋ね、ユカリは頷いた。警部がポケットから取り出したのは、彼女が初めて見る煙草だった。

「お姉さんの恵さんとは四つ違いですね。ご両親や他のご兄弟はいらっしゃらないんですね？」

「両親とも五年前に交通事故で他界いたしました。肉親は他におりません」

杉山という刑事の眉間に皺が寄るのが見えた。哀れに思っているのだ、とユカリは感じた。

「それではショックもなおのことと存じます」

加瀬も同情を表わしてか、少し言葉を詰まらせたが、質問はすぐに再開される。

「恵さんはご結婚なさっていましたね。ご主人は柚木新一さん」

ユカリが頷く。

「ご結婚なさったのはいつですか？」

「五年前の六月です」

「お年は？」

「二十九です。姉より一つ上です」

「柚木さんは何をなさっている方なんですか？　ご職業は？」

「古美術品を扱っておられます。彦根では有名なお店だそうです」

加瀬はゆっくりと煙草の灰を歪《ゆが》んだアルミの灰皿に落とした。

「博多に焼き物の仕入れにいらしていると聞いていました。朝鮮唐津の掘り出し物とかいうことでしたが……そうですか、古美術商でしたか」

「彦根市内に本店と、大阪の心斎橋《しんさいばし》にもう一軒お店を持ってらっしゃいます。そちらにはまだご連絡なさっていないんですか？」

ユカリは質問を返した。

「いいえ。恵さんの手帳に電話番号が書いてありましたから、連絡はとってあります。ご出張先もそこで教えてもらったんですよ。柚木堂とおっしゃるんですね」

調べてあるんならいちいち自分に尋ねなくてもいいではないか、とユカリは思った。

「柚木さんはオーナー社長なんですね？」

「そうです。お父様の代からの会社で、弟さんとご一緒に経営なさっています。弟さんの方に大阪の店を任せておられるそうです」

「ほんのついさっき、私が柚木さんに不幸をお知らせする電話をおかけしたんですが、それはもう、驚いておられました」杉山が口を開いた。「もちろん商談どころではなくて、すぐに新幹線でトンボ返りなさるということでしたが、四時半のひかりに飛び乗られたとしても、ここへ着くのはかれこれ九時頃になるかもしれません」

それまでがんばりなさいよ、とでも彼は言いたいのかもしれない。確かにこの世でただ一人の肉親、仲のよかった姉を失ったユカリは誰にでもいいからすがりつきたい気持ちではあった。しかし、柚木の顔を見て自分はほっとできるだろうか？　お義兄さん、とすがりつくことなど思いもよらない。

（柚木さんとは結婚式の時を含めても、まだ三回しか会《お》うたことがないから……）

しかしそれだけでもないような気がする。姉の夫を、ユカリは快く義兄として受け入れかねていた。唇を曲げるだけで目では全く笑わない、どこか冷たげな印象。自分の商才、審美眼、教養を実際以上相手に大きく認めさせようとするかの口振り。金銭に相当強い執着心を持ち、貧乏人、というより裕福でない人間を軽蔑しているらしいことが言葉の端々に表われていて、苦手なタイプだった。

「恵さんと柚木さんとは恋愛結婚ですか、見合い結婚ですか？」

と加瀬に尋ねられた時、またユカリの脳裏にちらりと空知の顔が浮かんだ。

「恋愛結婚です」

「恵さんは大阪の方だとさっき伺いましたけれど、彦根の柚木さんとどこでどう知り合われたんですか？」

「柚木さんは大阪の大学に通っていらしたんです」

「では学生時代から？」

（違うわ）「いいえ。その頃姉は別の方と交際していました」（空知さんと……）「柚木さんはその方のお友だちで、姉と柚木さんのお付き合いは卒業してからです」

「恵さんと柚木さんとそのお友だちと、三人とも同じ大学だったわけですか？」

「そうではありません。姉の通っていた短大の学園祭に柚木さんとそのお友だちが遊びにこられて、その時知り合ったと聞いています」

「それで最初、恵さんはそのお友だちの方と交際していて、後に柚木さんと親しくなられたということですか。ふーん」

加瀬は姉と柚木の馴《な》れ初《そ》めについて、それ以上質問を重ねようとはしなかった。

「しかしまあ、こんな時によりによって九州まで出張だったとは、ご主人にとってはよけいにお辛いことでしょう」

杉山の言葉にユカリは顔を上げた。おかしなことに今気がついた。

「あの……」

「何か？」と加瀬がすぐ反応する。

「すみません。私、たった今になって思い出したんですけれど、柚木さんが博多に出張なさるご予定は、昨日の夜の十二時までなかったはずなんです。今朝になって急に決まったことなんでしょうか？」

「昨日の夜の十二時まで出張の予定がなかったですって？　あなたがどうしてそんなことをご存じなんですか？」

「姉が電話でそう言っていましたから……」

「お姉さんからの電話。それはいつのことです？」

ユカリは「あ、あ」と一瞬、言葉をもつれさせた。聞かれなかったからとはいえ、自分は昨夜姉からの電話を受けたことすら彼らに話していなかった。

「昨日の夜、十一時半頃です」

「十二時ではないんですか？」

「はい。十一時半から十二時まで喋っていたんです」

「ああ、なるほど。その電話はここ、余呉の家からかかってきたんですね？」

「はい。独りで退屈だし、少し淋しかったからって、久しぶりに電話をくれたんです。本当なら柚木さんもご一緒のはずだったんですけれど、お仕事がなかなか終わらなくって昨日のうちに余呉に行けなくなったんだそうです」

「恵さんは昼間か夕方かに先にここに着かれて、ご主人を待ってらした。ところがご主人はその日のうちにこられなくなった。――博多へ出張する予定が入ったからだとはおっしゃらなかったんですか？」

「いいえ」ユカリは頭を振った。「仕事を片づけて、明朝駆けつけるっておっしゃったそうです。一晩独りにしてしまってすまないってあやまりながら。姉はそのことに少し怒ってたようです」

「まあ、やむをえなかったんでしょうね。家族サービスをすっぽかすのは私らしょっちゅうですけれど」加瀬は青い顎を撫でながら「恵さんに柚木さんがそう電話されたのはいつ頃のことか聞かれましたか？」

「はい、九時になってからだと言ってました。その時はまだ彦根のお店でお仕事をなさっていたそうですけど」

「するとその電話の後で博多へ行かなくてはならないことになったのかな？　いや、それなら少々夜遅くなっていても、明日も行けなくなったと必ず連絡を入れるでしょうね」

「ええ」

「じゃ今朝になって突然決まったのかな？　奥さんには朝電話したのかもしれない」

「柚木さんは、そうおっしゃっていたんですか？」

「いいえ、そこまでは伺っていません」

出張先に電話を入れた杉山が答えた。

「いずれにしても随分急な旅立ちだったようですね」

加瀬がそう言い、杉山が手帳にボールペンを走らせた。要確認とでも記しているのだろう。

「今夜はここに泊まろうと思うんですが……」ユカリは唇を噛んだ。「どこか、旅館はあるでしょうか？」

「ありますよ。そうですね。柚木さんがここに着くのが遅くなりますから、お二人分宿を取っておかれるのがいいでしょう。私が電話を入れてみてもいいですよ」

杉山が言う。

（刑事さんが宿の手配をしてくれる。そんなことってあるの？）

自分はよほど憔悴《しょうすい》して見えているのかもしれない。

「ありがとうございます」ユカリは刑事に感謝しながらもはっきりと言った。「お電話をお借りできますか？　自分で予約いたします」

5

柚木新一が木之本署に現われたのは午後十時過ぎだった。

「柚木新一です。恵の夫です」

応対に出た加瀬は悔やみの言葉を述べながら、頭の中では彼の第一印象をまとめていた。――櫛目《くしめ》の入った頭髪、黒縁の眼鏡の奥の細い二重瞼《ふたえまぶた》の目、尖った鼻と顎。英国風の仕立てのよさそうなモカ・ブラウンのスリーピースに身を包み、よく磨かれた靴に足許を固めた彼は、加瀬の描いていた古美術商というイメージとはおよそ遠い、都会の辣腕《らつわん》ビジネスマンといった風貌だった。服装に隙がないだけでなく、こんな時だというのにいかにも落ち着いた感じを受ける。小柄ながら貫禄《かんろく》があった。

「とにかく妻に会わせてください。まだ信じられません」

仮の霊安室で恵の亡骸《なきがら》と対面した時も、彼は冷静だった。「妻です」とひと言はっきりと答えると、一分ほどシーツをめくったまま、遺体を見降ろしていた。顔を覆う前に二、三度その髪を撫でる手つきだけが、じっと注視していた加瀬には優しく見えた。

「どうしてこんなことに……」

柚木は加瀬の方を振り返ると、訴えるように声を発した。

「あちらでお話を伺いたいんですが。義妹さんもいらっしゃいます」

柚木は目頭を掻いて頷いた。涙を拭ったのかもしれない。

軽くノックしてから取調室のドアを開くと、ユカリが顔を上げてまだ赤い目でこちらを見た。義兄の姿を見ても、別段安堵《あんど》の表情を浮かべるでもなく、かえって少し緊張をしたかに加瀬には思えた。

「召し上がった方がいいのに」

加瀬は彼女の前に据えられたピラフの皿にちらりと目をやって言った。スプーンで掻《か》き回した跡ぐらいはあったが、ほとんど減っていなかった。

「お口にしやすいものをと思って杉山警部補が頼んだんですよ」

「少しだけいただきました」

ショックは相当大きいようだ。無理もないか。悲しみを分け合ってこの子を少しでも楽にしてやれませんかね、という思いで加瀬は柚木の方を見た。

「ユカリさん、がんばりましょう」

柚木が低く響く声で言った。ユカリは黙って義兄を見ていた。

「するべきことがたくさんある。恵を精一杯篤《あつ》く弔《とむら》ってやることと、あいつをあんな目にあわせた奴を捕まえて罰を受けさせること。まずその二つです。とにかく力を出さんと何もできません」

それを聞くユカリの表情は虚《うつ》ろだった。床にスプーンが落ちてももう少し反応を見せるのではないか、と思えるほど何も面に現わさない。彼女の心に柚木の言葉はまるで届いていないようだった。

頃合いを見計らっていた杉山が静かに部屋に入ってきた。

「柚木さんのお話を伺いたいと思いますが、ユカリさんもよろしければここにいてくださいますか？」

加瀬の問いにユカリが「はい」と答えると、警部は彼女の隣に柚木を掛けさせ、その向かいに自分の席を取った。ユカリの向かいに杉山が腰を降ろす。

「柚木新一さん。古美術品を販売する柚木堂の社長さんでいらっしゃる。お年は二十九歳」

「そうです」

「奥様とは一つ違いだったんですね。この度のご不幸、ご無念のほどをお察しします」

「警察の方々がその無念を晴らしてくださるものと信じております」

被害者の夫は斬り返すように言った。警部は「できるだけ早く」と答えてから、恵の死体発見の経緯を要領よくまとめて説明した。途中、柚木は質問の一つも挟まず、黙って話に耳を傾けていた。

「強盗殺人の可能性もありますので、柚木さんには明日にでも余呉のお宅をご覧いただきたいんです。何か盗難にあっていないか、お調べいただけますか？」

「ええ。しかし、あそこには金目のものなどろくになかったはずです。このあたりで、他にも強盗事件があったりしたんでしょうか？」

「いいえ。こんな田舎のことですから、半年前に空き巣が二件ほどあっただけで、強盗のような凶悪な事件は何年もありません」

　所轄署の杉山が答えた。加瀬もそう聞いている。

「変な強盗ですね。別荘荒らしに入ったところを妻に見咎《みとが》められて、居直ったんでしようか？」

「いずれにしても朝の早いうちからの犯行ですし、確かに私も腑に落ちない点が多々あります。消防署にかかってきた通報電話も大変不自然です」

「その電話のことはどうお考えなんですか？」

「検討中です。自分で言っていたままの通りすがりの目撃者かもしれませんが、殺人犯人自身からのものかもしれません」

「犯人がどうしてわざわざそんな電話をかけるんですか？」

「判りません。何か事情のある通行人だったと考えるのが普通かと思いますから、県警と木之本署の刑事が鋭意、付近の聞き込みを行なっています。十一時半からの捜査会議で報告があるはずです」

　柚木の顔を見たまま、加瀬は煙草を取り出した。エコーが切れてしまい、さっきやむなく買ったセブンスターだった。

「ところで、奥様だけ、別荘にいらしたいきさつをお聞かせ願えますか。当初のご予定ではお二人ご一緒に昨日いらっしゃるはずだったと聞いていますが」

「ええ、そうでした。——店の者が申したんですか？」

「いいえ、ユカリさんから伺いました。奥様は昨夜十一時半頃、ユカリさんにお電話なさったんですよ」

微かに柚木の眉尻が動いた。彼の表情を窺いながら加瀬は火を点ける。

「柚木さんから九時頃、『今日は仕事が片づかなくて行けなくなった。明日早く、そちらに着くようにするから今夜はがまんしてくれ』といった電話があった、とユカリさんは恵さんから聞いておられるんですよ。——九時頃、奥様にそんな内容のお電話をなさいましたね？」

柚木は頷いた。

「しました。店のオフィスからかけた電話です。久しぶりに三連休を取って余呉でゆっくりしようと予定していたんですが、来月初めに大津のデパートの催事に出す商品に変更の必要ができて、仕事が終らなかったんです。おまけに翌日から導入される消費税の経理処理の確認などもあって、昨日は自宅まで仕事を持ち返った有様です」

「九時の電話では、今日の朝余呉に向かうと奥様にお伝えなさったんですね？」

「そうです」と柚木は即答した。

「博多へ出張する用事ができたのはいつのことですか？」

「自宅に帰って仕事をやっつけたんですが、どうも何か忘れているような気がしましてね。手帳でスケジュールを確認してみて大きなポカをしかけていたことに気がついたんです。知人に紹介してもらった博多の好事家《こうずか》を訪問して、朝鮮唐津の出物を譲っていただくようアポイントメントをとっていたんです。それをすっかり失念していたのに気がつきました。四月の初めの土曜日に博多、と覚えていたんですが、それが一日だと思っていなかったんです。全くの勘違いでした。慌てて旅行鞄を出して用意を始めたのが、かれこれ夜中の一時近くだったでしょうか。完全に余呉行きをすっぽかすことになったわけですが、そんな時間に妻に電話を入れるわけにもいきません。翌朝電話して謝るしかないな、と思いました」

柚木は澱《よど》みなくすらすらと答えた。話の筋は一応通っているように思えた。

「今日はどうなさいました、奥様にお電話はなさったんですか？」

「朝一番にしました。八時前です。それはひどいじゃないのと少し怒っていましたが、私もよそへ遊びにいくわけじゃありませんから、最後には気をつけて行ってらっしゃいと気持ちよく言ってくれました。それが……私が聞いた妻の最後の声になりました」

「博多には新幹線でいらしたんですね。午後四時過ぎにお約束なさっていたそうですから、お昼頃の列車に乗られたわけですか？」

「米原を十一時半近くに出るこだまです。京都でひかりに乗り換えて、博多着が確か三時四十五分でした」

「十一時半までは何を？　お店にいらしたんですか？」

「いいえ。前日遅くまでの仕事で疲れていましたから、店には休みの予定を変更して博多へ行く旨電話しただけで、今朝は顔を出しませんでした。家を出たのは十一時前ですね」

加瀬は少し質問を休止し、紫煙をくゆらせながら杉山のメモが追いつくのを待った。

「強盗殺人の線で捜査を進めていくことになるとは思いますが、われわれとしてはあらゆる可能性を検討し、事実でないものを消し込んでいかなくてはなりません」加瀬は嚙んで含めるような言い方で「奥様に対して恨みを抱いているような人物はいなかったでしょうか？」

柚木は心外そうに首を振って否定した。

「そんな人物など全く思い当たりません。妻はいい意味でも悪い意味でもいたって平凡な女でした。他人から殺したいほど恨まれるだなんて考えられないことです」

「ユカリさん、いかがですか？」

ユカリは「いいえ」と答え、「考え、られません」と嗄《か》れて裏返りそうな声でつけ加えた。

「昨日の夜から今朝にかけて、余呉の家に奥様が独りでいらっしゃることを知っていたのはどんな方でしょう？　そうたくさんはいないと思いますが」

柚木はちょっと考えた。「私の店の従業員のうち五人は知っていました。それだけではないでしょうか。ユカリさんにしても、妻が電話をしなければ余呉に行っているとは知らなかったはずですから」

加瀬は五人の従業員の名前を聞き、問われるままに柚木は答えた。

「警部さんがあらゆる情報を集めようとなさるのは当然のことだと思います」彼はもの判りよさそうに言った後で「しかし私の店の者は事件に無関係ですよ。妻と何の諍《いさか》いもありませんでしたし、第一、彼らはみんな今朝から通常どおり店で勤務していたはずです」

「何でも知りたいんですよ、われわれは」

加瀬は諭《さと》すように言って理解を求めた。

「別荘として使ってらしたんですね、あの余呉のお宅は？」

杉山が尋ねると、柚木はそちらを向き直った。

「そうです。あれも父譲りで粗末な家なんですが、夫婦とも気に入っていました。私にとっては子供の頃から馴染みの土地ですが、琵琶湖と山一つ隔ててあんな静謐《せいひつ》な湖があるのを、妻は結婚するまで知らなかったそうです。彦根からそう離れていないのに、余呉にくると何だかとても遠いところにきたような気がする、と二人して話したものです」

ぽつりぽつりという口調のままではあったが、加瀬は柚木が次第に饒舌《じょうぜつ》になっていくのを感じていた。落ち着いているのだ。

「あちらには特に高価なものは置いてらっしゃらなかったと先ほど伺いましたが、そうに違いありませんか？」

杉山が重ねて尋ねたが、柚木の返事は同じだった。

「ありませんね。商売柄値打ちのある骨董品の一つでもあったのではないか、とお思いかもしれませんが、そんなこともありません」

「いつもこの時期に余呉にいらしていたんですか？」加瀬が尋ねた。「まだ陽気は早いし、桜も見頃は少し先ですが」

「いつと決めてきていたわけではありません。年明けからずっと多忙だった私が、何とか三日ばかり休めそうだったのでこようとしただけです。今月も半ばからスケジュールが詰まっていて、花見時だのゴールデンウイークだのはすっ飛びそうなのが見えていましたから」

「なるほど」

加瀬はちらりと壁の時計を見る。針は十一時を大きく回っていた。

「お辛い時に色々とお聞きして誠に申しわけありませんでした。今日はもうお引き取りいただいて結構です。お宿はこの近くに三沢さんが取られていますが、暗くなって道が判りにくいでしょうから、宿に電話して迎えにこさせましょう」

「警察の方がそこまでしてくださるとは思ってもみませんでした」

恐縮した様子で柚木が言った。

「どうも色々ありがとうございます」

ユカリも立ち上がって一礼した。

加瀬は、司法解剖のすんだ恵の遺体を明日の午前中に彦根の自宅に帰してやれることを伝えてから、明朝九時に署にきて、それから一度余呉の現場まで同行してくれるよう二人の遺族に依頼した。そして宿の迎えの者に二人を任せて見送った後、捜査員が顔を揃えた会議室に杉山とともに入っていった。

第二章　悲しむ者

1

翌四月二日。よく晴れた朝だった。

柚木新一と三沢ユカリは午前九時きっかりに木之本署に着いた。

「おはようございます」

二人を迎えた杉山がごく当たり前に挨拶をした。

まず昨日と同じ取調室に通されて、そこで柚木のみ指紋を採られた。別荘で採取した指紋と照合して、侵入者の指紋を特定するためだから、別荘に行ったこともないユカリはいいということだった。『処理後破棄のこと』と書かれた用紙に、柚木は丁寧に十本の指と両掌の型を黒いインクで押した。渡された洗浄液で手を洗った柚木が洗面所から戻ってくると、警部補は席を立った。

「早速ですが車で余呉の現場に私と向かってくださいますか？　加瀬警部はもうあちらに行っておりますので」

杉山は二人を署の前に停めてあったシビックまで導き、さっさと運転席に乗り込んだ。ユカリは後部座席に柚木と並んで座る。

刑事は左手で欠伸《あくび》を隠しながら、発車させた。「よく眠れましたか？」などとつまらないことを言って話しかけてきて欲しくない、とユカリは思っていたが、杉山は無言のまま車を走らせた。

「昨日の捜査でどんなことが判ったんですか？」

しばらく沈黙が続いた後、柚木が尋ねた。ハンドルを握る刑事はルームミラーを一《いち》瞥《べつ》し、その時ユカリと目が合った。

「昨日は現場付近の聞き込みが、二人一組の五班によって徹底的に行なわれました。現場に出入りした者はもちろん、昨日の午前中付近で見慣れない人物、車を目撃した人間はいないか、それと、十時四十分頃に付近の公衆電話を利用している男を見た人間はいないか、の二点についてです。これまでのところ、特にこれといった目撃者は見つかっていません。もちろんそういった聞き込みは範囲を木之本一円に広げて今日も続けられます」

「聞き込みから何も収穫はなかったということですか？」

「昨日の捜査が終った時点ではなかった、ということです。あまり人気のない土地ですから、不審者は相当目立ちます。必ず聞き込みの網に掛かるはずです」

「しかし人気《ひとけ》のない土地ですから、目撃者を見つけるのが難しいとも言えるんではないですか？」

「根気よく見つけ出すまでやります」

柚木は憮然《ぶぜん》としたようだった。が、やがてまた尋ねる。

「現場に犯人の遺留品などは遺《のこ》っていなかったんですか？　あるいは指紋や足跡は？」

「捜査中です。ただ、指紋に関して言うと、鮮明なものは二種類しか採取されていません。そのうちの一つは恵さんのものだと判っています」

ユカリはそう聞いてがっかりした。

「もう一つは私のでしょう」

柚木はつまらなさそうに言い、それからは余呉湖畔に着くまで口をつぐんだままだった。

余呉湖が見えてきた。ユカリは窓に顔を近づけて、姉の終焉《しゅうえん》の地を見つめた。鏡湖の別名があると姉から聞いたことがあったが、朝の光を柔らかく反射させる湖面はその名のとおり鏡のようだった。どうしても琵琶湖と比較してしまうからか、池と呼んだ方がふさわしいのではないかと思えるほど小さく感じられる。周囲を山に囲まれ、人家もまばらなそれは、安曇野《あずみの》を旅した時に見た高原の湖にも似ている、とユカリは思っていた。

「こんなことでくるんでなかったら、ここもなかなかロマンチックな湖に見えたはずですよ」

ユカリの耳のそばでぼそりと柚木が言った。ユカリは半ば無意識のうちにこっくり頷いていた。

「余呉湖にはね、天女が舞い降りたっていう伝説があるんですよ。この国のあちこちにあるお馴染みの羽衣伝説です。天女が羽衣を掛けたっていう柳の木も湖畔にあります。ここなら天女が降りてきて、こっそり水浴びをすることもあったかもしれません」

色彩のない水田の中の舗装された道を進むほどに、さらに湖が正面に近づく。車は一度左に曲った後、湖を右手に見ながら時計回りに湖畔を辿った。湖岸を走りだすと、そう小さな湖でもないことが判る。さっきまでは左手の山に隠れて、懐の深いこの湖の全景が見えていなかったのだ。

「この左手前方が賤ケ岳《しずたけ》です。木之本側からリフトで山頂に登ると、琵琶湖と余呉湖の二つが見られます」柚木はぼそりぼそりと言った。「恵と去年の夏に登ったんです。家に写真が残っているはずです。――あいつは女性にしては歴史に詳しかった。ユカリさんは賤ケ岳の七本槍なんてご存じですか？」

(聞いたこともない)「いいえ」

「賤ケ岳の合戦で活躍した加藤清正《かとうきよまさ》、福島正則《ふくしままさのり》ら七人のことです。賤ケ岳の合戦というのは羽柴秀吉《はしばひでよし》が、確か柴田勝家《しばたかついえ》と……」

「柴田勝家と組んだのは佐久間盛政《さくまもりまさ》です」

運転席から杉山の声がした。

柚木は「そうそう。で、ここで秀吉が勝利を収めたという古戦場なんですよ。恵はそんなことも私よりよく知っていた」

姉のことを思い出す。二年ほどのＯＬ生活で通勤していた時も、そう言えば若い女性に不似合いな歴史雑誌を持ち歩いていた。爺《じじ》むさい、とユカリはからかった。

「初対面の時に、実家が古美術なんて黴《かび》臭いものを商っていると話したら、興味を持ってくれましたね。変わった女の子だ、と思ったもんです」

　ユカリは何も言わずに聞いていた。

　現場に着いた。警察のものらしい車が一台家の前に停っている。杉山は車をその後ろに着けた。

　中に入ると加瀬と他に二人の刑事がリビングで立ったまま話していた。丸顔の一人に加瀬は何やら念を押して指示している。

「柚木さんと三沢さんにきていただきました」

　杉山が声をかけると、警部は振り向いて「どうも」と言った。

「ここで恵は殺されたんですか」

　フローリングの床の人型を見降ろして柚木が言った。「はい」と杉山が答える。

「首を絞められて……でしたね」

「はい。トースターの電気コードが凶器でした」

「酷《むご》いことを」

　加瀬は一度咳払いをした。

「柚木さん、よく家の中を見ていただけますか？　なくなっているものがないか、という点と、その反対に見慣れないものがないか、という点を注意して見てみてください」

「判りました。しっかり見ます」

柚木が念入りに家中を調べて回る間、ユカリはすることがなかった。柚木や刑事の邪魔にならないように、身をすくめてリビングの隅で小さくなっていた。床のチョークで描かれた人型は、まるで姉がその場に焼きつけられて溶けた痕跡かに思えて、ただ恐ろしかった。

柚木がリビングに戻ってきてあたりを調べ始めたので、ユカリは洋室に移動した。寝室だった。窓から湖が見える。

(天女が舞い降りてくるやなんて思われへん)

ユカリは義兄の言葉に反発していた。

(姉さんはここで、悪魔に襲われたのに)

2

柚木は何も異状を発見できなかった。加瀬は協力を労《ねぎら》った後、昨日の話の続きを少し伺いたいと言い、ユカリも呼んだ。

「そこに行きましょうか」

殺人現場であるリビングを避け、加瀬が和室にユカリらを導いた。座卓を挟んで向き合って腰を降すと、杉山が手帳を開く。

「二十九歳にして柚木さんは社長さんということですが、お父様からいつ継がれたんですか？」

加瀬の口調は世間話でもするように軽いものだった。

「私が大学を出て間もなく。二十四の時ですから五年前ですか。アルツハイマー症候群という難病にかかって他界したものですから、私が社長、弟が専務に同時に就任しました。商売のイロハを覚えている最中に肩書きだけ重くなったのに苦しみましたが、会社のいわば番頭格で、彦根店店長の武藤《むとう》という有能な男がおりまして、彼に助けられて兄弟とも仕事を覚えながら社長、専務を務めているような次第です」

「ほぉ。弟さんもまたお若い専務さんですな。おいくつ違いですか？」

「同い年です。弟と申しても私どもは双子ですので」

「ああ、そうなんですか」加瀬は大きく二、三度頷いた。「お名前は？」

「健一《けんいち》です。健康の健に漢数字の一です」

「同じように大学を出られて？」

「いいえ。彼は大学を二年で中途退学して、それ以後すぐ店の仕事をしていました。

ですから、四年大学に通った私よりキャリアは三年長いんですが、私の方が品物を見る目が利く、と父が判断したためか、遺言で私を社長に指名したわけです」

「ははぁ、古美術品を見る天性の鑑定眼があったわけですね」

「いやあ、そんな。——ただ、父の仕事には子供の頃から興味がありましたよ。大学では文学部で美学を専攻していました。その時からフィールドワークと称して、地方の旧家の蔵を見せてもらって回ったりもしました」

「現在、会社の従業員は何人です？」

「彦根に五人、大阪に三人。それに私ども兄弟を入れて十人ですね。私と武藤が彦根の本店を、健一が大阪の支店を見ています」

「大阪を本店にはなさらないんですか？」

「彦根で生まれて、彦根で信用を築いた店ですので。彦根というのはご承知のとおり井伊《いい》家の城下町で、文化財や古い美術品の多い土地です。そこに根は残しておくつもりです。出店して十年そこそこの大阪では新参者ですし」

　事件と直接関係のないような話がしばらく続いた後、警部は昨日の午前中の行動を改めて柚木とユカリに聞いてきた。アリバイ調べなのだろうか、とユカリは思った。

「警察はすべての関係者の方にアリバイを伺いますので」がドラマの刑事の決まり文

句だ。

まずユカリが尋ねられた。いつもどおり七時過ぎに起き、八時過ぎに野田《のだ》のマンションを出て、会社に八時四十五分に出社した。警察から電話があったのが十二時少し前。すぐに早退し、新幹線と北陸本線で木之本署に駆けつけたのが午後二時過ぎだった。

刑事らは質問一つ挟むでもなく、ただ簡単にメモを取るだけだった。

「私はですね」柚木が話しだす。「昨日もお話ししたとおり、八時頃に目を覚ましてすぐ、妻に予定変更の電話を入れました。一応納得してもらってから、九時前に今度は店に電話をし、武藤店長に休みを返上して博多の清水士郎《しみずしろう》氏を訪問する件を伝えました」

「清水氏とのアポは四月一日の午後四時だったんですね？」

「そうです。焼き物を二つ買い入れさせていただく話はそれまで人を介したり、電話でやりとりしたりでおよそ成立してはいたんですが、肝心の実物を私自身まだ見ていなかったものですから、訪問する必要があったわけです。夕方お会いして話を片づけた後、中洲《なかす》で一杯やることにしていたんです。清水氏とはこれからもご懇意にお願いしたかったものですから、私からお誘いしていたんですよ」

「朝、先方に確認の電話など入れられましたか？」

時刻表①

大阪発	859	905	917	911	…
新大阪着	904	910	921	916	…
新大阪発	905	910	922	917	…
茨木〃	913	レ	935	926	…
高槻〃	919	レ	948	932	…
山崎〃	レ	新快速	954	レ	…
神足〃	レ	レ	958	レ	…
向日町〃	レ	レ	1001	レ	…
西大路〃	レ	レ	1005	レ	…
京都着	936	939	1008	948	…
京都発	937	941	…	952	…
山科〃	942	946	…	957	…
大津〃	947	堅田着 1005	…	1002	…
膳所〃	949		…	1004	…
石山〃	953		…	1008	…
瀬田〃	956	以下	…	1011	…
草津着	1000		…	1015	…
草津発	1001	421	…	1016	…
守山〃	1005	ページ	…	1020	…
野洲〃	1009	…	…	1024	…
篠原〃		…	…	1029	…
近江八幡〃	— —	— —	— —	1032	— —
安土〃	…	…	…	1036	…
能登川〃	…	…	…	1046	…
稲枝〃	…	…	…	1051	…
河瀬〃	…	…	…	1055	…
南彦根〃	…	…	…	1058	…
彦根〃	…	…	…	1102	…
米原着	…	…	…	1107	…

時刻表②

列車名	こだま 371	ひかり 341	こだま 409	ひかり 301	
発車番線		⑰	⑲	⑭	
東京発	…	736	748	752	…
新横浜〃	…	753	808	レ	…
小田原〃	…	813	830	レ	…
熱海〃	…	レ	840	レ	…
三島〃	…	レ	852	レ	…
新富士〃	…	レ	908	レ	…
静岡〃	— —	レ	922	レ	— —
掛川〃	…	レ	942	レ	…
浜松〃	…	レ	958	レ	…
豊橋〃	…	レ	1016	レ	…
三河安城〃	…	レ	1034	レ	…
名古屋着	（6両編成・⊠なし）	936	1048	944	…
名古屋発		938	1049	945	…
岐阜羽島〃		レ	1105	レ	…
米原〃		1003	1126	レ	…
京都〃		1028	1152	1032	…
新大阪着		1044	1208	1048	…
発着番線	㉑	㉑	㉔	㉔	
新大阪発	1040		…		…
新神戸〃	1055		…		…
西明石〃	1106	⊠	…	⊠	…
姫路〃	1119	個室	…	個室	…
相生〃	1133	…	…	…	…
岡山着	1155	…	…	…	…
岡山発	1156	…	…	…	…

「それはしませんでした」

「続けてください」と加瀬は促した。

「時刻表で新幹線の時刻を見てから、十時四十五分に家を出ました。佐和山《さわやま》近くの自宅から駅まで歩いて十五分です。——ちょっとお待ちください」

柚木はスーツの内ポケットから手帳を取り出して栞《しおり》の紐を挟んであったページを開いた。

「乗り継ぎをメモしてあるんです。えーと、11時2分彦根発の電車に乗りました。米原までひと駅乗って、11時7分に米原で降りました（時刻表①参照）。そこで新大阪行きの、11時26分発のこだま409号に乗り換えました（時刻表②）。この間、十九分の余裕が

時刻表③

列車名	ひかり 103		こだま 417	ひかり 241		こだま 473		ひかり 153	こだま 375	ひかり 345	こだま 419	ひかり 305		ひかり 5
発車番線	⑲		⑱	⑮		⑱		⑭		⑰	⑯	⑭		⑮
東京発	912	◆（運転日注意）	916	924	…	932	〔3月19日までの毎日と3月21日↓4月4・7・9・11↓17・19↓21・23・25・27・29・30日・5月3↓7・9・11・12日・14↓19・21・22・26・28日・6月1↓4・9・10・16日運転〕	936	…	940	948	952	…	1000
新横浜〃	929		933	レ	…	952		レ	…	957	1008	レ	…	レ
小田原〃	レ		955	レ	…	1015		レ	…	レ	1030	レ	…	レ
熱海〃	レ		1007	1002	…	1026		レ	…	レ	1040	レ	…	レ
三島〃	レ		1020	レ	…	1037		レ	…	レ	1052	レ	…	レ
新富士〃	レ		1035	レ	…	1050		レ	…	レ	1108	レ	…	レ
静岡〃	レ	– –	1053	1027	– –	1109		レ	– –	レ	1122	レ	– –	レ
掛川〃	レ	…	1112	レ	…	1130		レ	…	レ	1142	レ	…	レ
浜松〃	レ	…	1129	レ	…	1143		レ	…	レ	1158	レ	…	レ
豊橋〃	レ	…	1148	レ	…	1158		レ	…	レ	1216	レ	…	レ
三河安城〃	レ	…	1204	レ	…	1219		レ	…	レ	1234	レ	…	レ
名古屋着	1108	…	1216	1125	…	1232		1129	（6両編成・⊗なし）	1136	1248	1144	…	1152
名古屋発	1109	…	1218	1127	…	◆（運転日注意）		1130		1138	1249	1145	…	1153
岐阜羽島〃	レ	…	1231	レ	…			レ		レ	1305	レ	…	レ
米原〃	レ	…	1254	レ	…			レ		1203	1326	レ	…	レ
京都〃	1156	…	1320	1212	…			1216		1228	1352	1232	…	1240
新大阪着	1212	…	1336	1228	…			1232		1244	1408	1248	…	1256
発着番線	㉑		㉒	㉒				㉑	⑳	㉑	㉒	㉓		㉑
新大阪発	1214	…	…	1230	…	…		1234	1240	…	…		…	1258
新神戸〃	1229	…	…	1245	…	…		1249	1255	…	…		…	レ
西明石〃	レ	…	…	レ	…	…		レ	1306	…	…	⊗	…	レ
姫路〃	1251	…	…	1307	…	…		レ	1319	…	…	個室	…	レ
相生〃	レ	…	…	レ	…	…		レ	1333	…	…	…	…	レ
岡山着	1316	…	…	1332	…	…		1329	1355	…	…	…	…	1350
岡山発	1317	…	…	…	…	…		1330	1356	…	…	…	…	1351
新倉敷〃	レ	…	…	…	…	…		レ	1408	…	…	…	…	レ
福山〃	1339	…	…	…	…	…		レ	1422	…	…	…	…	レ
新尾道〃	レ	…	…	…	…	…		レ	1431	…	…	…	…	レ
三原〃	レ	…	…	…	…	…		レ	1439	…	…	…	…	レ
東広島〃	レ	…	…	…	…	…		レ	1453	…	…	…	…	レ
広島着	1409	…	…	…	…	…		1416	1506	…	…	…	…	1436
広島発	1410	…	…	…	…	…		1417	1513	…	…	…	…	1437
新岩国〃	レ	…	…	…	…	…		レ	1532	…	…	…	…	レ
徳山〃	1444	…	…	…	…	…		レ	1548	…	…	…	…	レ
小郡〃	1501	…	…	…	…	…		レ	1605	…	…	…	…	レ
新下関〃	レ	…	…	…	…	…		レ	1623	…	…	…	…	レ
小倉着	1524	…	…	…	…	…		1516	1633	…	…	…	…	1536
博多〃	1545	…	…	…	…	…		1537	1654	…	…	…	…	1557
到着番線	⑬							⑭	⑬					⑬
食堂 ビュフェ カフェテリア	B・T		帝国	帝国				B・T		帝国	J・D	SPS		J・D

ありますから慌てることはない、と考えていたんですが、また大事なことをど忘れしていることに気がつきました。清水氏への手土産を彦根駅前で買っていこうと思っていて、買い忘れてしまってたんです」

　柚木は頼りない社長だと思われるのを恥じるように、頭をぼりぼりと掻いた。刑事らは黙って聞いている。

「そこで仕方なくキヨスクで見繕《みつくろ》うことにしました。思うようなものがなくて迷ううちにこだまの発車時刻が迫り、焦ってしまって。結局近江《おうみ》牛の佃煮《つくだに》を買って新幹線のホームまで走りました」

「それで、間に合ったんですね？」と加瀬が聞いた。

「はい。で、そのこだまに京都まで乗って、京都で博多行きのひかりに乗り換えました。新大阪で乗り換えるよりもその方が早く、確実に座れますから。――11時52分京都着。そこで11時56分発のひかり１０３号に乗り換えたわけですね（時刻表③）」

「それで博多まで？」

「そうです。えーと、そのひかり号の博多着が15時45分。定刻どおりに着きました」

「清水氏のお宅は駅から近いんですか？」

「博多駅東というところで、駅から徒歩で十五分ほどだと聞いていました。税理士をなさっていて、事務所と自宅が一緒になっているんです。駅前の公衆電話から一度電話を入れた上、地図を見ながら行ったんですが、ちょっと判りにくくて、先方に着いたのが四時十分ぐらいでしたか。実際には駅から二十分はかかりそうなところでしたね」

「着いてすぐ清水氏から、われわれの伝言を聞いたわけですね?」

「はい。木之本警察署の電話番号をお教えいただいて、すぐに電話を借りてかけました。そこで凶報を聞いたわけです」

口を噤《つぐ》みかけた柚木に杉山が言う。

「大変でしたね。博多からトンボ返りして木之本までというのは」

「すぐ駅に引き返して新幹線に乗りました。ずっと長い長い悪夢を見ているようでした」

話はそこまでだった。

「お葬式は明日なさいますか?」

それならば自分もお焼香に行きたい、と杉山が言った。

「そのつもりです。武藤が準備を進めてくれておりますし、弟も帰ってきますから」

加瀬がふと顔を上げた。

「帰ってくる？　健一さんもどこかへご出張なさっていたんですか？」

「山形県の酒田です。偶然ですが兄弟とも同じ日に遠くに仕入れのために出張だったんです」

「それはまた遠い。しかも北と南で正反対の方角だったんですね」

「酒田の同業者から掛け軸を分けてもらいに行ったんですが、先方が四月一日を指定してきたんだそうです。相手は零細な店なんですが、弟は『四月に入ってからこい、って言われた。消費税分を飲むつもりやぞ』とぼやいていました」

消費税導入で日本中が大騒ぎをしている。今朝、義兄が払った宿代の清算書にも消費税のゴム印があった。平成元年四月一日、消費税が生まれ、姉が死んだ。消費税にみんなが憂《うれ》い、姉の死に私が悲しむ——。

「弟も仕事どころではありませんでした。昨日の夕方向こうに着いて、今日商談をする予定だったんですが、それも放って朝一番に酒田を出て、彦根に向かっています」

話はそのあたりで切り上げられた。刑事らが二人の遺族に礼を述べる。

「ご協力ありがとうございました。われわれ全力を尽くしますので、みなさんもしっかりしてください。——大丈夫ですね、三沢さん？」

ユカリは「はい」と顎を引いて加瀬に応えた。

「電車でお帰りですか？　それなら木ノ本駅までお送りしましょう」

「余呉駅まででいいですよ」

柚木が言ったが、手前の木ノ本で折り返す列車が多いことを杉山に思い出させられ、どうせ加瀬もこれから署に戻ると聞いて、送ってもらうことにした。

そう決まってから警部は、杉山とリビングの隅へ行って捜査の打ち合わせを小声で交わした。

「三つの班は……消防署の方へは……そっちを富田にやらせますから……あちらは私が直接……」

「午後から私が……警部を待って……それからでも……向こうがですか？　……ええ、ええ」

どういう話をしているのか判らない。やがて内緒話が終って、加瀬がこちらへやってきた。杉山は残り、彼が車で送ってくれるらしい。

きた時と同じように、ユカリは後部座席に柚木と並んで掛けた。加瀬は家の前まで見送りに出た杉山に軽く片手を上げてみせ、柚木とユカリは頭を下げた。警部は無言のまますぐに発車させた。

映画のフィルムを逆回しにするように余呉湖が去っていく。誰も口をきかなかった。

　木ノ本駅前で降ろしてもらい、加瀬と別れた。列車がくるまで改札口前のベンチで二十分ばかり待たなくてはならなかった。

「お義兄さん？」

　ユカリはあまり言い慣れていない言葉で呼びかけた。

「何？」

「一昨日、ひょっこり空知さんに梅田で会ったんです。もし、まだ連絡なさってないんやったら、私からお電話をしてもかまいませんか？」

　柚木は短い間考えてから「お願いしようか」と言った。

　彦根に着いてからユカリは電話をかけた。番号が今判りますか、と義兄に尋ねる気になれず、まず番号案内で調べた。

　電話は何度かけてもつながらなかった。

3

布団に寝そべったまま同業者の本を読んでいた時、電話が鳴った。空知は手を伸ばして枕許に置いてある電話の受話器を取った。

「空知です」

「やっと通じた。世間は午後六時。日が傾いてるんですけど、今お目覚めですか？」

溜め息混じりの声。片桐だ。

「いいえ。三時頃に起きて、それからずうっと電話のそばで本読んでましたけど」

「電話のそばでって、また受話器をはずしてたんじゃありませんか？」

「あ、そう。目が覚めてからうっかり忘れてたんですよ。受話器はずして布団にくるんだまま。五時頃復旧したはずやけど」

「復旧って災害があったわけでもあるまいし。悪い癖ですよ、受話器をはずして世間から孤立したがるの」

「電話機を枕許に置いてるもんやから、眠ってる時にベルが鳴ったらびっくりして飛び起きてしまうんです。せやから寝る前につい受話器を……」

「枕許の畳の上にじかに置いてあるって言ってましたね？　そんなところに置いてるのが悪いんです。変人ですよ」

片桐はぶつくさと言った。空知は愉快だった。

「そやかて便利ですよ、枕許にあったら。寝そべったり、胡座《あぐら》かいたりしながら電話できるから」

「コードレス電話を買えばいいじゃないですか。それより仕事の話です」

「ほい」

「ほいじゃありません。一昨日中途までいただいた原稿を昨日の夜読ませていただいてたんですが、ミスがあります」

「あら」

「あらじゃありません。五、六箇所常識がないための間違いがありました。第四章の『シシフォスの神』はおかしい。シシフォスは人間で、神じゃありません。カミュに『シシフォスの神話』って著書があるんで勘違いしましたね？　その少し後では土曜日発売の週刊誌が出てくるけど、首都圏、大阪で土曜日に出る総合週刊誌はありません。――ああ、いえ、そんなのは細かいことでいいとして、肝心のトリックに関わる箇所でおかしいところがありました。空知さん、九州の電車は交流ですよ。本州の直流電気機関車は走れません」

「交直両用って機関車があるでしょ？」

「この作中のアレは違うんです。ここ、修正できますか？」

「何とかしますわ」空知はまいったなと思った。「ちょっと厄介やけど」

「よろしくお願いします。——でもこの前の話より遅れないように」

「がんばります。広瀬警部のアリバイ講義どころやなくなってきたなぁ」

「待ってますよ。脱稿したら東京へ出てくるっておっしゃってましたね。その時、この前お約束したとおり、私の行きつけのディスコにご案内しますから」

「ええよ、本気で連れて行けて言うたんやありませんから。人生、部分的に義理堅いね、片桐さん」

「ええ。義理堅いをひっくり返して片桐っていうぐらいですから。それとも年明けに行ったカラオケスナックで祝杯をあげます？」

「また桑田佳祐《くわたけいすけ》になりきって歌うの？」

「はい。なりきりの片桐と呼んでもらいましょう」

「駄洒落はやめてください。二十一世紀も近いんやから。——それにしても退社時間になったら元気が湧いてくる人やな。こっちはこれから晩飯食って仕事ですよ」

「何が退社時間ですか！　こっちは日曜出勤してるんですよ」片桐は呆れたようだ。

「まぁ仕事半分というところで、実は今日、これから花見に行くんですよ、うちの課の連中と」

「東京も咲いてますか？」

「二、三日先ならもっといいんでしょうけど、今日たまたまみんなの都合が一致したんで急遽《きゅうきょ》行くことにしたんです。もう、先発隊は上野の山に着いてる頃だ。私も出ます」

「楽しそうですね」

「サラリーマン生活が懐かしくなりますか？」

「まさか。——そしたら片桐さんも、とっとと出かけてください」

「行かせてもらいます。どうも、失礼しました」

賑やかな電話が切れた。時計を見ると六時半近かった。西の窓が茜色《あかね》に染まっている。

（サラリーマン生活が懐かしくなりますか、やて？）

空知は一人で苦笑した。

大学を出てすぐ就職したのは大手の光学機器メーカーだった。大阪支社の営業戦士として身を粉《こ》にしてがんばったつもりだが、サラリーマン社会の悲劇というか、どうしても合わない上司に当たってしまった。自分は動かず、部下を消耗品のごとく酷使し、次々に潰して平気な課長がいた。提案という形で空知がノルマ主義の見直しと、公平な査定を求めたりしたものだから、特に嫌われ、きつく当たられた。しかし、直接の原因は自分への仕打ちではない。ある時、後輩が小さなミスを犯した。課長はそれを課員全員の前で叱るというより、口汚く罵《ののし》った。それだけならよくあることだったが、後輩の肉体的な欠点を揶揄する言葉が課長の口から発せられた時、空知は席を蹴った。

(大した熱血漢やで、ほんま)

——口を慎《つつし》んだらどうです?

——何やと、誰に向かって言うとる?

——お前や。

課長の机を器用に蹴り倒していた。あーあ、やってしまいよった、と胸の中でもう一人の自分が嗤《わら》った。椅子からずり落ち、ついでに眼鏡もずり落ちさせた課長、傍らで立ち尽くす叱られていた後輩、唖然として見つめる同僚——机の下で手を叩いている奴もいた——何事かと驚いて衝立《パーティション》の向こうから覗きにきた他部の野次馬たち。

その注視の中、空知はさっさと自分の机の上を整理して部屋を出た。思い出したら冷や汗が出るな。

帰りがけにタイムカードを破ってごみ箱に投げ捨てた。おいおい、明日からどうするんや、とまたもう一人の自分が今度は少し情けない声で呟いたが、知るもんか、と答えてやった。

(ま、あの時やらんでもいつかやってしもうたことやろうな)

甘くもほろ苦くもない追憶。——意外と自分はカッとくる質《たち》なんだなと発見しただけだ。あのひと蹴りが推理小説書きになる第一歩だったと言うような話でもない。推理小説は子供の頃から好きだった。遊び半分に書いて友だちに読ませたこともある。失業中、暇に任せて懸賞小説に応募してみようと思ったのは、宝くじよりは確率が高いだろうというぐらいの思いでしたことだ。ただ、もちろんこれは遊びではない、と真剣勝負で臨んだ。

(よう最終まで残ったもんや)

今考えると傷の多い作品だった。もちろん基本のアイディア、トリックがそれなりに評価されたのだが、この原稿用紙の束を飯に変えてやる、という気迫はこもっていたに違いない。トリックは中学一年の時に創ったものだった。十三歳の自分に助けられたな、と思った。

サラリーマン時代の埋め合わせであるかのように、片桐というよき編集者に恵まれて、本格的に執筆を始めた。缶詰ではないが二人でホテルに泊まり込み、徹夜であぁでもないこうでもないとブレインストーミングをしたこともある。自分と同い年だが、彼の有能さは社でもよく理解されているらしい。本人は推理小説が大好きなのだが、時代小説やＳＦの中堅作家も担当している。末永く付き合いたいと空知は願っていた。

（ミスを見つけるのもうまいしな）

空知は今しがた指摘されたミスの修正案を練り始めた。

（厄介やなぁ）

下手をすれば筆が止まってしまうかもしれない。ごろんと仰向けになって考えだした彼は、昨日から溜めたままの新聞を読む気もしなかった。

4

加瀬は木ノ本駅前で柚木とユカリを降ろすと、ちらりと腕時計を見て余呉からの所要時間を確認した。それから署に一旦戻ると、本部に駐在している署長の権田警視に柚木らから聞いた話を伝えた。自ら米原駅に柚木の話の裏を取りに行くことにしたいと言い、許可を取る。聞き込みの様子を尋ねてみたが、他の捜査員らからこれといった情報は入っていなかった。

加瀬は再び車に乗り込むとハンドルを右に切り、頭を駅の反対側に向けて発車させた。がらんとした国道8号線を三ブロックほど西に向かうとすぐに木之本インターチェンジだ。そこから北陸自動車道に入り、アクセルを踏み込んで南に向かった。左手に北陸本線の線路と国道8号線がぴったりと平行に並んで走っており、すぐに木之本町を出て高月《たかつき》町に入った。左手前方には蒼《あお》く霞《かす》んだ伊吹山《いぶきやま》がずっと見えている。右手には見事に格子模様になった水田が丘陵裾まで広がるばかりで、その向こうの竹生島《ちくぶじま》を浮かべた琵琶湖は全く望めなかった。湖北《こほく》町に入って、伊香《いか》郡から東浅井《ひがしあさい》郡になる。右手の丘陵はそのあたりで切れるが、道路は琵琶湖から遠ざかるように東へカーブし、特急列車が走っている北陸本線の線路を乗り越えた。

（もう余呉から二十五分かかっとる）

腕時計を一瞥して、さらに加瀬は速度を上げた。関西方面へ海産物を運んでいるらしい大型トラックを数台するりと追い抜く。左手の窓を古戦場跡が飛んで去り、姉川《あねがわ》を渡った。長浜のインターを過ぎたあたりで加瀬は首を振った。余呉湖畔の現場からの所要時間が三十分を越えたのだ。

「これではあかん」

彼はぽつりと呟きつつも、スピードは落とそうとしない。道は一直線に伸びていた。高架の新幹線をオーバークロスし、日光寺山《にっこうじさん》のトンネルをくぐり、東海道本線、国道21号線を続けて乗り越える。名神高速とT字に交わる手前の米原インターで降りた。ついさっき跨《また》いだ国道を制限速度を越えて走る。米原警察署の前を横切り、駅の東口に辿り着くと、警部はもう一度腕時計を見て首を振った。

「無理やな」

殺人現場からここまで四十五分かかっていた。もちろん木ノ本駅や警察署に立ち寄ったロスタイムは勘定に入れていない。自分よりもっと運転技術のある者が、もっとよく走る車を使ったとしても、この所要時間が五分と変わるとは思えなかった。

加瀬は駅前に車を停めて降り、ゆっくりと駅に向かった。警察手帳を示して改札口をくぐる。こちら側はいわば米原駅の裏口にあたり、新幹線のホームも反対の西側にあった。何十本もの鉄路を跨ぐ跨線橋を渡り、警部は新幹線の改札口を目指した。在来線の改札口は西側の階段を降りたところだが、新幹線の改札口は跨線橋の途中にある、いわゆる橋上駅になっていた。

改札口に向かって右脇のキヨスクに歩み寄ると、彼は中年の女子店員に声をかけた。

「お仕事中悪いんですが、ちょっとお尋ねしたいことがあるんです」

俯《うつむ》いて菓子類の注文書を書いていた店員は「はい？」と顔を上げて加瀬の目を見た。

「県警の者です」と小声で言って警部は警察手帳を見せた。「昨日の午前中もあなたがここにいらしたんですか？」

「そうですけど」

店員は怪訝《けげん》そうに加瀬を見つめたままだった。そこへ両替をしてきたらしい若い女子店員が戻ってきて「どないしました？」と中年の店員に聞いた。

「あなたもこちらの方ですね。昨日の午前十一時頃、店番をなさっていたのはあなた方お二人でしょうか？」

そう聞きながら彼は二人の胸の名札を見た。中年の店員が延谷《のべたに》、若い店員が石井《いしい》という名だった。

「それが何か？」

若い石井は胡散《うさん》臭そうに加瀬をじろじろと見た。彼はもう一度手帳を取り出してよく見てもらった上、ある事件の捜査に協力して欲しいと頼んだ。

「昨日の午前十一時十分頃、ここで買い物をした男性のことを少し訊《き》きたいんです」

「ああ、もしかして牛肉の佃煮を買うた人ですか？」

石井がすぐ反応し、うんうんと延谷も頷いた。随分とものの覚えがいいなと加瀬は意外に思いつつ「ええ」と答えた。

「これね。これを買いなさった人や」

延谷が加瀬の前の『近江牛の佃煮』を手に取って言った。

「その人がどうかしたんですか？　悪い人には見えんかったけど」

石井が眉をひそめながら言う。加瀬はそんな深刻な話ではないのだとさらりと言った。

「その男性がちょっとしたごたごたに巻き込まれそうなんです。けれど、昨日の午前十一時十分頃、ここで買い物をした後、新幹線に乗ったことがはっきりすれば解決するんですよ。本人は牛肉の佃煮を買ったと言ってましたから、その人らしいですね」

彼は柚木新一の写真を取り出して見せた。柚木の了承を得て持ち出した余呉の別荘にあった写真だ。

「佃煮を買ったのはこの人ですか？」

二人の店員は額をくっつけんばかりに寄せて写真を覗き込んだ。石井が「そうそう」と即座に答え、延谷はその三倍ほどの時間をかけてとっくりと見てから顔を上げた。

「どうですか？」

「この人に間違いありません」

加瀬は念のためにもう少し詳しい話を聞いておこうと思った。しかし、まず気になったことはこれだ。

「お二人ともよく覚えてらっしゃいますね。毎日毎日大勢のお客と接しておられるだろうに、顔はおろか、最初に私が時間を言っただけで『牛肉の佃煮を買った人ですか』とすぐにピンときたようですけど」

「この人は特別です」

「この人は覚えてましたわ」

二人が口を揃えて言うので、加瀬はおやっと思った。

「特別。どういうふうに特別なんですか？」

「えらく慌ててたんです」

石井が言うと「いやぁ」と延谷が言い直す。「最初はゆっくりしとったんです。新幹線の切符を手に持って、それをひらひらさせながら向こうの階段を上がってきて、ぶーらぶーらこっちへ歩いてきはった。週刊誌を一冊買うて、その時も『これは昨日出た分やから消費税はつかんの？』とか言うてね。『そうです。来週出る分から税金がかかります』て言うたら『ふうん』て言うてたんですよ」

石井が「ええ、そう。それが急に、ねっ」

「ええ。一旦新幹線の改札に向かいかけたのに、ふと立ち止まったかと思うたら慌てて飛んで戻ってきはりました。『土産土産。手ぶらでは行けんやないか』とか自分を叱るように言うて。それで大慌てで店先のもんをどれにしようかって掻き回すようにして」

「そう。で、『これでええ』って佃煮を選びはったんです。慌ててる癖に『この値段、税込みですか？』やて」

石井はその時の様子を思い出したのか、くすりと笑った。

「えらい勢いで走って行きましたよ。改札の人が切符を切りながら『間に合う、間に合う』って言うてたのに」

「間に合ったんですか？」

「それはここにいたら判りませんよ」石井が言う。「けど、その人が走り去ってから、電車がホームへ入ってくる音がしてましたから、途中、二回ほど転んでも間に合《お》うてたと思いますよ」

なるほど、それならかなり印象に残っただろうと納得した。隙のない服装をして、構えて話す若社長だが、かなりおっちょこちょいのようだ。博多行きを忘れて休暇を取ってしまったり、度が過ぎるような気もするが。

「くどいようですが、この写真の男性でしたね？」

尋ねると二人して頷いた。石井などは自信たっぷりに胸を張って、

「間違いありません。もし、その人が因縁《いんねん》つけられてるんやったら、私、裁判で言うてあげてもいいですよ」

加瀬は万一それが必要になったらその時はよろしく、と言って礼を述べ、次に改札口に向かった。制帽を浅く被った若い改札係は今までのキヨスクでのやりとりを聞いていたらしい。

「私もその時ここにいましたよ」

彼は警部が何も言わないうちに言ってきた。それなら好都合だと加瀬は思った。

「この人？」

写真を示すと「そうです」とはっきりした返事が返ってきた。よく見てから答えている。

「そこで店員さんと話してたのを聞いてたでしょ。あのとおりですか？」

「ええ。こう言ってはお客様に失礼ですけど、慌てぶりが面白かったんで。挟みを入れた切符が博多までのものだったっていうことも覚えていますよ」

「乗れそうなのに随分走ったそうですね」

「一本逃したら三十分ぐらい空きますから、焦る気持ちはよく判ります」

もう充分に裏は取れたと思ったが、ものはついでなので加瀬は乗車券販売窓口でも訊いてみることにした。柚木が上がってきたという階段を降り、一度在来線の改札を出た。窓口の職員は柚木の顔まではっきり記憶していなかったがこれは無理もない。ただ、一つ有益な事実を教えてくれた。

「午前中に博多までの乗車券と新幹線特急券を売ったことは覚えています。昨日の午前中に売った博多までの特急券はその一枚だけなんですけど、男性だったことは確かです」

「午前中に博多行きを売ったのは一枚だけ？　はあ、そんなものですか」

「日によって色々ですが、昨日の午前中はそうでした」

一つ質問を加える。

「その人は彦根から乗ってきたと言ってるんですけど、それなら階段を降りてきて一旦改札の外に出なくても、新幹線の窓口で博多までの乗車券、特急券とも買えたはずですよね？　面倒なことをしたんですね」

「人の好き好きですよ」

窓口氏が興味なさそうに言った時、客がきたので警部は「どうも」と言って窓口の前を離れた。

どうやら確認作業は終ったようだ。

権田署長には米原までの走行時間を測り、ついでに駅で柚木の話の裏を取ってすぐ戻る、と言って出てきた。一人で聞き込みに回るつもりはなかったのだが、しかしここまできたのなら彦根まで足を伸ばしてみようという気になった。確認の駄目押しだ。

米原駅まで車を飛ばしてきたのはもちろん、柚木のアリバイを調べ、彼を捜査線上から消し込むことが目的だった。加瀬は東口まで跨線橋を渡って戻りながら考える。

犯行が午前十時半以降であることがはっきりしている。一方、柚木は午前11時7分に米原駅に上り列車で着き、博多までの切符を買ってからキヨスクで買い物をしたと言っている。警部の実験では、余呉の殺人現場から北陸自動車道を降りるあたりまで四十分を要した。米原のインターを降りてから駅の東口までさらに五分。西側の改札で切符を買うためには車をそちらへ回すか、あるいはこの長い跨線橋を渡りきらなくてはならず、それだけで下手をすればもう五分ほどかかりそうだ。——アリバイは成立したと言うしかない。

(彦根駅の証言も裏を取れるかな)

加瀬は国道を西へ彦根に向かった。

しかし城の見える駅では、柚木は何の印象も残さないごく当たり前の乗客だったらしい。一日の乗降客が米原の倍近く、一万人を越える彦根駅は、彼を覚えてはいなかった。

5

恵の通夜は早めにお開きになった。気詰りな雰囲気の通夜から解放されて、出席者たちはやれやれという安堵の表情で帰っていく。

(やっとみんな帰ってくれた。姉さんは家に知らない人が大勢くるのが嫌いやった……）

ほっとしながら、食べちらかされた寿司桶を片づけようとするユカリを健一が止めた。

「そんなものは放っておいたらええよ、ユカリさん。うちのにやらせるから。今日は早めに休みなさい」

「そうよ。私がやるわ」

高井美保《たかいみほ》がユカリの肩に手を置いて言った。健一は『うちの』と言ったが、実際は彼の配偶者ではない。一年ほど前から一緒に暮しだした女だった。もう内縁の妻とぐらいは呼んでもいいかもしれない。さすがに通夜の席とあって今日はまだおとなしいが、以前一度会った時は随分派手な化粧をしていた。もの腰が妙に落ち着いているので、一つ年下だと聞いてユカリは驚いたものだ。初対面の時から色んなことを喋ってくれた。和歌山の出身だということ、ミナミのスナックに勤めていて健一と知り合ったこと、そして実はまだ籍を抜いていない前の夫がいること。

「ありがとうございます。けれど、今夜は眠れそうにないですから、何かしながら起きてたいんです。姉さんと同じ屋根の下で過ごす夜も、今夜で最後ですから」

「そう」

美保はその気持ちはよく判るというふうに頷いた。じゃあ、一緒にやろうと手伝ってくれた。

「私、お通夜やお葬式って慣れてるねん。中学までに両親のを経験したし、事故で友だち亡くしたことも二度あるし、一昨年は癌《がん》で兄が死んでね。その反対に結婚式っていうのは自分のも人様のにも出る縁がないんよ。数少ない友だちはまだ独身やったり、遠ーいとこへ嫁いで行って結婚したり。自分は二回目の旦那やけど、前も今度も式なしやったもんねぇ」

美保の話をユカリは聞いたり聞かなかったりしながら体を動かした。姉との想い出の数々だけが頭の中を巡り、何をしているのかわけが判らなくなりそうだった。

「すみませんね、ユカリさんも美保さんも」

最後の客を送り出して戻ってきた新一が言った。片手でひょいと健一を招く。

「おい、飲もう」

「よし」

兄弟は部屋の隅で壁に凭《もた》れて座り込み、ウィスキーの水割りを作ってちびちびやりだした。その間に通夜の部屋は、ユカリや美保や手伝いの社員たちでてきぱきと片づけられていく。——顔、体格だけでなく、髪型や酔った顔の赤らみ具合、大きな身振りもそっくりな双子だった。

「お疲れではないですか？」

彦根の店長の武藤がユカリに話しかけた。いかにも実直そうな、生きていればユカリの父ぐらいの年配の男だった。髪が薄いところも似ている。

「どうしたらいい、こうしたらいいとは申しませんが、少しお部屋で一服なさったらいかがですか？」

「そうした方がええのと違う？」

ユカリは武藤と美保に礼を言い、その勧めに従うことにした。疲れを感じる感覚も麻痺してしまっていたが、二人の親切をひとまず受け入れようと思って。

部屋を出る前にユカリはちらりと義兄たちを見た。何を話しているのか判らないが、しきりに頷き合っていた。

部屋を出たユカリは二階の姉の部屋に行きかけて、足を止めた。

（空知さん、もう帰ってるかもしれへん）

誰もが自分をいたわろうとしてくれていた。それはありがたかったが、そんな優しい他人よりも、ユカリはもっと直接姉の死を悼《いた》んでくれる人間にそばにいて欲しかった。

(直接姉さんの死を悲しんでくれる人。けど、何でそれが空知さんなんやろう？　自分が親しみを持たれへんからって、何で柚木さんを飛ばしてそんなふうに思うてしまうんやろう？)

ふと考えたが、感覚でしか判らなかった。

ユカリは階段の裏側の電話を取った。昼過ぎからもう六回もかけたため、すっかり暗記してしまった番号を回す。呼び出し音がしばらく続いてから受話器が上がった。

「空知です」

その声を聞いて、ユカリは膝ががくがく顫《ふる》えた。暗闇の彼方にぽっと明かりが灯ったような気がして、口許に微笑が浮かびさえした。

「こんな夜分に申し訳ありません。三沢ユカリです」

「ああ、今晩は。この間は梅田で失礼しました。お友だちにもよろしくお伝えください」

「いえ、あの時はこちらこそ」

梅田で会ったのが何年も昔のことのように思える。

「旅行のプランは決まりましたか？」

空知の質問の意味が、ユカリには一瞬判らなかった。——旅行？　誰が？　いつ？

どこへ行くの？

「空知さん、姉が死にました」

受話器の奥で「えっ？」と小さな驚きの声がした。

「昨日の朝のことです。新聞でご覧になってないんですね？」

「ちょっと待ってください。お姉さんが亡くなられたですって……本当ですか？」

「はい」と答える。

「それが新聞に載るような……何か事故に遭《あ》われたんですか？」

「殺されたんです」

「そんな……」

受話器を通して空知の動揺が伝わってくる。気がつくと、ユカリの頰を涙が尾を引いていた。

「余呉の別荘に独りでいるところを誰かに襲われて、首を絞められて殺されたんです。今、お通夜が終ったところです」

「お通夜が終るまで僕はそのことを知らずにおったんですか？」

絞り出すような苦しげな呻き声が聞こえてきた。ユカリは唇を嚙みしめたまま、その声を聞いた。きっと、空知は泣いているのだ。

電話線でつながった百キロ以上も彼方で、同じように受話器を握って姉の死に涙してくれる人がいる。そのことでユカリはようやく、ほんの少しだが救われた。

「空知さん、どこかへ行ってらしたんですか?」ユカリは涙声になるのを押えて訊いた。「それとも受話器がはずれてたんですか? 昼間も夕方も、何回お電話してもつながらなかったんですよ」

空知の激しい声が返ってきた。

「違う違う、どこへも行ってない。ずっとこの家にいました。ただ、昨日から仕事の調子がやたらよくて、徹夜して書きまくったもんやから……。夕方まで電話の受話器をはずして昼間は眠りこけてたんですよ。——いいですか? 恵さんが殺された時、ユカリさんたちが悲しんでた時、僕はここで人殺しの小説を書いて喜んでたか、寝穢《いぎたな》く眠ってたんですよ!」

「空知さん」

「お通夜が終ったそうですね。行きたかったですよ。ご主人がいない人なら、今からでも車を飛ばして駈けつけたい。今夜が、恵さんの肉体がこの世にある最後の夜なんやから……」

ユカリと同じようなことを考えている。

「空知さん、やっぱり、姉のこと、まだ……」

切れ切れに言うユカリに空知は黙った。他人に向かって簡単に口にすることができない言葉を、彼は押し止めているのに違いない。

「ありがとう、空知さん」

しばらくの沈黙の後、冷静さを取り戻した空知の声が尋ねた。

「明日のお葬式は何時からどこでですか？」

「午後一時から、彦根の柚木さんのお宅で」

「そうですか」と言ってから「柚木はどうです？　しっかりしてますか？」

「はい。私のことも気遣ってくださってます」

「それやったらよかった。――事件の捜査の方はどうなんですか？」

「それはまだ何も……」

「判りました。詳しいことは新聞で読みます。――柚木、いますか？」

妻を失った友人に慰めの言葉をかけたいのだろう。ユカリは「少々お待ちください」と言って受話器を置いた。柚木を呼びに部屋に戻ってみると、双子はすっかり酔って半ば眠っていた。揺り起こしても立ち上れるかどうか怪しい。ユカリは何も言わず電話に戻った。

「お疲れで今休まれてます」

「そうですか。……明日お昼頃伺いますので、よろしくお伝えください。気を落とすな、と」

ユカリは最後の言葉を空知自身に返してやりたかった。

「空知さん、一度聞かせてください。空知さんはまだ姉のことが好きだったんですね？」

「おやすみなさい」

電話は静かに切られた。

第三章　彼らのいわゆるアリバイ

1

葬儀の日も快晴だった。晴れた春の日に聞く読経《どきよう》は、加瀬の耳に長閑《のどか》に響いた。

火葬場まで向かった車はわずか二台だった。葬儀屋が祭壇や樒《しきび》をあれよあれよと言う間に片づけてしまうのを見ながら、彼と杉山は自動車二台分の親類、知人が帰ってくるのを家の外で待った。

「閑静《かんせい》な住宅地とはこういうところを指して言うんでしょうね」

エコーを吹かしながら加瀬は言った。低いブロック塀に囲まれた一戸建てが並ぶ静かな町だった。所どころの塀から桜が覗いている。裏はすぐ山だ。

「警部のお宅はどちらですか？」

杉山が向かいの家の八重桜を見やったまま尋ねた。

「石山《いしやま》です。生まれも育ちも石山で、石山寺の境内で遊んで大きくなりました」

「結構なところじゃないですか。石山寺と言えば、仲秋の名月の頃に風流な行事がありましたね。確か……」

「紫式部《むらさきしきぶ》祭ですか？」

「ええ、そうそう。家内と一度行ったことがあります。平安の昔から月の姿は変わらないんだなぁ、と。しみじみと月を見たのは、あの時が初めてだったような気がします」

「警部補は読書家の上、風流人ですね」加瀬は面白そうに言った。「お子さんは？」

「うちはいないんですよ」杉山は残念そうな顔をした。「もう、とうに諦めましたけれど、家内がちょっと可哀想になることがあります。こんな仕事ですから……」

「うちで独りが多いわけか」

「ええ。近所の子供に絵を教えたりしていますから、昼間はこれで忙しいんだ、と言うてますが」

「絵を？　それはすごい」

「お絵描き遊びですよ」

加瀬は短くなった煙草をもうひとふかしした。「早くこのヤマをやっつけて警部補を奥さんにお返ししたいもんです」

「よしてください」

角を曲がってやってくる柚木家の車が見えた。

「帰ってきましたよ」

加瀬は携帯用の灰皿に吸い殻を収めた。

＊

掌に乗りそうなぐらい小さな仏像が出窓に飾られた応接間で、刑事たちは柚木健一と挨拶を交わした。無礼とは思いながらも、警部は健一の顔をしげしげと見つめずにはいられなかった。これほどよく似た双子を見るのは初めてだった。瓜二つ、と言うよりない。

「こんな恐ろしいことが自分の身内に降りかかるとは思ってもみませんでした。亡くなった恵さんはもちろん、兄やユカリさんの無念は察するに余りあります。私は日本の警察が世界一優秀であることを疑わない者です。必ずや犯人は逮捕される、それもそう時間をかけずに捕まるものと信じております」

健一は先制攻撃をかけるようにいきなり口早にまくしたてた。これは能弁家だ、と加瀬は思った。

「何なりとお尋ねください。私にできることでしたら協力は厭《いと》いません」

そんなことは当たり前ではないか、と思ったが、「ありがとうございます」と警部は答えてから質問を始めた。

「健一さんは柚木堂の専務取締役として、ふだんは大阪の店においでと伺っていますが、恵さんのことはよくご存じでしたか？」

「はい。月に一度は彦根にきて、その都度ここに泊まっていましたから。二人で長い時間お話しするということはあまりありませんでしたが、よくお会いしてはいました」

「事件は空き巣が居直っての犯行かと思えるんですが、多面的に捜査を進める必要があります。それでお訊きするんですが、恵さんが人から反感や恨みを買うようなことはなかったでしょうか？　心当たりがあれば些細《ささい》なことでもお話し願いたいんですが」

「思い当たる節はまるでありません。逆恨みの一つも買うようなことのない方だったと思います」

なかなか弁舌鮮やかにはきはき答える。

「大阪のお店に恵さんが用事で行かれるような機会はあまりなかったんですか？」

「ほとんどありませんでした。兄について一度だけいらしたことがありました」

「大阪の店の方もあまりご存じなかったんですね？」

「店の者も、恵さんもお互い知らないでしょう」

新一や、先に会った武藤店長の話でもそうだったが、恵は柚木堂の従業員とあまり接触がなかったらしい。まるっきりの専業主婦だったのだ。近所の人間とも道で会えば挨拶をし合うぐらいで、いたって生活の範囲が狭かったとあれば、恨みを抱いた顔見知りの犯行とは考えにくくなる。

「親切ないい方でした」と健一は故人を褒めた。「繊細で几帳面《きちょうめん》な女性でしたね。きっちりしているようでがさつな兄の面倒をみてもらうには最適だったんですが」

彼の恵に対する知識、印象はその程度らしい。質問の形を変えても何も出てこないようだったので、警部は事件当日の彼の行動を聞き出しにかかる。

「一昨日は大変でしたね」

「朝一番で店に寄ってから、長旅をして、トンボ返りでした」

「早くから店が開くんですね」

「いいえ、内装工事が入っていたんです。途中で店の者に任せて駅へ急ぎました」

「山形へご出張だったとか？」

「はい。酒田まで参りました。兄と同じように仕入れになんですが、私は焼き物ではなくて書画の類を」

「遠くまで行かれるんですね。大阪から飛行機で？」

「いいえ、電車です。大阪から酒田までは直通の特急がありますから」

「酒田まで直通？　ああ、白鳥ですか。あれは青函トンネルができて今は函館まで行くんですか？」

「いいえ、まだ青森までですよ」

「ずっと電車だとかなり時間がかかるんではありませんか？」

「ええ、それはもう。実は私、飛行機嫌いなんです。それで白鳥にしたんですけど、疲れましたね。確か九時間弱でしたね、酒田まで」

「そんなにかかりますか、それは大変だ」

　加瀬は話を聞くだけでげんなりした。

「しかしそれで青森まで乗りっぱなしで行くという人もいましたよ。車内検札の時に耳を澄まして周りの方の行き先を聞いていたら。まぁ、そういうのはほとんど学生でしたけどね。青森まで乗ると十三時間かかるそうです」

「私は乗れない列車ですね」警部は疲れた声で言った。「そんなに長い時間閉じ込められているのは拷問《ごうもん》です。第一、椅子に座り慣れていませんから尻が痛くてかないませんよ。——朝、大阪を出て、夕方酒田に着くんですね？」

「そうです。大阪を午前十時前に出て、酒田着が午後七時前です。この九時間を食堂車もない列車の中で過ごしたもんですから、着いたらくたくたになってしまってましたよ」

十三時間も走り続ける特急に食堂車がないと聞いて、加瀬は呆れた。どうも自分には知らないことが多い、と大袈裟なことを思う。

「それなら、着いた当日はすぐ宿に入られたわけでしょうね？」

「ええ。実はその時の商売の相手は卍屋《まんじや》の猿渡《さるわたり》さんというんですが、茶道具と書画を扱う骨董品店の他に古い旅館も経営しておられるんです。ですからその旅館に泊めていただきました。骨董品店の方は道楽半分のごく小さな店で、あの方の場合は旅館が本業のようですね」

「宿に着いたのが七時半頃、といった具合ですか？」

「半にならないうちに着けましたけれどね。ご主人の猿渡さんが車で駅まで迎えにきてくださいましたから」

「では、その日は先方とお会いになりながら、用件には触れずですか?」

「はい。翌日卍屋さんに伺って、あれやこれや他のものも見せていただいて、もう一泊させてもらう予定でしたから、慌てることはありませんでした。猿渡さんという人は全くの下戸《げこ》らしいんですが、私に合わせて無理してお酒をつき合ってくださったりして、兄からの電話が入るまでは楽しくやっていたんです。それが……」

健一は表情を曇らせた。加瀬は彼の顔から目を離さずに質問を続けた。

「新一さんから悲報が入ったのは一日ですか?」

「そうです。夜の十一時前のことで、まだ猿渡さんと歓談しているところでした。もう驚いて酔いもいっぺんに覚めてしまいました。とにかくすぐ彦根に行くことにし、酒田での商談は後日に回させていただいたんですよ」

「帰りも電車で?」

「はい」

「白鳥ですか?」

「いいえ、できるだけ早く彦根に着けるようにと時刻表を調べて、新潟まで特急いなほで行って、その後新幹線をあさひ、ひかりと乗り継いで帰りました。宿を朝八時に出て、夕方四時には彦根に着くことができました」

「八時間かかったんですね。行きも白鳥に乗らずにそのコースをとればよかったのに」

他意のない言葉だった。食堂車さえない列車での九時間の旅にぞっとしたばかりなので、ふと口をついて出ただけだ。――しかし、健一はむっとした様子で言い返してきた。

「帰りは緊急の場合だったのでできるだけ急いだんです。行きは違います。白鳥は面倒な乗り換えがないし、新幹線二本と特急一本を乗り継ぐよりも運賃も安くあがりますからね。無駄な経費は使いたくない質なんです」

「それもそうですね」

そう言いながら加瀬は、そう向きになるなよ、と内心思っていた。緊急にしては飛行機を使わなかったんですね、とも訊いてやろうとしたがそれはやめた。飛行機嫌いと聞いたからではなく、酒田も彦根もおよそ空港までほど遠い土地だからだ。最寄りの東北の空港と大阪空港をつなぐ便の少なさも想像がつく。

「私の出張のことが事件に関係あるんでしょうか?」健一は改まった口調で尋ねてきた。「行きはどうしたの、向こうでどうだったの、帰りはどうしたの。いわゆるアリバイ調べですか?」

「新一さんにもユカリさんにも伺っています。形式的な質問ですのでお気になさらないでください」

それは店じまいの言葉だった。加瀬はこのあたりで切り上げることにした。

「ご協力ありがとうございました」

2

空知とユカリの後ろ姿に追いついたのは、ＪＲの線路をくぐった二人が駅前の方へと左に折れてすぐだった。

「ちょっと待ってください」

加瀬が呼び止めると二人は揃って振り向いた。立ち止まって刑事らが並ぶのを待つ。

「すみません。空知さんに少しお伺いしたいことがあるんです。お時間をいただけませんか？」

空知はちらりとユカリを見た。

「私だけにですか？　ユカリさんと大阪へ帰るところなんですが」

「ユカリさんにもご一緒いただいて結構です。立ち話というわけにもいきませんから、どこか喫茶店にでも入りましょうか」

空知は「判りました」と答えた。

四人とも黙ったまま駅へと歩いた。駅前の通りに面した小綺麗な店の前で加瀬が足を止めた。彼が『ジャルダン』という店名の下の丸い鏡を覗き込んでいると、ユカリが「あ……」と何か言いたそうにした。

「ここにしましょう。——どうかしましたか？」

加瀬が聞くと、ユカリは「いえ、別に」と口ごもった。

そんなユカリの様子を怪訝に思いながら、加瀬はドアを開けて中に入った。四人掛けのシートばかりのゆったりとした店内は四割がた客で埋まっていた。ざっと見渡してから、警部は奥の凹《くぼみ》の席につかつかと歩いていった。観葉植物の鉢が両脇にあって目隠しになっていて、カップルが喜びそうな席だった。奥の壁際に空知とユカリが掛け、刑事らが向かい合って座った。

空知と刑事らの互いの自己紹介はすんでいたので、加瀬は早速本題に入ろうとした。

「空知さんは学生時代から柚木恵さん——当時は三沢恵さんですが——をご存じだと

いうことで、お話をお訊きしようと思っておったんです。先に申しておけばよかったんですけど、私どもが健一さんと話している間に帰られたと聞いて、慌てて走って追いかけたわけです」

「それは失礼しました。どうも……」

語尾を曖昧にした空知の目は、刑事らの背後に向けられていた。加瀬は首を捻って後ろを見た。

「おやおや」警部は空知の見ていたものを知って苦笑いした。「マジックミラーという奴ですね」

化粧煉瓦《けしょうれんが》を貼った壁に大きな四角い窓が並んでいたが、壁の真ん中に一つだけ円形の窓があった。それは店に入る前に加瀬が覗いた鏡に違いない。外側から見れば鏡、内側から見ると素通しのガラス窓になっているのだ。それだけならまだいい。そのマジックミラーの窓の下に木製のプレートが掛かっていた。そこに曰《いわ》く。――『彦根一の二枚目』

「そうか、判った。ユカリさんはこの店に入ったことがあるんですね。それでさっき私が外で鏡を覗き込んだ時に、何か言いたそうな顔をなさったんでしょう?」

加瀬が前を向き直って言うとユカリは言いにくそうに「はい」と小声で答えた。

「彦根一の二枚目か。やられましたね」

加瀬が頭を掻いていると、杉山が「いえいえ」と言って窓を指差した。

「警部の負けですよ。彼こそ真の彦根一だ」

気取った髭を蓄えた学生風の若い男が、店の中を覗き込みながら髪型を丁寧に直していた。前髪が落ちてきて思うようにならないのか、しつこく手櫛を入れてなかなか去らない。窓のすぐ脇の二人連れの女の子が、おかしくてたまらないというように揃って肩を顫《ふる》わせている。

「かわいそうやなぁ」

加瀬はその『二枚目』に同情した。同情しながらも気がつくと、自分も思わず頰を緩《ゆる》めてしまっていた。

「それにしてもどうして『彦根一の美女』ではなくて、『彦根一の二枚目』なんでしょうね」

杉山が言うと、ユカリが「それは」とすぐ回答を出した。

「それは男性が鏡を持ち歩いていないからだと思います。女性はコンパクトをいつも持っていますから、わざわざ街の中で立ち止まって鏡をしげしげ見たりしません」

「ああ、なるほど。そういうことでしょうね。それに女性を笑い物にしては気の毒で愉快な冗談にならないし」

杉山が納得したところで、加瀬はようやく本題に入った。

「柚木新一さんとは大学時代からのご友人だそうですね？」

「ええ」と空知の返事は短い。葬儀を終えて、ユカリの方はほんのわずかでもほっとした様子が窺えるのに、彼はまだ憔悴《しょうすい》の只中にいるようだった。

「恵さんと知り合われたのはいつどこでですか？」

「大学二年の時です。恵さんが通っていた短大の学園祭に柚木と遊びに行って、そこで知り合いました。飛び入りのクイズ大会をやっていて、彼女と私が決勝戦で激突をしたんです」

「それがきっかけで交際が始まったんですね。失礼ですがそれはいつ頃まで？」

「私が卒業する年の秋までです。ちょうど二年間ほどの交際でした」

「恋人同士のお付き合いが終るのに、何か特別の事情でもおありだったんですか？」

空知は肩をすくめた。

「恋人同士だったんでしょうか。私はそう思っていましたけど、恵さんはもともとそう思ってなかったかもしれない」

「そんなことはありません」ユカリが口を挟んだ。「すみません、横から口を出して。——姉は空知さんのお写真を部屋に飾り、寝る前にお休みの挨拶をしていたのを見てしまったことがあります。ただのボーイフレンドにそんなことをする女性がいるわけありません」

「恋人同士でいらしたようですよ」加瀬は言った。

「そういう時期があったのかもしれません」

空知が言ったところで注文の飲み物が運ばれてき、砂糖壺やミルクを回す間、話が途切れた。

「大学四年の夏、交通事故をやったんです。バイクで通学していたんですが、子供をよけそこねて転倒して、脚の骨を折りまして。一月半入院していました。その間、恵さんは柚木と二人で頻繁に見舞いにきてくれました。よく病室で馬鹿話をして周りの患者さんの顰蹙《ひんしゅく》を買ったものです。——ある時、『またくるから』と言って帰っていく二人の後ろ姿を見て、なかなか似合いのカップルに見えるな、と思ったことがありました。そう見えた時には、もう恵さんの気持ちは柚木の方に傾斜していたんだろうと後になって思いました。

退院してすぐ私は就職試験、卒論で大童《おおわらわ》の日々が続きました。柚木は家業を継ぐことを決めていたせいもあって、ばたばたすることもなかった。恵さんはというとＯＬ

生活にもすっかり慣れて、自分の将来について考えている時期だったようです。そんな恵さんの目に、私の何か、あるいはすべてがいかにも頼りなく映ったんでしょう。――特別な物語はありません。結果はこうです」

空知はあの丸い窓に目を留めると、一度切った言葉を継いだ。

「男と女の仲なんてそんなものだ、と言うほど豊かな恋愛経験があるわけではありませんが、終った恋愛を振り返ってみて、私と恵さんの場合は、実は初めから恋などなかった、ということだと思います。恨みごとでもなんでもないんですが、彼女は空知という男そのものには、あまり興味がなかったような気がします。――私がマジックミラーのこちらから求愛している時、あの人はあちらで自分を見つめていたのかもしれません」

ユカリが「違うと思います」と遠慮気味に言った。

「すみません。何も恵さんが利己的だったと言いたかったんではないんですが、そう聞こえたかもしれませんね。それは絶対に違います」

加瀬は咳払いを作った。

「恵さんはどういう女性でしたか?」

「聡明《そうめい》で、真面目で、現実的でいて無垢《むく》で、人を疑ったり人の腹の内を探ったりすることを好まない人でした。――いい人でした」

「善意が裏目に出たりすることもあって住みにくいのが世の中ですが、人から反感を買うようなことはありませんでしたか？」

「つけ加えて言えば、万事に控え目な人でした。でしゃばることがないから、嫌われることも少なかったと思います」

警部はコーヒーを飲み干すと、煙草に火を点けた。

「恵さんが柚木さんと交際するようになって、空知さんと柚木さんの友情に罅《ひび》が入るようなことはなかったんですか？」

「それはありませんでした。彼が恵さんを略奪したわけでもなし、恨んでも泣いてもすねても仕方のないことです。二人の結婚式にも出席させてもらいましたし」

「その後も三人でお会いになったりしていましたか？」

「大阪と彦根ですから会う機会はごく少なかったですね。彦根に招かれて一度遊びに行ったことがあるだけです。――その時にしても健一さんも一緒でしたから、三人だけで会ったわけではありません」

「最後に恵さんと話をされたのはいつですか？」

「今申した時です。四年前に彦根にお邪魔した時が最後です」

「そうですか」

加瀬の質問が途切れると、空知は初めて自分の前のティーカップに手を伸ばした。

「空知さんは推理小説を書いておいでだそうですね？」

加瀬がその場の緊張をほぐすように軽く尋ねた。空知はカップに口をつけたまま
「ええ」と答える。

「刑事なんかやってるとかえって推理ものを読むことがないんですが、いつ頃から書いてらっしゃるんですか？」

「三年前に懸賞小説で佳作になったのをきっかけに脱サラをしたんです」

「脱サラで推理作家ですか。それまではどういうお仕事を？」

「だからサラリーマンですよ。ああ、勤め先ですか。光学機器——主にカメラを作っているメーカーで営業をしていました」

「学校を卒業されてすぐそちらにお勤めになったんですね。参考までに、何という会社ですか？」

「東亜機器です」

「東京の会社ですね」

「私が勤務していたのは大阪の支社でしたけれど」

「私は空知さんの御作を読ませていただいたことがありますよ」

今まで黙々とメモをとっていた杉山が言ったので、空知はそちらを向き直った。褒める褒められないを別にして、あなたの作品を読みましたよ、と人から言われることは小説家にとって嬉しいことに違いあるまい。空知の目に杉山の話に対する興味がありありと浮かぶのを、加瀬は見て取った。

「面白かった。広島の渓谷が舞台のアリバイものでした」

「『第三の鉄路』です」

「そんな題名でした。家内の里の近くが出てくるんで読んでみたんですよ。可部《かべ》線と芸備《げいび》線が接近する地点でトリックを施すっていう話でしたね。なかなか込み入った小説で感心しました」

「それはどうも」

「名警部が出てきましたね、警視庁の。あれがまた頼もしくていい」

「広瀬警部です」

空知が言うと、加瀬は「ほお」と声を出した。「まんざら加瀬警部に似ていなくもない名前ですね。あやかりたいもんです」

さして意味のない言葉だったはずだ。言った加瀬本人はそう思っていた。なのに

――ふと空知を見ると、彼は遠くを見るような目をして、何か深い驚愕《きょうがく》に打たれたようだった。

(俺は変なことを口走ったか?)

加瀬は一瞬考えたが、思い当たる節などなかった。杉山も推理作家の小さな異変に気づいたらしい。彼はひょいと首を捻って振り向いた。空知が自分たちの背後に何か見たのではないか、と思ったのだろう。

つられて加瀬も後ろを見たが、何も変わったものはなかった。店内の様子に異状はない。例の丸い窓の脇の客が女学生の二人連れから、新聞を読む若いサラリーマン風の男に変わったぐらいのことしか変化はないし、窓から誰かが顔を覗かせて道化を演じているでもない。窓の向こうを自動車と通行人がさっさと通り過ぎ、通りの向こうではスポーツ用品店の親父が店先のゴルフクラブセットの整理をしているだけだ。

「どうか――されましたか?」

杉山が尋ねると、空知は我に返ったように「いいえ」と言って首を振った。「何でもありません」

それだけだった。加瀬の言葉から何かを連想したのかもしれない。空知は素知らぬ顔で残っていた紅茶を飲み、驚きの理由を追及しても無駄のようだった。

（大したことではないんやろう）

警部はそう思うことにした。

「ところで推理作家の空知さんなら作品の中でよくお使いの台詞《セリフ》だと思うんですが、四月一日の午前中にどこで何をなさっていたかをお話しいただきたいんですが」

「広瀬警部が原稿用紙四百枚の間に五回は使う台詞ですね」推理作家はうっすらと笑った。「アリバイですか」

「流しの犯行か、顔見知りの犯行か絞りかねています。恵さんはあまり社交家ではなかったようですから、四年間お会いになっていないとおっしゃる空知さんの事件当日の行動まで伺う次第です。広瀬警部もそうすると思いますが」

「ええ、別に気を悪くしたわけではありません。——一日の午前中とおっしゃいましたが、はっきり言って何時から何時のアリバイが必要なんですか？」

「あまりアリバイアリバイとおっしゃらないでください。そう大袈裟なものではありませんから。午前十時半頃に余呉にいなかった、ということが判ればいわゆるアリバイになります」

「いわゆるアリバイ、ですか。あります。その日、私が目を覚ましたのは十時過ぎでした。電話で起こされたんです。証券会社からの勧誘の電話でした。ふだんなら腹を立てるようなタイミングのセールスですが、その日はあまり寝坊せずにすんだと目覚し時計代わりになってくれたことに感謝しました」

つまり予期しない電話を受けたのだから、十時過ぎに大阪の自宅にいたことを認めろ、ということか。

「お住いは大阪のどちらですか？ 名刺をお渡ししていませんでした」

「あ、失礼しました。名刺をお渡ししていませんでした」

そう言って彼は、肩書きのない名刺を刑事たちに差し出した。聞いたことのない地名が刷り込まれていた。

「大阪府南河内《みなみかわち》郡河南《かなん》町平石《ひらいし》。――どのあたりかよく判りませんが」

「説明するのが難しいんですが……。富田林《とんだばやし》市から東へ五キロばかりのところなんですけど、もうほとんど金剛《こんごう》山地の裾です。とか言っても判りにくいですね」

「大阪市内へはどれぐらいかかりますか？」

「車で一時間以上はかかります。大阪に住んでいる人でも馴染みのない土地です。静かで私は大好きですが」

「そこに十時過ぎまでいらしたんなら、余呉にはとても行けないということですね」

「三時間以上かかるでしょうから」

「しかし」と加瀬は確認する。「その証券会社からの電話の相手を覚えてらっしゃいますか？　空知さんは覚えていても、その時間にあなたに電話をしたことを相手が覚えているかどうか。その立証が厄介なように思います」

「陽光証券の久保屋敷《くぼやしき》という人です。四文字の苗字というのが珍しいんで記憶しています。結局お断わりしたんですが、さっき申したように目覚し時計になってくれたことを喜んでいましたから、先方の話はたっぷり相槌を打ちながらひと通り聞いてあげたんです。印象に残っているとは思いますけど」

「そうだといいんですが。――起きて、ずっとお仕事ですか？」

「そうです。一人だけの仕事ですから、それを証明してくれる人間はいません」

加瀬は杉山に何か尋ねることはないか訊いてから、切り上げることにした。

「必ず犯人を捕まえてください」

最後に空知は言い、頭を下げた。

「全力を尽くして一日も早く」

加瀬は返礼した。しかし、空知は形ばかり頭を下げたものの、何かに心を支配されているかのように、焦点の合わない目をしていた。

（この男は疲れてるんや）

加瀬はそう思いつつ、店の前で二人と別れた。

3

その日の捜査会議においても、捜査の進展を促すような報告はなされなかった。余呉、木之本周辺での聞き込みに成果はなく、被害者の交友関係からも目を引く事実は浮かばない。——ただ、三度目の現場検証を試みた県警の富田刑事の示した計画的犯行説に、加瀬警部を含む何人かが興味を抱いた。

「犯行現場のトイレの窓がガラス切りで穴を開けられ、そこから犯人は手を差し入れて施錠を解いたと見られる状況があります」

富田は熱っぽく話した。

「流しの犯行であれば、犯人はその窓から侵入したに違いありません。被害者を何らかの方法で欺いて、玄関から招き入れられた可能性もなくはないでしょうが、もしそうなのであれば、犯行後にわざわざトイレの窓ガラスを丁寧に切る理由も時間的余裕もなかったはずですから」

加瀬は目を閉じて若い部下の話に耳を傾けていた。

「そのガラスを切られた窓なのですが、家の裏に回って測ってみましたところ、地面から窓枠まで一・七メートル強の高さがありました。私は窓枠に手をかけて、懸垂《けんすい》をして体を窓から入れようとしたのですが、なかなか思うに任せず、一緒にいた仁科《にしな》部長刑事の助けを借りてやっとこさ窓をくぐることができました。私が鈍《どん》なせいではなく、デカ長に試してもらっても結果は同じでした」

富田の斜め前で腕組みをしたまま、壮年の仁科が鋭い切れ長の目で頷く。

「デカ長と私は、あの窓から侵入するには踏み台が必要だと判断しました。そこで犯人が用いた踏み台を付近で捜したのですが、それらしきものは発見することができませんでした。犯人が持ち去った、あるいは湖までわざわざ運んで処分した、などと考えることは可能ですが、何故そこまでする必要があったのかが疑問です。あの切られたガラス窓は偽装工作にすぎないのではないかと思います。――先ほど私は『流しの犯行であれば、犯人は窓から侵入したのに違いない』と申しました。その窓からの侵入が不可となれば、犯人は玄関から招き入れられた顔見知りの犯行ということになると考えます」

少し沈黙があったが、やがて署長の権田警視が口を開いた。

「犯人が踏み台をわざわざ持ってきたり、運び去ったりしたということなら不自然やけど、自分が現場まで乗りつけた車を裏手に回し、ボンネットを足場にして窓をくぐったんではないんかな？　その車で去ったんで踏み台が現場に残ってないんかも」

「それも検討してみました」富田は即座に答えた。「しかしそれも非常に無理のある仮説です。現場の裏には山が迫っていますから、そこに車を回すことは通常あり得ません。もしそんな車がいたなら、被害者の不信を誘わないはずがありません。犯人が慎重にガラスを切り、苦労しながら窓をくぐる間ずっとそれに気づかずにいたとも思えませんし、気づけば警察に通報するなり逃げるなりしたはずです」

「それにですね」仁科部長刑事が補足する。「あの裏に車を無理やり回すには、入る時か出る時に最低二度の切り返しが必要だと思われます。それも犯人の行動に似つかわしくありません」

権田は「判った」と短く言った。

顔見知り犯行説を決定づける報告ではなかったが、捜査員らの間にしだいに顔見知り犯行説を採る雰囲気が醸造《じようぞう》されつつあった。被害者と犯人の格闘の痕跡が希薄であることも、その根底にあった。

顔見知りの犯行となると、家にこもっていた被害者と交友のあった人物は限られてくる。加瀬はチェックすべき人間を確認していった。

「まず第一に夫の柚木新一。言うまでもなく妹の三沢ユカリを除けば、被害者と最もつながりの深かった人物です。関係が深かった者を順に挙げると、次にその双子の弟、柚木健一。健一の内縁の妻の高井美保。彦根店店長、武藤紀夫《のりお》。それから学生時代からの何人かの友人たちになるわけですが、その中ではまず、被害者が短大時代からOLをしていた時期までの二年間、交際があった空知雅也に指を折りたいですね」

「ああ、被害者にふられた小説家ですか」権田が手元のメモを見ながら言う。「七年も前に切れていたようですが、恨んででもいたようですか？」

「紳士的な男で、そんな素振りは見せませんでした。しかし、彼にとってまだ柚木恵は過去の人にはなりきっていない様子でした」

「空知は事件当時、大阪にいたという話でしたが？」と仁科が訊く。

「独り暮しの小説家で、その上えらく辺鄙なところに住んでいるようですが、当日ずっと在宅していたという話の裏を取る必要があります。証券会社の電話セールスと話したという件も確認が難しいかもしれません」

加瀬はそう言ってから腕時計を一瞥した。午後九時を回ったところだ。捜査主任として、そろそろ翌日の捜査の方向づけをして会議を打ち切ろうと思った。

「まず柚木新一の身辺調査と当日の行動の確認。現場から米原駅までの移動方法の再検討を含めて、ですね。次に健一の酒田出張の裏。高井美保は大阪長居《ながい》のマンションに在宅、武藤は店で勤務していたということですが、それも念のため確認しましょう。大阪府警の協力は私の方から要請します。そして空知ですね。これは杉山警部補に当たってもらいましょうか」

杉山は「はい」と答えた。

各班の分担を決め、九時二十分に閉会となった。

4

四月四日、午前十時二十分。仁科と富田の両刑事はＪＲ京都駅の一番ホームに立っていた。朝を食べそこねた富田がホットドッグをぱくつく隣で、仁科は大阪の方を見やりながら煙草をくゆらせていた。長距離列車を待つそのホームで、二人の刑事だけが旅行鞄を提げていない。

「もうきますね」と言いながら富田は朝食を平らげるのを急いだ。仁科は白線の中に入って、線路の彼方をぼんやり見ていた。

「きましたよ」

仁科が言うとすぐ、アナウンスが特急白鳥の入線を告げた。大阪から青森まで十三時間ひた走る列車は、二つ目の停車駅にゆっくりと入ってきて停った。ドアが開くと二人は九両編成の列車の中程にさっと乗り込んだ。この駅で降りる乗客は一人もいないと思っていたが、飲み物を買いに走る若い男と乗降口ですれ違った。

彼らが乗るとすぐに発車のベルが鳴りだした。二人はグリーンの四号車と指定の五号車の間のデッキに立つ。ガタンと連結器が鳴って列車は動きだした。

「こいつ、青森行きか。ご苦労な電車ですね」

富田が言ったが、仁科は黙っていた。無駄口をきくのが好きではなかった。

発車してまもなく四号車から検札が始まった。それが終わり、五号車に移ろうと出てきた車掌は、デッキに立つ二人の男を見て少し不審げな表情を見せた。小太りで髭の剃り跡が青い中年の男だった。今朝、健一に電話して聞いたとおりの風貌だ。

「矢野《やの》車掌さんですね？」

仁科は相手の胸の名札を見てから言った。小太りの車掌は二人の風体《ふうてい》をじろりと交互に見た。

「大阪車掌区にご連絡しておいたんですが、まだ伝わっていませんでしたか？――警察の者です」

示された警察手帳に矢野車掌はいささか面喰った様子だった。

「お仕事中に恐縮ですが、これが双方の時間を節約できるやり方だと思ったものですから。四月一日にこの列車に乗った乗客についてお伺いしたいことがあるんです」

「警察の方からお尋ねがあるとは聞いていませんでしたが、連絡の遅れか、すれ違いでしょう。それは結構なんですが、先に九号車までの検札をすませてきてもよろしいでしょうか？」

「ここで待っています。——検札はいつも京都を出てからですか？」と仁科は訊いた。

「いいえ。大阪を出てすぐに行ないます。今は京都から乗られたお客様だけの検札ですから、そんなに時間はかかりません」

「判りました。どうぞ」

車掌は「すみません」と言って五号車に向かった。

列車は山科《やましな》駅を過ぎると東海道本線——別名JR琵琶湖線——と線路を分かち、湖西線へと入っていった。琵琶湖線は逢坂山《おうさかやま》トンネル、湖西線は長等山《ながらやま》トンネルにそれぞれ潜り込む。白鳥はトンネルを出ると高架の上を走るようになり、大津市に構わず市街の北を駈け抜ける。右手の窓に琵琶湖が見えだすが、湖北のそれとは別の湖にしか見えないほど静謐さを欠いていた。琵琶湖大橋より南は遊覧船やヨットがいくつも浮かび、湖というより広い港の中のような賑やかさだ。

左手に比叡山《ひえいざん》を見ながら待つうちに矢野が戻ってきた。帽子をちょいと上げて「お待たせしました」と言う。

「ここでよろしいですか？」

仁科が聞くと「車掌室で」と刑事らを小部屋に案内した。

「どういうお話でしょうか？」

狭い部屋で膝を突き合わせて掛けると、矢野は構えて言った。富田が手帳を開いてから仁科は質問を始めた。

「ある事件の関係者が、四月一日にこの白鳥に大阪から酒田まで乗ったと証言しています。本人は矢野さんのことを覚えていて、検札を受けたのも矢野さんだったし、敦賀や新潟あたりでも口をきくことがあったと言っています」

「はぁ。そうおっしゃられても、それだけではピンときませんよ」

矢野がせっかちに言うのを仁科は押し止めた。

「もう少し話を聞いてください。——まずその男性は大阪を出てすぐの検札の際、食堂車は何号車か矢野さんに尋ねたと言っています。連結されていないと聞くと、彼は

『冗談みたいな特急やな』と驚いた」

「はいはい、いらっしゃいました。最近耳にした言葉です」

早速車掌は反応を示した。仁科は続けた。

「あなたが『ご不便おかけして相すみません』と答えると、『車掌さんの責任やないですからね』と言った。——そうですか？」

「ええ、思い出しました。三日前のことですから、少なくともそんなやりとりをしたお客様がいたことは確かです」

「自由席の人でしたか、指定席ですか？」

「うーん、それはちょっと自信がありません。グリーン車ではなかったと思います」

「六号車だったそうです」

「指定席ですね。そうだったかもしれません」

「その男性の持っていた切符が酒田までのものだったかどうか覚えてらっしゃいますか？」

「いいえ。そこまでは」

「その人とは検札の時以外でも言葉を交わしましたか？」

「はい。……そう、敦賀を出たあたりでした」

「場所は確かですか？　どんな会話でした？」

「場所と話の内容とがセットになって記憶にあります。敦賀を出てすぐ、検札に回っていたらそのお客様に呼び止められて、『敦賀《つるが》の手前にループ線があるて聞いてたんやけど、通り過ぎてしまいましたか？』と尋ねられたんです。子供みたいなことを訊く人だと思いながら、『ループは敦賀の手前にありますけど、上りと下りが別線になっていて、上り列車しかループは通りません』とお答えしました。そんな会話だったものですから、敦賀の少し先だったことは間違いありません」

「検札の時に食堂車のことで愚痴ったのと同じ人ですね？」

「はい」

「その男性はこの中にいますか？」

そこで初めて仁科は写真を取り出した。柚木の写真を所轄の八人の刑事の写真の中に混ぜてある。実のところそれは柚木健一のものではなく、兄の新一の写真だった。健一の写真が入手できていなかったため、苦肉の策として双子の兄のもので代用することにしたのだ。

「この人です。ええ、そう、この人でしたね」

矢野は柚木の写真を選んだ。

「自信はありますか？」

富田が横から言うのに、仁科は舌打ちしたくなった。そのひと言でたいていの証人は自信をぐらつかせるか、逆に賭けるように不必要なまでに自信をつける。下手な訊き方だと後で教えてやろう。

「わりとはっきり覚えています。写真を見ないうちからこの人の顔が浮かんでいましたよ。なかなか整った顔ですよね。この他の写真の人たちはちょっと二枚目とは言いづらい」

署の刑事連がなで斬りにされたが、仁科は今回の証人に好感を抱いた。意地になったりする様子もなく、ごく自然に自信があると話している。

「この人ともう一度話す機会があったんではないですか？」

この証人なら、そこまで言えば思い出してくれるだろう、と仁科は思いつつ尋ねた。案の定、矢野は頷く。

「私の乗務は新潟までです。新潟で降りる際にデッキですれ違って、『車掌さんはここまでですか、ご苦労様です』と声をかけてくださいました」

あってる。完璧に柚木健一から聞いた話と一致している。健一の話は細部まではっきりしていたので、まるででまかせを言ってはいまいと思っていたが、完全に裏づけが取れたように思えた。

「この男性について他に何か記憶に残っていることはありませんか？」

そう聞かれても車掌は何も思い浮かばないらしい。それも仕方がないことだろう。タクシーの運転者と客のようにマン・ツー・マンだったわけではないのだから。

「判りました。この男性の話はここまでにして、当日の列車の運行について伺いたいんですが」

仁科は写真をスーツの内ポケットにしまいながら質問を変えた。

「当日の白鳥は定刻どおりの運行を行ないました。新潟以降もそうだったはずです」

矢野はこれまで以上にきっぱりと答えた。

「はい。それは確認しています。私がお訊きしたいのは、列車が遅れたかどうかということよりもっと広い意味で、当日何かふだんと違うことはありませんでしたか、ということです」

「どういうことですか？」

「何でもいいんです。車中で急病人が出たとか、線路に悪戯がしてあって駅でないところで停車したことがあるとか、ちょっと変わったこと、です」

「変わったことと言われても……」

矢野は深刻げな顔になってしばらく考えた。

「いやぁ、特にありませんでした。産気づいた人もいなければ、線路に牛が寝そべっていて急停車したようなこともありません」

車掌は大袈裟な例をあげた。それも柚木健一の話どおりだった。覚えていないはずがない、と言えるようなアクシデントやハプニングはなかったわけだ。

「そうですか。ご協力いただいてありがとうございます。重ねて申し訳ありません。当日この列車に乗務していた他の車掌さんや車内販売員の方のお話も少し伺いたいんですが」

矢野は迷惑がらずに該当する者を車掌室に招いてくれた。そこでも手応えを一つ得ることができた。

「この人、覚えてます」

アルバイトの車内販売員の女子大生がかん高い声で嬉しそうに言った。「洗面所の前で私のワゴンにぶつかったんです。あ、ぶつかったって言ってもどーんと突き当たったんじゃなくて、ワゴンの脚に踝《くるぶし》を自分で当てて、ぎゃって大きな声をだして痛がった人です」

その時の様子を思い出してか、彼女はにやにやと笑っていた。

「で、それだけならともかく、次のリアクションが面白かったんです。腕時計を見て『ちょうど十二時か。弁当もらおう』ですって。で、買ってくれて、片足をちょっと引きずりながら席に帰っていきました」

仁科は手帳に転記している白鳥の時刻表を見てみた。十二時というと福井を出てまもなくということになる。

「この人のことで覚えているのはそれだけですか？　その後席で見かけたりはしませんでしたか？」

「あります」

彼女は仁科の目を見て言った。

「どのあたりで見かけましたか？」

「金沢の手前です。缶ジュースを買ってくれたんだっけな。私の顔を見て、『さっきは失礼』って言いながら。『あーあ、まだ金沢か』って大きな欠伸《あくび》をしてました」

「その他に何か覚えていませんか？」

「んー、ないなぁ」

そこまでだった。刑事らは協力者に礼を述べ、車掌室を出た。次の停車駅、敦賀で降りて、バスで木之本まで引き返すことになっている。敦賀に着くまでまだ十五分ほどあった。

5

「このまま日本海に出て、東北まで乗って行きたいですね」

富田がそんなことを言いながら「ええ天気ですね」と車窓の眺めに目を細める。

「そんなことより一度車内を端から端まで見てみよう。一日の土曜日も大して変わらん乗車率だったそうやし」

六割から七割程度の乗車率だった。車内を見て回りながら、今しがた聞いた車掌の記憶は特に過不足のないもののように実感できた。多少の会話を交わした乗客は、まだ三日前のことでもあるし、覚えていて不思議はない。その客にしても、黙っていればいるのかいないのか判らない。

仁科は手帳のメモに傍線を引いた。

大阪を出てすぐ。車掌、検札。(十時頃)
敦賀を出てすぐ。車掌。(十一時半頃)

福井を出てすぐ。売り子。(十二時)
金沢の手前。売り子。(十三時頃)
新潟。車掌。(十六時半頃)　(巻頭図③)

柚木健一の乗車が確認されたのはこの五回だ。新潟より先については、駅のホームまで出迎えたという酒田の骨董品屋の証言も含め、別の刑事が山形県警の協力を仰いで捜査を行なっている。

「一応、裏は取れましたね」

デッキの壁に凭《もた》れて、富田がほっとしたように言う。仁科は「そうやなぁ」と答えながら煙草をふかす。

「犯行時刻の十時半頃、柚木健一の乗ったこの白鳥は京都を出たばかりで、まだ滋賀県に入ったかどうかっていうところだったんですから」

富田がすっかり納得しながら話すのを聞いてるうちに、仁科はふとあることに気がついた。

「富田君、昨日の踏み台にこだわったあんたらしくないな、今日は」

「何か間違ったことを言いましたか?」

「間違ってるというより、今日は無警戒やないかな。確かに柚木健一は白鳥に大阪から乗車してた。余呉の現場に犯行時刻に立つことはできんかったやろうが、もし彼が京都で下車して上りの新幹線に乗り換えたら——」

「新幹線？」

「ああ。すぐに乗り換えられる新幹線があったなら、十一時過ぎに米原に着くことができたんやないか？」

「米原？　十一時過ぎ？　えっ、そしたら仁科さんは米原駅のキヨスクで買い物をしたんは柚木新一やのうて、健一の方やないかとおっしゃるんですか？」

「ほんの思いつきやが、入れ替われるんやないかな」

「しかし、米原に停る新幹線はそう多くないですよ。都合よく乗り換えられるのがあるでしょうか？　大阪発の白鳥から新幹線に京都で乗り換える客なんて普通はいませんから、接続しているわけないし」

「乗り換えたら京都—米原なんてすぐやぞ。——時刻表で見てみよう」

二人は再び車掌室へ向かった。矢野ではない方の車掌がいたので、時刻表を調べてもらった。

「新幹線の上り……米原に停るの……ああ、ありますね」

車掌の返事に刑事らは時刻表を覗き込んだ。

「これですわ。こだま４２２号。京都発10時41分ですから乗り換えには余裕があります。米原着が11時８分ですね（時刻表④）」

仁科は手帳を開き、柚木新一の供述を見た。彦根発11時２分の普通列車に乗り、その列車の米原着は11時７分（時刻表①）。

（ほとんど同じ時刻。偶然か？）

本当に単なる思いつきだったのだ。あまりに富田の緊張感が緩んでいたので牽制しようとしたのだ。だが、この乗り継ぎを見て、健一と新一が入れ替わった可能性を真

時刻表④

列車名	ひかり 14		ひかり 262	こだま 422
岡山 着	856	…	…	…
岡山 発	857	…	903	…
相生 〃	レ	…	レ	…
姫路 〃	レ	…	928	…
西明石 〃	レ	…	レ	…
新神戸 〃	942	…	947	…
新大阪 着	958	…	1002	…
発着番線	㉕		㉖	㉓
新大阪 発	1000	…	1004	1024
京都 〃	1017	…	1021	1041
米原 〃	レ	…	レ	1108
岐阜羽島 〃	レ	…	レ	1128
名古屋 着	1101	…	1104	1141
名古屋 発	1102	…	1106	1142
三河安城 〃	レ	…	レ	1159
豊橋 〃	レ	…	レ	1218
浜松 〃	レ	…	1141	1236
掛川 〃	レ	…	レ	1252
静岡 〃	レ	— —	1206	1310
新富士 〃	レ	…	レ	1326
三島 〃	レ	…	レ	1341
熱海 〃	レ	…	レ	1352
小田原 〃	レ	…	レ	1404
新横浜 着	レ	…	レ	1423
東京 〃	1256	…	1308	1444

剣に検討したくなってきた。

「仁科さん、けれど無理ですよ」富田の表情にも今は締まりがあった。「健一が白鳥を捨てれば確かに十時過ぎに米原駅のキヨスクで買い物もできたし、当日の午前中一枚しか売れなかったっていう博多行きの切符を買うこともできたでしょう。――けど、どうやってその後白鳥に戻ることができたんですか？」

十一時半頃、敦賀を出てすぐの車中で健一は矢野に話しかけている。

「そっちが新一かも……」

「アホな。まるで空知雅也の推理小説やないですか」

富田は空知の作品を二本読んだことがあると言っていた。

「そしたら双子の兄弟が入れ替わって、博多と酒田に行ったのも反対やったっていうことですか？」

そんなことができるのかどうか、仁科にもよく判らなかった。他の班の捜査と突き合わせれば、すぐに否定されてしまうことかもしれない。

「とにかく敦賀に着いたら駅から本部に一報入れよう。本部の様子も聞ける」

「もうよろしいですか？」

時刻表を開いたまま車掌が聞いた。

「ああ、失礼。ありがとう」

車掌室を出るなり、通りかかった矢野と目が合った。二人が会釈すると、矢野はすっと天井を指差した。

「刑事さん、今くぐった高架橋ですよ」

「はあ？」

何のことか判らない。

「あれ。あれが鳩原《はとはら》のループですよ」

山をぐるりと一周した上りのループ線が右手から近づき、左手から小浜《おばま》線が寄り添うと、もう敦賀だった。

6

連日の捜査会議が終わった。十一時が近い。

加瀬は愛用の歪んだアルミの灰皿に煙草を置いたまま、しばらく黙って考え込んでいた。その隣でやはり無言の杉山が腕を組んでいる。

「仁科も変なことを考えたもんです」

杉山はそう言って、湯飲みに残っていた温《ぬる》い茶を啜《すす》った。灰皿の中へぽとりと灰が落ちる。

「推理作家の空知雅也が関係者に紛《まぎ》れ込んでいたせいでしょうかね」

苦笑を浮かべる警部補に、加瀬は「いやいや」と言った。

「可能性の追求としては面白かったんですよ。白鳥とこだまの乗り換えにも無理がなかったし。博多と酒田からの報告が入るまでは、私もまさかと思いながら、可能性はあると考えていましたから。博多の清水氏はともかく、酒田の猿渡氏は柚木兄弟と以前から面識があったそうですし、当日随分長い時間話していますから、新一を健一と取り違えることはないでしょう」

「そうですね。博多の清水さんは初対面だったし、ろくに話もしないうちに相手がトンボ返りしてしまいましたから自信のある答えができっこありませんけど、猿渡さんの方は信憑性《しんぴょうせい》大です。それに――」

「切符ですね」

「ええ。指紋はごまかしようがありませんから」

加瀬は仁科の仮説を聞くや、福岡県警に要請して博多駅が四月一日に回収した新幹線の乗車券、特急券を調べてもらった。迅速な調べのおかげで、当日の米原から博多までの切符がすぐに抜き出され、その上発券番号から柚木新一が使ったらしき一枚が特定できた。加瀬はすかさず採取ずみの新一の指紋を電送し、切符についた指紋との照合を依頼した。——結果が出たのはつい一時間ほど前で、はっきり同一のものであると確認できる拇指紋が三つ検出されたとのことだった。

「よくやってくれましたよ、あちらさんは」

加瀬は福岡県警の早い対応に感謝していた。会議中に入った「指紋一致す」の知らせに湧いたどよめきには、「やっぱりそうか、人騒がせな」「おや、違うのか」という思いの他に、「もう判ったのか、がんばってくれたな」という賛嘆も込められていたようだ。

「それにしても、双子の入れ替わりなんていうことを言いだしたのが仁科とは。彼は推理小説の類を読んだことがないどころか、あんな馬鹿ばかしいものと嫌っていた方なんですよ」

「いえ、彼の発想の元が判るような気がします」

加瀬は新たな一本に火を点けながら言った。

「白鳥の聞き込みに行くのに、われわれの手元には柚木健一の写真がまだなかった。そこでやむを得ず新一の写真を携えて聞き込みをするという方法をとったもんですから、彼はひっかかるものがあったんでしょう。『こんな無精なことをしてもええんか？　これでは白鳥の客は柚木新一ですね、と聞いてるのと一緒やないんか？』と。『それやったら米原駅で目撃された人物が健一でも構えへんやないか』と連想が飛んだんでしょう」

「今日のアイディア賞ですか」

「杉山さん、仁科君は優秀です。富田と組ませていただいてありがたく思ってるんですよ、私は」

「これはどうも」

加瀬は煙草を深く吸った。疲れた体の中に紫煙が溶け込んでいくようだった。嫌煙権者が聞いたら、煙草に癒《いや》されるこの刑事を哀れむだろうか、そっと眉を顰《ひそ》めるだろうか？　そんなことはどうでもいい。自分にはこれが終生離せそうにない。

「山形県警からは明日の午前中に届きます」

加瀬ははっと顔を上げた。「何がです？」

「猿渡が会った自称柚木健一の指紋です。彼の旅館の部屋から複数の指紋が採取されたそうです。猿渡は『お会いしたのは弟の健一さんに間違いない』と断言していますけど、やはり指紋の照合の方が確実ですから」

「それはそうです。しかし、博多駅で四月一日に回収された切符から新一の指紋が出たんですから、入れ替わりがなかったのは決定的ですよ。米原駅に現れて、その後博多に向かったのが健一で、余呉で妻を殺した後白鳥に飛び乗り、酒田へ行ったのが新一やとしたら、博多行きの切符に新一の指紋がぺたぺたつくことはあり得んことですから」

「そうですね」

杉山は中腰になって手を伸ばし、あちこち凹《へこ》んでいるやかんを取ると、加瀬と自分に茶を注いだ。

「ハカタ、サカタ」

警部の呟きに杉山は「はあ?」と聞き返した。

「一字違いで大違い、という奴ですね。音は似ているのにまるで方角が違う」

「ああ、確かに。これが推理小説だったら、重要な証人がその二つを聞き違えていた、というのが常套手段ですよ。クライマックスで刑事が叫ぶ。『あなたがおっしゃっていたのは九州の博多なんですか! 山形の酒田ではないんですね?』」

身振りをまじえて杉山が言った。柄ではないが、疲れた様子の加瀬を面白がらせようとしているのかもしれない。

「そんな聞き間違いがありますか？　推理小説っていうのはもっと捻くれてるんやないですか？」

「まぁ、そうですね。——推理小説といえば空知のいわゆるアリバイ、も成立しましたが」

「問題なし。証券会社の勧誘員がルーズに仕事をしている人間だったら、いつ頃どんな人に電話を入れたか判らなくなってたかもしれませんが、久保屋敷という勧誘員はその点しっかりしていましたね」

「日時も話の内容も一致しましたから。空知が気持ちよく応対したのがよかったんですよ。これは脈がある、後日再度アタックしてみようと思わせたから、勧誘員の記録に備考つきで記載された」

「もう一つの幸運を言うなら、勧誘員の名前が久保屋敷てな珍しい名前だったことですか。おまけに相手は小説家でしょ。人の名前には常々興味を持ってる人種やないですか。もしも、空知が証券会社と勧誘員の名前を覚えてなかったら、私たちの方から探り当てるのは並たいていではなかったでしょう」

「全くです」

相手がアリバイものの推理小説を書いている作家だったせいか、何か電話に細工をすることもできるのではないか、と加瀬は思わないでもなかった。しかし、そんな邪推も大阪府警からの報告で霧消した。

「余呉から平石とやらまでは三時間半かかるそうですから、十時半に湖畔にいて、十二時前に自宅に帰り着けるわけがない。――こっちの方がもっと説得力がありましたけれど」

余呉―平石間のルートの検討もなされた。木之本インターから北陸自動車道に入り、米原で名神高速に移って瀬田《せた》西で降りる。信楽《しがらき》を抜けて伊賀上野から西名阪自動車道に入り、天理から国道伝いに二上山《にじょうざん》を越えるのが最短とみられた。それに要する時間が三時間半なのだ。

鉄道を利用した場合は、平石―新大阪駅が車で一時間二十分、新大阪―米原が四十分、米原―余呉の現場が三十分で合わせて二時間半だが、その中心となる米原停車の新幹線に都合のいい列車がない。

「これまた決定的です」

空知自身が忘れていたことまで、大阪府警はほじくり出して報告してきた。当日の十二時少し前、彼の家に書籍小包を届けた郵便局員の証言を発掘してくれたのだ。単行本三冊の大きな包みだったために郵便受けに入らず、郵便配達は呼び鈴《りん》を鳴らしたのだそうだ。空知は顔を出し、荷物を手渡しで受け取っている。

「空知のアリバイまで調べることはなかったんではないですか？　四年も会ってない被害者が、当日余呉湖畔にいるとは知り得なかったでしょうから」

杉山が今さらのように言うのに、加瀬は答える。

「知り得なかったとは思わないんですよ。事件前日の夜、十一時半から十二時過ぎまで被害者は妹と電話で話していますね？」

「ええ。しかし三沢ユカリはそのことを誰にも話していないと言ってます」

「妹は話していないかもしれません。けれど、もしかしたら被害者が自分で空知に話したかも」

「被害者が？　空知に電話でもしたっていうんですか？」

杉山は意外そうだった。加瀬は平然として続ける。

「そうです。妹との電話の中で、空知のことが話題になっていました。ユカリと話し終えた後、懐しさに駆《か》られて思わず彼にダイヤルをしたかもしれんやないですか」

「真夜中ですよ」

「小説家なんて宵っぱりばかりでしょ。朝早いのはまずいでしょうけど、夜遅いのは大丈夫やないですか？」

杉山は笑って「警部。われわれはさっきから何度も小説家だから、という言い方をしていますけど、かなり偏見が入っているんではないかと危惧したりもしているんですが」

「そうかもしれません」

加瀬は認めた。杉山は重ねて言う。

「空知がやったのではないか、と考える根拠はありませんよ。女にふられて恥をかかされた、といって逆恨みするようなのもいますけど、四年も会っていないんですから。それにそこまで激情的な男には見えませんでしたし」

「彼が怪しいと考えていたわけやありませんよ。ただ、これも可能性の問題で、被害者が当日余呉にいることを知る可能性も万に一つはあったというだけです。——健一の内妻、高井美保は聞いて知ってた口でしたね？」

「そうですが、これまた一日の午前中の所在は実にはっきりしていましたね。マンションにずっといたようですから」

「午前十一時に何かの工事があったんでしたね」

「工事というか、ベランダに人工芝を敷いてもらいにきたということでした。ベランダ越しにお隣の奥さんとも話をしていますから、大阪から外へは出ていません」

「柚木堂の従業員は全員通常どおり朝から勤務していたそうやし」

「ええ」

「みんなにあるんやなあ」

加瀬が溜め息をついた。

「みんなにある。いわゆるアリバイが」

7

「空知さんのお気持ちは判るつもりです」と受話器の向こうの片桐は言った。「空知さん、惚れてたんですよね？」

「やめてくださいよ、惚れるやなんて好きな言葉やないから」

軽く言うと「あ、すみません」と編集者は慌てて謝った。随分と気を遣ってくれているようだ。

「大丈夫。飯もしっかり食ってるし、臨床神経科医の世話にもなってないから。ただ、ちょっと今はミステリを書く気になられへんのです。人が死んだの殺されたのっていう話はね」

「ええ、ええ。それは……」

長い電話になっていた。自分は今、片桐の仕事の邪魔をしているに違いない。

「ちあきなおみ、ですね」

「何です？」

片桐はまた訳の判らないことを言いかけている。

「ちあきなおみの『喝采《かっさい》』です。いつものよぉに幕ぅがあーき。あったでしょ？　レコード大賞を取った曲。同い年なんだから思い出してください。いつものようにステージに立っていた歌手の元に、かつて愛した男性の死を告げる知らせがくる。悲しむ間もなく幕がまた上がる。歌手は涙をこらえて恋の歌を歌わなくてはならない」

「ありましたね。こっちは推理作家ですからあんなロマンチックで哀しい物語にはならんでしょうけど。『あの歌が今、よく判ります』ってちあきなおみに手紙を書きましょうか？」

「遅いですよ。書いてもかまいませんけど」

「これ、慰めの電話？」

「あ、すみません。――でも、考えてみると推理作家ってお仕事なさってる人は皆さんそういう思いをする日がくるんですね。初めて気がつきました」

急に神妙な口調になった。空知はそこで会話が途切れるのを恐れて言う。

「推理作家だけやないですよ。親しかった人が亡くなってすぐ、剣豪小説のチャンバラ場面を書くのもきついやろうし、自動車を売るのも、教壇に立つのも、駅のホームを掃除するのも、下手な小説の校正をするんでもつらいはずです」

「私、空知さんってそういうことが言えるから好きなんですよ」片桐は大きな声を出した。「そう、こんな時って人間、一生懸命に自動車のセールスやって悲しいの忘れようとしたりしますよ。ふだんより懇切《こんせつ》丁寧に授業をしようとか、いつもの倍駅のホームをきれいにしようとか。それなのに、空知さんはその仕事自体が今つらいんでしょ？」

「つらいですね、あとしばらくは」

「私、待ちますからね」片桐は力を込めて言った。「遅れるのは仕方がないじゃありませんか。すごく人間臭いことだと思います。もう何も言わずに待たせてもらいます。空知雅也の全国十万人のファンにも『てめぇら、しばらく待て』って言っときますから」

「十万人もファンがいてるんやったら、もっと初版の部数を増やしてください」

「私はそうしたいが営業がうるさいんです。——空知さん、またサラリーマンやりたいですか？」

「アホ。俺に勤まるか」

「なら、書いてくださいよ。待ってます」

電話が切れた。片桐の言葉を嚙み締めながら、空知は少しだけ泣いた。

数日後銀行に行くと、頼んだ覚えのない前払いの印税が入金されていた。

＊

道頓堀川《どうとんぼり》を見降す料理屋の座敷で、二人の男は声を低めてぼそぼそと話していた。料理と酒の追加に仲居が現れると同時に黙り込む。よほど内密の話なのだ、と仲居は思ったことだろう。

「計画どおりに運んだな」

一人が言った。

「うまくいった」

もう一人が言う。

「今思い返したら、ようあんな危ない橋を渡ったもんや」

「そうやな……全く」

「もう安心してええやろう」

「まだまだ。尾行もついてるようやし」

「やっぱりそうか？」

「そう。俺にさえついてるんやから、新についてないはずがない」

「判らん。いつまで続くんやろう」

「判らん。当分は下手な動きを見せん方がええぞ」

「嫌なもんやな」

「仕方がない」

「ほとぼりが冷めるまでの辛抱か」

「そういうことや。——まあ飲め」

一人が、同じ顔をしたもう一人に酒を注いだ。

「池田の呉春《ごしゅん》か、こいつは久しぶりや」

「また送ってやろうか？」

「いや、彦根でも飲める。——注《つ》ぐぞ」

二人は酒を酌み交し合い、肴を突《つつ》いた。遠い座敷から笑いさざめく声が聞こえている。

「金は、いつ入る？」

「焦るとまずい。あまりじっと構えてるのも変かもしれんし」

「難しいな」

「そう。まだ道半ばということや」

「酒はほどほどにしておこう」

「ぽろっと口が滑らんようにか？」

「そういうことや」

「判った」

一人はそう言って頷くと、窓から暗い川面を見降した。流れのほとんどない川に、色とりどりの明りが明滅しながらゆらいでいる。心が浮き立つようでいて、同時に侘《わび》しい眺めだ、とその一人は思った。

第四章　私立探偵

1

衣替えがすんで最初の土曜日だった。

窓ガラスの向こうの歩道橋を行き交う人々の服装も、この一週間で急に白く、軽くなったような気がした。ユカリはアイスティーにストローを突っ込んだまま、ぼぉっと窓の向こうの世界を眺めていた。もうそろそろだと思い、手首を捻《ひね》ってブレスレット型の腕時計の針を読む。ほとんど二時を指していたが、待ち合わせの時刻までまだ二、三分あった。

再び窓に顔を向けると、大阪駅の方からやってくる空知が見えた。向こうも窓際のユカリがすぐ判ったらしく、小さく手を振っている。ユカリは、彼が店のドアを押し開けて入ってくるまで、その姿を目で追っていた。

「待ちましたか？」

「いいえ」

空知は紅茶を注文すると、手にしていた平べったいバッグから一冊の本を取り出した。

「僕の最新作です。遅くなってしまいました」

「いただけるんですか？」

「もちろんです。読んでもらえたら嬉しい」

ユカリはそっと本を取り上げた。砂と化して崩れゆく青い電気機関車の精緻なイラストが表紙で、中央に真っ赤な活字で『飛べない機関車・空知雅也』とある。いかにもセンスのいい装丁だった。

「どうもありがとうございます。今晩すぐ読ませていただきます」

「退屈しのぎになれば幸いです」

ユカリはペラペラとページをめくってみた。いつものように何枚かの時刻表が挿入されている。裏表紙にはあまり写りがいいとは言えない空知の顔写真と、著者の言葉があった。

曰《いわ》く。——今回、私が皆さんにご披露する空知マジックは、これまで以上に大胆でかつ緻密なアリバイトリックです。さしもの広瀬警部も犯人の周到なトリックの前に最後の最後まで苦しみますが、犯人はたった一つ些細な証拠を残していたのです。トリックを崩す鍵は読者の前に提示されます。どうか欺《あざむ》かれることなかれ。

「面白そうですね」

「著者の言葉なんか読んで感心しないでください」

ユカリは空知が照れているのだと思った。

「それは編集の人が書いた文章なんです。今回はミステリを書くのがきつくて、この上著者の言葉なんか勘弁してくれ、と思ったもんですから、代筆してもらったんですよ」

「編集の人って以前お目にかかった方ですね？　へぇ、そうなんですか」

「ひどい文章でしょ？　まるで少年ミステリ文庫って感じで。そんな短い文章の中にトリックって言葉が三回も出てくるのも異常ですよ」

「空知さんとは名コンビだとお見受けしましたよ」とユカリは微笑む。

「そう。名は名でも——」

「迷うの迷」と二人は同時に言った。

「片桐さん並みのひどい駄洒落を言うてしもうた」空知も笑った。「僕の作家生命も長くないらしい」

二人は互いに近況を話し合った。大きな悲しみは季節が去るように消えてくれはしなかったが、生きていくために働き続けなくてはならない。彼女も彼も、仕事に没入して気持ちを紛らしているのは同様だった。ユカリは空知と話しているうちにまた少し元気が湧いてきた。

「最近になってようやくミステリが書けるようになりました。ただ、リアリズムで警察の捜査活動を描くのが正直言って愉快やないもんで、今度からは古風な私立探偵ものを書くつもりです。その方が生臭くなくて今の僕には楽です」

「広瀬警部のファンががっかりしませんか？」

「僕の作品のキャラクターにファンがつくほど本が売れるようになりたいもんです」

空知は座り直して「私立探偵といえば、この前のお電話で伺ったお話は本気なんですか？」

ユカリは本をハンドバッグにしまいながら「はい」と答えた。

「しかし警察でさえ手を焼いているのに、一介の私立探偵にどれだけのことができるでしょうか？　疑問に思います」

ユカリが黙っていると空知はさらに言った。

「確かに警察は恵さんの事件の捜査本部を大幅に縮小しました。でも捜査はまだ継続しています」

「捜査本部の解散は時間の問題だと聞きました」ユカリは言い返した。

「解散する？　まさか。誰から聞きました？」

「木之本署のある刑事さんからです。私、すごくショックで……」

空知もしばらく口をつぐんだ。やがてユカリに尋ねる。

「どうしてそんなに義兄さんを、柚木を疑るのかな。あいつも可哀想な被害者やとは思わないんですか？」

「思えないんです。それに、柚木さんは姉に……」

「一億円の生命保険ですか？　ええ、尋常《じんじょう》な額の保険ではないと思います。けど、あいつ自身も同額の保険に入ってたそうですよ」

「そんなの、ポーズです。死んだのは姉一人です」

「警察も柚木兄弟がぐるになって保険金殺人を謀ったんやないかと相当しつこく嗅ぎ回ったらしい。何せ恵さんを殺そうなんて動機を持つ人間がいなかったところへ、一億円の保険の件が浮かび上がったんですから。——けど、その執拗《しつよう》な捜査にも彼らのアリバイは崩れんかったし、殺し屋を手配した様子もなかったんでしょ？」

「……ええ」

ユカリは小声になり、空知はなおも続けて言う。

「それを私立探偵雇って探らせようとしても、成果は期待できないと思いますよ。いかにも蟷螂《とうろう》の斧《おの》という感じです」

「このまま何もせずにはいられない、ということだけ判ってください」

ユカリはやっとそれだけのことを訴えた。空知は唇の端を歪めて渋い顔をした。

「私立探偵を雇うっていうのはお金がかかりますよ。必要経費別で一日二、三万は取られるでしょう。しかも二、三日の調査で真相が判明するとは考えられません。一ヵ月も雇えば大変な金額になりますよ」

「お金なら、なくはありません。海外旅行の費用を回せばすみますし、それで足りなかったら貯金を降ろします」

「駄目です」空知はきつく言った。「その貯金というのはユカリさんの結婚資金のことでしょ？　亡くなられたご両親が遺されたお金のはずです。そんな大切なお金を、みすみすドブに捨てるようなことに使ってはいけません」

「探偵さんが聞いたら怒りますよ、そんな言葉」

ユカリは空知の見幕に少し戸惑っていた。こうまではっきりと反対されると思っていなかった。相談に乗ってもらわない方がよかったのではないか、とふと思った。

「それに有能で信頼できる私立探偵の心当たりでもおありなんですか？　僕はミステリなんか書いてますけど、探偵に知り合いなんていませんからね」

「知っている人がいるんです」

「はあ？」空知は口をぽかんと開いた。「何を知っている人です？」

「いいえ、私が知っている探偵さんがいるんです。私立探偵」

「驚くなぁ」と言って空知は頭を掻いた。「まさかユカリさんに私立探偵のお知り合いがいるとは知りませんでした。それはそれは。失礼なことを言うてしまいましたね」

「別に謝っていただかなくてもいいんです。その探偵さんが知り合いっていうことや なくて、以前姉が結婚する時にお世話になったっていうだけのことですから」

「恵さんが結婚する時というと、柚木のことを調べたんですか？」

「そうです。柚木さんのことをこそこそ嗅ぎ回ったりしたら姉は怒るやろうからって、両親が内緒で調査を依頼したんです。父の友人の紹介で雇った人なんですけど、とても誠実な方で、仕事も丁寧でした。その後、父の同僚の息子さんが家出をしたのを見つけて、東京から連れ戻してもらったこともありました。怪しげな風俗関係の店で軟禁されて働かされてたのを助け出してくださったんだそうです。それを聞いて父の方が感激してしまって、お礼にうちの家族みんなとホテルで一緒に食事をしたこともあります」

「へえ」とさして興味なさそうに空知は言った。「一応、信頼できそうな探偵なんですね？」

「肥後橋《ひごばし》に事務所があります。今日これから依頼に行くんですけど、もしよろしければ空知さんにも一緒にきていただけへんでしょうか？」

「今日これから？　やっぱり頼むんですね」

「そう決めたんです」

　空知は面白そうな顔をしなかった。「私立探偵を雇うというのは今ユカリさんがおっしゃったように、娘の結婚相手の身元調査やら家出人の捜索というようなケースにはふさわしいでしょう。けど、殺人事件の捜査になんかお呼びでないと思いますよ」

「警察の気を引く何かを見つけてくれるだけでいいと思うんです」ユカリの言葉にも熱が入った。「金田《きんだ》一耕助《いちこうすけ》を雇うんやなんて私自身思うてませんから」

「仕方のない人ですね。恵さんとユカリさんが違うのはこのへんらしい」

「姉やったら『はい、判りました』としおらしく言うことを聞くって言わはるんですか?」

「そう言うかどうかは判りませんけど、『もうこの人を説得するのはやめよう』と思って話を打ち切りにかかるでしょうね」

空知は気分を害している様子はなかった。ユカリは正直に思っているまま話すしかなかった。

「空知さんが私の言うことを聞く義理はありませんし、私も探偵を雇うのに空知さんの了解を得たり、事務所についてきていただく必要なんかないんですよね。でもやっぱり一人でものごとをてきぱきと決めることが、私は今、できへんみたいです。『おいおい、大丈夫か』と思われながらでも、誰かに見ててもらいたいんです。手助けして欲しい、なんて言うことはできませんけど、振り向いたらずっと遠くの方にでもええから、誰かにいてて欲しいんです」

それだけ言って空知の反応を窺うと、彼はこっくり頷いた。

「天涯孤独の身の上同士、お互い振り向いたら見えるところに立っとくようにはしましょう」

「そしたら……?」

「探偵事務所までご一緒します。行くな、と言ってもユカリさんは行くと決めてらっしゃるようやし。それでも意地になって『僕は行かん』やなんて言うたら、敵に回るような気がしますからね」

「ありがとうございます。わがままにお付き合いいただいて」ユカリは頭を下げた。「今後の作品の参考に私立探偵に会って話でもしてみようか、というつもりでご一緒してください」

「そんなつもりは毛頭ありません」

そう言うと空知は伝票を取って立ち上がった。

2

太平洋探偵社は肥後橋の角を右に折れ、土佐堀《とさぼり》筋を少し歩いたところにあった。六階建ての雑居ビルの五階の窓に、金文字で『大平洋探偵社』とある。『太』の字の点が取れてしまっているのに気がついていないのやら、気がつきながら放置しているのやら。

「事務所に行くのは、ユカリさんは初めてですね？」

空知が訊くので「はい」と答えた。

「僕も初めてですけど、なかなか女性一人で扉を叩きにくい雰囲気ではありますね」

そう言って空知は軽くユカリの背中を押した。

「行きましょう」

古いビルだった。小さなエレベーターはしゃっくりをするように揺れながら五階まで二人を運んだ。扉が開くとすぐ斜め前が太平洋探偵社の事務所だった。

「失礼します」

声をかけながら空知はドアを押して開いた。十五坪ばかりの部屋だった。スチール机が窓を背にして一つ、その前にあと四つが二組ずつ向かい合わせに並んでいる。窓際の席には恰幅のいい中年の男が掛け、手前の席の一つでは若い事務員風の女性が一人、せっせとワープロを打っていた。

「あの……」

ユカリが言いかけると奥の席の男が立ち上がり、「三沢様ですね？」と大きな声で尋ねた。

「はい。昨日お電話いたしました三沢です」

「お待ちいたしておりました。さあ、どうぞ中へ」

男がそこまで言った時、手前の女がすっと音もなく席を立ち、ユカリたちに会釈して部屋を出て行った。一瞬何事かと思ったが、給湯室へお茶を淹《い》れに行ったらしい。

「当太平洋探偵社の所長で足立《あだち》と申します。他の者は出払っていますが、お話はこちらで伺いましょう」

足立はそう言って彼の左手のドアを示した。内密の話ができる別室があるらしい。

「はい。……あの、小桑《おぐわ》さんはいらっしゃらないんでしょうか？」

ユカリは遠慮がちに尋ねた。彼女が知っているのは小桑探偵一人だけだった。

「小桑龍《りゅう》君をご指名でしたね。以前二度お世話をさせていただいた？」

「はい。今回もまた小桑さんにお願いできると昨日お聞きしましたので……」

「ええ。彼は午前中ひと仕事すませて、今遅い昼食に出てるんです。もう五分もすれば戻ってきますんで。さっ、どうぞこちらへ」

二人は出された意外に上等そうな日本茶を啜りながら小桑の帰りを待った。きっかり五分後に探偵が戻ってきた。

「龍ちゃん、お待ちやで」

足立所長の声に高い声が「はい」と応える。

「お待たせしました」

そう言って入ってきたのはすらりと背の高い三十代半ばぐらいの男だった。長い顔の終わりで顎がしゃくれている。面長《おもなが》の上に穏やかな目をしていて、馬のような印象を与えた。学生時代の綽名《あだな》は常に馬がらみだったに違いない。

「いつかお父様のご依頼を受けたことがありますね？」

小桑はユカリをひと目見るなり言った。ユカリはほっとした。

「覚えていてくださいましたか？　二度お世話になっています。その節はどうもありがとうございました」

「とんでもありません。——今日はお父様の代理でお越しというわけですか？」

「父は亡くなりました」

「いや、それは失礼しました」

小桑は地味なグレーのスーツの胸から名刺を取り出した。

「小桑龍です」

彼はユカリと空知に一枚ずつ薄い名刺を渡し、空知は肩書きのない名刺を返した。

小桑は無表情のままそれを少し見てから、長身を折り曲げてソファに掛けた。それから足立も横に腰を降ろす。

「身辺調査のご依頼でしたが、どういった目的でしょうか？　お知り合いの交際関係とか？」

ぽってりとした腹に両手を置いて足立が尋ねた。

「これは本来警察がするべき調査を代わりにお願いするようなもので……」

ユカリは依頼の内容を話し始めたが、緊張のせいと、やはり風変わりな依頼なのだろうかという迷いのせいで、用意していた言葉がなかなか出てこず、しどろもどろの説明になりそうだった。二人の探偵は辛抱強く、まずい彼女の話に耳を傾けてくれたが、途中で一度ユカリの話は止まってしまった。

「つまりですね」空知が助け船を出してくれた。「ユカリさんが疑わしく思いながら、警察が尾行を中止した柚木新一氏の行動に怪しむべき点がないか、それを調査していただきたいということです」

「およそ判りました」足立は慇懃《いんぎん》に頷いてから「失礼ですが、空知様と三沢様とのご関係は？」

「亡くなられたユカリさんのお姉さん、恵さんにお世話になったことがある者です。今話に出ていた柚木新一の知人でもあります」

とにかく関係の深い人間なんだな、というぐらいには伝わっただろう。

「それでは具体的に言って、柚木新一氏の行動を一定期間監視し、犯罪に関係しているのかどうかの材料を集めればいいんですね？」

足立の問いにユカリは「はい」と頷いた。

「どれぐらいの期間です?」

膝の上で指を組んで聞いていた小桑が尋ね、ユカリは「ひとまず一ヵ月」と答える。

「もし一ヵ月様子を見て不審な点がなかったら?」

重ねて小桑が聞くと、ユカリは口ごもった。

「その時はまた考えます」と空知が肩をすくめて言った。「われわれの気がすんで、調査はそこまでということになるかもしれません」

探偵たちはちょっと黙った。やはり異例の調査依頼なのだろう、とユカリは思いながら誰かが口を開くのを待った。

「お引受けいたします」足立が言った。「小桑君を彦根に張りつかせることになりますから、費用の面で少々お高くなりますが」

「承知しています」空知はユカリをちらりと見て「調査はひとまず一週間にしてください」

「いえ、まず費用をお伺いして——」

ユカリが言いかけたが、空知は「一週間です」と繰り返した。

「一ヵ月でなくて一週間ですね？」

足立が確認を求めたが、空知は「一週間で結構です」と言って、ユカリに何も言わせなかった。

「調査費用は一日三万円。その他必要あって使った経費は徴憑《ちょうひょう》を添えて請求させていただきます」と足立が言う。

ユカリが覚悟していた金額より大きくなりそうだった。空知が一週間と言ってくれてよかったのかもしれない。

「あの、お支払い方法は？」と訊く。

「調査終了時に報告書と請求書を一緒にお渡しします。指定の口座にお振り込みいただければ結構です」

「柚木新一氏の住所は伺いましたが、顔写真でもお持ちですか？」

小桑に言われてユカリは「ええ」とハンドバッグから写真を取り出した。面長の探偵はひと目見て「ああ」と言った。

「思い出しました。双子のご兄弟がいたと思いますが」

「そうです。よく覚えてらっしゃいますね」

ユカリは感心した。

「本当によく似た双子でした」と小桑は独白するように言った。

「調査は明日一日準備に措いて、明後日、六月五日からでよろしいでしょうか？」

足立の問いに、ユカリと空知は揃って「はい」と答えた。

「よろしくお願いいたします」

一礼した空知に小桑が思いついたように「空知さんはお仕事は何を？」

「推理小説を書いてます」

その返事に探偵たちは「ほぉ」と感心したようだった。

「探偵作家が探偵を雇う、ですな」と足立が面白そうに言った。

「お互い、好きでやってるんでしょうね」

空知の言葉に、「さぁ、こっちはどうですか」と小桑が笑った。

3

探偵の調査が始まって四日目。空知は昼過ぎに太平洋探偵社に電話を入れてみた。

「太平洋探偵社でございます」という所長の足立の大きな声に、空知は思わず受話器を耳から離した。電話になるとやたら声が大きくなるらしい。

「空知と申します。先週の土曜日にお伺いした――」

「ああ、三沢様とお越しになった空知様ですね」

「そうです。調査の方はいかがですか？」

「今のところさして特別な報告は聞いておりません」大声ながら淡々と彼は言う。「毎日午後七時頃に三沢様からお問い合わせのお電話をいただきますので、その折に詳細《しょうさい》にお伝えはしておるんですが」

空知は土曜日以降、ユカリと連絡をとっていなかった。毎日問い合わせの電話をしているとは、さすがに彼女は調査の様子が気になって仕方がないのだろう。

「二十四時間、柚木の観察をしてくださっているんですか？」と聞く。

「アシスタントと交代したりしながら、ほぼ二十四時間態勢で見ております」

ほぼ二十四時間、か。ほんまかいなと思う。

「小桑さんからの報告は日に何回入るんですか？」

「最低三回。午前、午後、夜と入れさせております。柚木氏はこれまでのところ店と自宅の往復以外、変わった行動をとっておりませんね」

「誰かと会うということもないんですか？」

「取引先とお客以外は全くありません」

このまま一週間が過ぎてしまうのだろう、と空知は思った。ユカリはやはり海外旅行費用だか夏のボーナスだかを無駄に使っただけになりそうで、少し腹立たしくなった。

よろしく頼むとだけ言って、空知は電話を切った。時計を見るとまだ一時だ。あまりワープロに向かう気がしなかったが、五十枚の短篇の締め切りが一週間先に迫っていた。そろそろ手をつけださなくては、と書斎に向かいかけた時、電話のベルが鳴った。

「空知？　俺や、柚木」

空知はぎくりとした。表情を見られない電話でよかった、と思う。

「仕事中やったかな？　すぐ終る話やけど」

「いや、机に行きかけたところや。――元気でやってるか？」

努めて無色の声で聞く。柚木は「何とか」と溜め息混じりに言った。

「正直言うと色んなことでうんざりしてる。警察のアホどもは恵を殺した犯人を挙げるどころか、俺のことを疑ってかかってるからな。腹が立つのを通り越して情けないわ」

「まだ尾行でもついてるんか？」

こんな言い方はまずかったかな、と言ってしまってから空知は思った。

「それはなさそうや。半月ほど前までは見張られとったようやけどな。そんなもん、俺が真犯人やったとしても尻尾出すかい」

冗談めかして喋っているのだろうが、空知の耳には彼の言葉が不敵に響いた。

「保険金の額が大きすぎたらしい」柚木はまた溜め息をつく。「一億円と聞いて目を剝《む》きよったんや。俺もぼぉっとしてるから、あれ、そんなに入ってたかなと思うたんやけどな。うちは知り合いに保険会社関係の人間がやたら多うてな、義理であっちこっち加入してるうちにそうなってしもうただけなんやけど」

空知は冷ややかな思いで弁解がましいそんな言葉を聞いていた。

「なるほど」

「大阪の店の経営状態が去年の夏からようないっていうのも調べ上げられた。大したことはないんやけど、それだけで保険金目当ての妻殺しやないかと痛くもない腹を探られてる。ふざけた話や」

空知は相手の話をとても素直に聞いてはいられなかった。むしろ、そこまで調べていながら、何故警察は先に進めないのか、と苛立たしく感じる。

「こんな愚痴を言いに電話したんやないんや」と彼は思い出したように「明日の夜は

空いてるか？　大阪に行くんで、よかったら食事でもと思うて。健一夫婦とユカリさんも一緒なんやけど」

意外な誘いだった。楽しい晩餐《ばんさん》になるとは思えなかったが、彼ら兄弟の顔を見ながら、それとなく色んな探りを入れてみたいという気もした。

「ユカリさんも誘うたんか？」

「そう。寄る辺ない者たちが互いに励まし合う会にしようと思うてな。——どうする？」

ユカリが彼の誘いに応じたのも空知と同じことを思ったからなのだろう。彼女に援軍が必要だ。

「行こう」

空知はそう答えながら、明日は小桑探偵の仕事ぶりを垣間見ることができるかもしれない、と思った。

＊

曾根崎《そねざき》のビルの地下にある中華料理店を柚木健一が予約していた。円卓を囲んでの会食はやはりどこかぎこちない雰囲気のままに進み、好きな四川《しせん》料理の味も空知は楽しめなかった。ユカリも口数が少なく、早くに箸を置いてしまった。

「誘って悪かった？」

美保がユカリの顔色を窺いながら聞いた。ユカリは「いいえ、そんなことありません」と微笑んだが、箸を取ろうとはしなかった。

「そう、それやったらええけど。私がユカリさんもぜひ一緒にって思うて声をかけたんよ。久しぶりに同じ年ぐらいの女の人とお話ししたかったから」

赤いアイシャドウの下の目はもっと色んなことを言いたげだったが、うまい言葉が見つからないようだった。空知が美保に会ったのは葬儀の時が二回目で、今日会ったのが三回目だったが、周囲の人間に気を配らずにはいられない性格のように見えた。

「それはそうと空知、お前の新しい本が出たらしいな」

新一が豚肉の天ぷらを口に入れたまま聞いてきた。「出たよ」とだけ返事をする。

「大変やなあ、次から次へとアリバイトリックを案出するのも。よう続くもんや」

「いつまで続くことやら」空知は嗤《わら》った。「一本書き上げたら編集者は人の気も知らずに電話をかけてくる。『どうです、新しいトリックはできましたか？』って」

本心を言えばそう訊かれることは嬉しいのだ。面白かったからまた別の話を読ませろ、と言われているのだから。第一それが仕事ではないか。しかし新一も健一も空知の軽口を真に受けて、「書く方は大変や」「次から次へとなあ」などと納得していた。

「また読ませてもろうたら感想を知らせます」

健一がいつものように愛想よく言った。愛想笑いが顔に貼りついているようなところがある。

「空知さんの推理小説が私、今一番面白い」

彼は自称、大の空知ファンだ。

「それはどうも」とだけ空知は言った。そこでふと思いついたように尋ねる。

「健一さんはご自分で推理小説を書いてみようと思われたことはありませんか？　アリバイ崩しが入ったようなもの」

「駄目ですね、トリックという奴が思いつきませんから。もっぱら読む方専門です」

空知は機嫌よさそうに笑う健一を睨みつけないようにすることに、多大の努力を払っていた。

（本当にそうか？）大声を張り上げて尋ねたかった。（この前はなかなか複雑なトリックを披露してくれたんやないんか？）

そんな疑惑を押し殺したままの会食は、空知をくたくたに疲れさせていた。車に乗ってきていることを承知の上、彼は紹興酒《しょうこうしゅ》を呷《あお》った。

美保が春巻を取って健一の皿に運ぶのを、空知は横目で見ていた。「ありがとう」と言って健一が浮かべる笑みがまた偽善的に見える。

そんなもので俺は油断しない、と空知は思った。

九時になり、店を出た。ユカリはここで失礼すると言い、新一は「どうする？」と空知に聞いた。

「俺も帰る。今日はご馳走になった」

「そうか、帰るか。じゃ、われわれも引き上げるかな」

「続きはうちでやろう」と健一が言った。新一は今夜彼のところに泊まるらしい。

「洋酒なら揃えてあるぞ」

「よし、行く」

出た店の前で彼らがぐずぐずしていたので、ユカリは少しの間立ち去りかねていた。空知は早く解放されたいらしい彼女とともに「そしたら」と最後に軽く言って歩いていこうとした。

その時——

「美保か？」

空知の背中で低い男の声がした。何だ、と振り向くと酔っているらしい赤い目をした三十過ぎぐらいの男が立っていた。よれよれのスーツにだらしなく緩めたネクタイを締めている。

「おい、美保」

男は空知を押し除けて彼の前に踏み出した。彼はそのまま双子の兄弟に挟まれた美保の方へ真直ぐ向かった。

「秀司《しゆうじ》……さん」

美保は迫ってくる男を見て、驚きに目を丸くした。両脇の新一と健一もはっとして身構える。

「お前、元気そうやな」

秀司と呼ばれた男は美保の肩のあたりに手を伸ばしたが、彼女はするりとかわして健一の体の後ろに回った。男の手が凍ったように虚空《こくう》で止まった。

「高井さん、お久しぶりですね」

健一が落ち着いた声で言った。高井秀司——どうやらまだ戸籍上は美保の配偶者になっている男らしい。

「やぁ、ご無沙汰してました。こちらから伺おうとしていたのに、こんなところでばったり出くわすとは奇遇です。天の配剤かもしれません」

高井はやはり酔っていた。少しばかりだが呂律《ろれつ》が回っていない。勤め帰りなのか、厚くふくらんだ重そうな鞄を手に提げていた。

「おや、何かご用がおありでしたか？」

健一が言うと、高井はむっとなったように幾分声を荒立たせた。

「ご用がおありですか、はないでしょう。お邪魔してた女房を迎えに行こうとしてたんですよ。もうそろそろ長居が過ぎて、ご迷惑をおかけしてるだろうと思いましてね」

「美保は客ではなくて、私の妻ですけど」

健一はやはり落ち着いて言った。高井は舌打ちをする。

「冗談はやめてくださいよ、柚木さん。日本は一夫一婦制の国ですよ。どうしてうちの女房があなたの奥様になれるんですか？　あんまり非常識なことは言いっこなしにしましょう」

まずいことになりそうだな、と空知は思った。高井だけでなく、健一の方にもかなり酒が入っている。殴り合いの喧嘩を始めては、と思って空知は自分も一歩前に出て事態の進展を見守った。

「美保は私の女房です。役所に行って訊いてみなさい。――おい、美保、そろそろ帰る時間やぞ」

「秀司さん、もう判って」健一の肩越しに美保は哀願するように言った。「意地にならんと、私にかまうんはやめて」

「何をごちゃごちゃ言うとるんや。さあ、俺と帰るんや」

高井は健一をぐいと横に押したが、美保はまた健一の背後へと回って逃げる。高井が素面《しらふ》でないのが怖いようだ。健一は意外に冷静なままで、「まぁまぁ、もうやめさいよ」と宥《なだ》めた。

通行人たちが彼らを避けて通り過ぎて行く。ユカリは空知の隣で心配顔をして様子を見ていた。

「おい、美保、ええ加減にせぇよ」

高井がもう一度健一の体に手をかけた時、新一がその胸倉を摑んだ。

「ええ加減にするんはあんたや」

彼は高井を突き飛ばした。酔いが脚にもきていた高井は、五メートルばかりもそのまま後ろによろけて進むと、脚をもつれさせて倒れた。

「危ない」と声を出した空知だが、彼を支えてやる間はなかった。高井は尾骶骨《びていこつ》をしたたか打った上、後頭部をゴンと地面に打ちつけた。見ていた空知が思わず顔をしかめた。

「ふざけたことを言うのはやめて、とっとと帰りなさい」

高井の頭上で軽蔑を込めて新一が言った。仕方のない奴だ、というように首を振って薄笑いを浮かべる。

「空知、ユカリさん、びっくりさせて悪かった。――また」

「すみません」

双子は空知たちに声をかけ、足早に去ろうとした。健一に肩を抱かれながら、美保が「申し訳ありませんでした」と頭を下げた。少し心配そうに倒れたままの高井を振り向いて見ていたが、健一に連れ去られるようにして人波の向こうに消えていった。

その後ろ姿の後を一つの影が追うのを見て、空知ははっとした。やはりすぐに人波に呑まれていったのは、小桑探偵に違いなかった。しかしすぐに、彼らの後ろ姿を見送っている場合ではないと気づく。

「しっかり。大丈夫ですか？」

空知は屈んで高井の上半身を抱き起こした。転倒した男は掌で鼻血を拭いながら「どうも」と言った。

「頭を打ちませんでしたか？」

ユカリも屈んで、ハンカチを差し出した。高井は手をぶらぶらと振ってそれを受け取ろうとはしない。

「ハンカチが、もったいない。きれいな、ハンカチ」

頭の上を行き過ぎて行く通行人の顔。「何や？」「喧嘩やろ」と声がする。高井はショックのせいか、座り込んだまま、しばらく立たなかった。

「ひどい兄弟や」

彼はぽつりと言った。ひどい兄弟——しかし自分を棄てた美保を罵《ののし》ろうとはしない。

「立てますか？」

空知の問いに答えるように、彼は無言のままゆっくりと立ち上がった。ズボンの裾を面倒げに払う。空知はスーツの背中の砂を払い落としてやった。高井はまた「どうも」と言った。

「平気ですから」

そう言ってぺこりと空知たちに頭を下げると、彼はふらふらと歩きだした。ユカリが何か言いかけたが、高井はまた手を振って助けを拒んだ。

「何か……お気の毒」

ユカリが呟いた。

(かわいそうに)

空知は思った。

ここにもマジックミラー越しに人を愛した男がいる、と。

4

昼休みにはサラリーマンやOLの姿で賑う中之島《なかのしま》公園も、午後二時という中途半端な時間には閑散《かんさん》としていた。初夏の日差しが木々の緑と土佐堀川の川面に反射し、吹く風も心地よかった。

小桑と空知は肥後橋の事務所からぶらぶら公園まで歩いてやってくると、赤煉瓦《あかれんが》の中央公会堂に向かったベンチに並んで腰を降ろした。トレーニングウェアを着た学生らしい男が走っていく。

「すみませんね。こんなところまで引っぱってきて」

空知は言った。事務所の応接室がふさがっていると聞いて、彼は小桑を外へ誘い出したのだ。近くの喫茶店で話しましょうか、と小桑は言ったのだが、空知は気が進まないようだったので、ここまできてしまった。

「昔の勤め先が淀屋橋《よどやばし》にあるんです」

空知は公会堂のステンドグラスを見やりながら言った。「その頃は、ぼんやりここのベンチに掛けたことなんてありませんでした」

小桑は何も答えなかった。空知は手にしていた大きな茶封筒を膝の上で持ち直したが、中を開けて見ようとはしなかった。

「継続して調査なさいますか？」

小桑が聞くと、空知はゆっくりと首を振った。

「お願いするつもりはありません。ユカリさんは何と言うか判りませんが、もうやめておきなさいと忠告するつもりです。小桑さんのお仕事に不満があるからではないんですよ」

「ええ」と小桑は言った。「警察の捜査が打ち切られたわけではありません。これは警察を信じて任せるしかないことだと、私も思います。——夕方、三沢さんにお会いになるんですか？」

「はい。仕事があるから、とは口実でしょう。自分でこの報告書を取りにくるのが怖かったのかもしれません。それで私に代わりにもらってきてくれと、昨日電話してきたんやと思います」

「ご期待に添えなかったかもしれませんが、これが客観的な事実の報告ですので」

空知は顔を上げて探偵を見た。「小桑さんは何かお感じになりましたか？」

「柚木氏が白か黒かについてですか？」

空知が頷く。

「それは私には何とも申しようがありません。ただ、お手許の報告書を先ほどご覧いただいてお判りのように、柚木氏のここ一週間の行動に特に不審な点はありませんでした」

「そんなことは判っています」空知は穏やかに言った。「本物の犯罪者と関わる機会もままある小桑さんの印象を聞いてみたかっただけです」

小桑はそう言われて長い顎に手を置いた。そのまま少し思案していたが、やがて自分の考えを話しだした。

「柚木恵さん殺害事件の概要について事前に調べていましたし、ユカリさんからもお電話で色々お聞きしています。私は事件当日の柚木氏の行動に、確かに不自然なものを感じはしましたね。博多行きを失念して休暇を取りかけたり、それを夜中に思い出したり、手土産を買い忘れて駅で大慌てをしたり、ポカの連続です。私が一週間見ていた柚木氏の印象とはかけ離れたものがあります。アリバイが成立したということですが、それも計ったように際どいものですね」

小桑は努めて淡々と話した。空知は小桑の考えが聞きたげだった。

「際《きわ》どいアリバイですが、警察は認めました。――小桑さんから見て何か気がつかれたことでも？」

「いいえ、そんなものはありません。現場と米原駅の間を警察は何回も車を飛ばして実験したそうですが、やはり柚木氏のアリバイを否定できなかったんですから、これは確かなんでしょう。時間的に無理なだけでなく、米原駅付近で当日乗り捨てられていた車も皆無だったそうですから。馬鹿馬鹿しいようですが、警察では高速の水上交通手段まで一応検討したと言いますから、抜かりはなかったはずです」

「そしたら柚木を怪しむ理由もないやないですか」

小桑がどう答えるか興味があるようだ。

「直接私が依頼された調査に関係はありませんが、柚木健一という双子の弟がいますね。その人も同じ日に遠方に出張だったとか。それがちょっとひっかかります」

「警察では米原駅に現われたのは、健一の方やないかとも疑ったらしいですが、小桑さんもそんなふうにお考えなんですか？」

「ええ。試しに時刻表を見てみたら、健一氏が白鳥を京都で降りたら、ちょうどうまい具合に乗り換えられるこだまがありました。大阪で白鳥に乗って車内検札も受けた健一氏が、新一氏として十一時十分頃米原駅に立つことは可能だったんですよ」

「それは私も判っています。その間に新一が余呉で殺人を行なうことができた。けど、その後二人はもう一度入れ替わる必要があったんですよ」

「そう、それができないんですね。博多行きの新幹線の切符にははっきり新一氏の指紋がついてたそうですから」

二人は黙った。

「空知さんの作品を初めて読ませていただきました」

空知は「それはどうも」と頭を下げる。

「面白いですね。昨日は朝まで眠れませんでした。一気に読んだんです。他の御作も続けて読ませてもらいます」

「それはどうも」と繰り返してしまった。いかにも気のない返事だと思われてしまっただろうな、と空知は悔いた。

「推理小説を書くというのも大変ですね。トリックを次々に考え出さないといけないから」

全くご苦労なことだ。

「私の場合それで書かせてもらってますから、とことんやってやろうと思ってます。けれど、トリックが推理小説の真髄《しんずい》というわけでもないですからね」

「はあ」

「トリックっていうのは、謎解き物語の謎を作る一手段ですから。ただ、それが面白すぎたんでしょう。いつの間にか手段が目的になってしまったようです。神秘と幻想が衰弱した近代に、謎を甦《よみがえ》らせようとしたのが推理小説やったんでしょう。近代人に神秘を想わせるために、推理小説は近代精神そのものである合理主義を持ち出した。謎、幻想を合理的に解く。けれど、それは現実の勝利やなくて、『謎はある』という幻想の勝利を目的とするものやったんやと思います。屈折した方法を取ったもんです。——しかし、そんな屈折の仕方も実際はもう忘れられかけていますね。共犯者、手段として呼び込まれたトリックというのが、期待以上に面白くて、一人で歩き始めたというわけです。幻想小説としての推理小説ではなく、推理小説のための推理小説。推理小説テクノロジーの誕生です。私もその一兵卒《いっぺいそつ》になっているようです。トリックの求道者《ぐどうしゃ》ですよ」

小桑は呆《あ》っ気《け》にとられて空知の話を聞いていた。いきなりわけの判らない演説が始まっている。どうしてこんな話になってしまったのだ?

「あ、失礼。つまらない話を急に。——実は近々講演をすることになっていまして、ついついそんな口調になってしまって」

「講演ですか。近くでされるんなら、私も拝聴したいですね」

小桑はまんざら社交辞令でもなく言った。空知の作品を読んで、今日は寝不足だというのも事実だった。

「いえ、講演と言いましたけど、私の場合、どこかの大きな公民館に呼ばれるわけでも何でもないんです。大学生の推理小説ファンの集《つど》いの余興で、少ししゃべらされるだけですから」

「今おっしゃりかけたようなお話をですか?」

「ええ」空知はまた茶封筒を持ち直した。「この前書いた作品の中で、アリバイトリックの分類というのを試みたんです。それを読んだ学生が、じかに話して聴かせろということで、声がかかったんですよ」

小桑はその講演の日時と場所を尋ね、手帳に控えた。自宅から三駅しか離れていない堺《さかい》の大学が会場ということで、散歩がてらに覗いてみてもいいなという気になっていた。別に、推理小説に対して強い興味が湧いてきたわけではない。空知雅也という男に悪くない印象を持ちかけているかららしい。

「アリバイトリックの講義とは皮肉でしょ？」

空知は自嘲めいた笑みを浮かべた。小桑は黙っている。

「柚木がアリバイを偽装しているのかどうかも判らない男が、アリバイ工作の話を人前で一席ぶつんですから」

彼がゆっくり立ち上がったので、小桑も腰を上げた。

「お付き合いいただいて申し訳ありませんでした。お世話様でした」

「またいつでもお手伝いさせていただきます」

二人は淀屋橋の上で別れた。夕方までどうやって時間を潰すのか、何か用があるのか、空知は梅田の方へ歩いていった。


「おい」所長の声が飛んできた。「おい、龍ちゃん、何をぼけーっとしとるんや？」

小桑は濃く淹れたインスタントコーヒーを飲みながら、空知たちに依頼された事件のことを思い返していた。

「ひと仕事片づけたばっかりのとこを悪いんやけど、明日、良《りょう》ちゃんの代わりに姫路《ひめじ》に行ってくれるか？」

「手塚《てづか》さんは？」と聞く。

「てっちゃんはまだ空かんのや。姫路、行ってくれんかな」

それはかまわない。しかし、五十前の男が誰も彼もにちゃん付けするのは勘弁して欲しかった。

「いいですよ」とだけ答える。

「ありがと」と安心したげに言う。「どやった、彦根のあれは？」

「何もありませんでしたよ。警察の仕事を俺が補えるとは思ってませんでしたけどね」

「空知さんは納得してくれたんやろ？」

ちょっと濃すぎた。彼はカップに湯を注ぎ足した。

「まぁ。――三沢さんにこの後会って『もうおやめなさい』と話すみたいです。俺、何か役に立ったんやろか、という思いは残りますね」

ひと仕事を終えた、完結させたという手応えがまるで持てなかった。ものごとを一つずつ処理することに満足感を覚える小桑としては、明日からすぐ次の仕事に移ることは面白いことではなかった。

「空知雅也の書いた推理小説を読んだことありますか、所長？」

尋ねられて足立は「いいや」と返事をしながら大きなくしゃみをした。

「あかんな、風邪ひいてもうた。中途半端な季節に恰好の悪い」

「空知マジックっていわれてるそうなんですけどね。所長、面白いんですよ」

小桑はポケットからティッシュを引っぱり出している足立に言う。「ほんま、面白い推理小説なんですよ」

5

キッチンでブランデーグラスに氷を二つ入れてきて、机の前に戻った。卓上のデジタル時計は11：11のぞろ目になっている。まだこれから何かを始めてもいい時間だ、と小桑は思った。

ブランデーをひとなめしてから、手帳と時刻表を開いた。蟻《あり》のように細かい数字が、スタンドの灯の下で今にも蠢《うごめ》きだしそうな気がする。ボールペンと、事務所から持ち帰ったミスコピーの束も手許に引き寄せた。思う存分、その裏をメモ用紙にして使いまくるつもりだ。

（さぁ、始めるぞ）

昼間、空知と別れた後、ずっと気になっていたことをこれから確かめるのだ。誰に頼まれたからでもない。ちょっとした好奇心と言うよりないのだが。

（柚木兄弟はぐるになってお互いのアリバイを偽装工作できたんやないやろうか？）

米原駅に現れたのが新一ではなく、健一だった可能性はある。大阪から特急白鳥に乗った健一がもしも京都で下車したならば、お誂《あつら》え向きの時間に米原に着くこだまに乗り換えることができる。

その間に新一は余呉で殺人を行う。それだけではない。白鳥を不在にしている健一の代わりに、車掌や車内販売員を相手に健一を演じなくてはならない。それは可能なのか？　まずそれを確認しよう。

犯行を十時半としてみる。新一が白鳥を捕まえるためには、余呉から敦賀に向かわなくてはならない。タイムリミットは白鳥が敦賀を出る11時21分。途中、例の消防署への電話を入れなくてはならないから、数分のロスタイムも見る必要がある。余裕はない。しかし可能だと小桑は考えた。新一は敦賀を列車が出てすぐ車掌に話しかけ、健一の不在を打ち消す。できる。

さて問題はここから先なのだ。白鳥に乗って酒田に着いたのは健一、博多に着いたのは新一だと確認されている。米原で新幹線に乗り込んだ健一はどこかで白鳥に戻らなくてはならない。酒田駅で出迎えを受けているのだから。一方、敦賀で白鳥に乗り込んだ新一は何らかの方法で午後四時に博多にいなくてはならない。はたしてそれは本当に不可能なのだろうか？

（待て待て、じっくり考えようやないか）

小桑はナイトロープのポケットから煙草の箱を取り出してみたが、一本も残っていなかった。買い置きの煙草も切れていたのを思い出す。彼は出鼻を挫《くじ》かれたような気がした。仕方がないので、灰皿の中から比較的長い吸い殻を取ってくわえる。

（やっぱり、可能とは思えんなあ）

米原駅で売られ、博多駅で回収された切符には新一の指紋が残っていたというではないか。米原駅から新幹線で一旦西へ向かった健一は白鳥に戻るために北へ向かわなくてはならない。そして、新一が白鳥の車中から南の博多へ向かうならば、二人は接点を持ちようがない。特急や新幹線を追うのだから、飛行機を利用するしかなかっただろう。空の上で一枚の切符をパスできるはずがない。しかし——。

（ここで投げ出したら話は終わってしまう）

切符に残った新一の指紋のことは一時忘れることにした。そもそも、その問題を棚上げしてしまえば、二人の二度目の入れ替わりは可能なのか否か？　昼間から気になっていたのはそのことだった。

まず弟の健一が白鳥に戻れるかどうかを検討してみることにした。11時26分米原発のこだま409号に彼が乗ったことは間違いがない。この列車は新大阪止まりなので、新一は「確実に座れるように、京都で博多行きのひかり103号に乗り換えた」と言っている（時刻表②③参照）。しかし、新一を演じ終えた健一は博多へ向かわず、北へひた走り続ける白鳥へ帰る必要があった。

どうやって白鳥を追う？　京都で上りのひかりに乗り換えて東京へ出、さらに上越新幹線に乗り換えて新潟で白鳥を捕まえたら……。間に合うわけがない。となると、北陸本線の線路の上を逃げる特急を追う手段は飛行機しかない。大阪空港から飛んだのだ。健一は京都ではなく、こだま409号に乗ったまま新大阪まで行ったに違いない。

（えーと、こだま409号の新大阪着は……）

時刻表をめくり、人差し指の先で数字を追う。新大阪着は12時8分だった。その時刻をメモする。駅から空港までタクシーを使えば、所要時間は三十分程度だろう。十二時五十分頃には空港に着くことができる。

（さて、ここからどこに飛んだらええんやろう？）

調べてみると、白鳥は金沢の手前を走っているところだった。

次にまた前の方のページに返り、航空路線図を見た。大阪から北陸、東北のどんな空港に便があるのか見てみると、新潟と秋田の二つの空港が該当した（時刻表⑤）。秋田行きから見てみると、午後は四時の便しかない。秋田空港着は17時20分。秋田空港から市街までバスなら五十分かかると別のページに案内が載っているから、秋田駅に着くのは六時を過ぎる。

（白鳥の酒田着は18時49分）

話にならない。秋田と酒田の間は特急で一時間半を要するのだ。到底間に合わない。

（新潟へ飛んだな）

それでも駄目なら、いよいよアリバイ成立ということだ。——大阪空港から新潟空港への便はと見るとちょうど好都合なのがあった。ＪＡＳ７９７便、1時55分発。十二時五十分頃に大阪空港に着いていれば楽々と間に合う。新潟着が3時30分。「市内・空港間の交通案内」の欄を見ると、空港と駅前バスターミナル間の所要時間は約三十分とある。単純に足すと新潟駅着四時。乗り換えの時間を十五分とみて加え、新潟駅のホームに四時十五分に立てるとしよう。それで白鳥の新潟着に間に合うのだろ

時刻表⑤

E-1　大阪——青森

会社名	便名	機種	大阪発	青森着	会社名	便名	機種	青森発	大阪着
JAS	751	YS	855 →	1115	JAS	752	YS	1140 →	1410
JAS	759	M87	1605 →	1735	JAS	758	M87	1810 →	1950

E-2　大阪——秋田

会社名	便名	機種	大阪発	秋田着	会社名	便名	機種	秋田発	大阪着
JAS	781	YS	835 →	1040	JAS	782	YS	1105 →	1320
JAS	785	D81	1600 →	1720	JAS	786	D81	1855 →	2020

E-3　大阪——花巻

会社名	便名	機種	大阪発	花巻着	会社名	便名	機種	花巻発	大阪着
JAS	631	D81	750 →	910	JAS	632	D81	1100 →	1235
JAS	635	YS	1455 →	1705	JAS	636	YS	1730 →	1955

E-4　大阪——山形

会社名	便名	機種	大阪発	山形着	会社名	便名	機種	山形発	大阪着
JAS	691	D81	820 →	935	JAS	692	D81	1010 →	1135
JAS	693	D81	1210 →	1325	JAS	694	D81	1400 →	1525
JAS	695	YS	1425 →	1620	JAS	696	YS	1645 →	1855

E-5　大阪——仙台

会社名	便名	機種	大阪発	仙台着	会社名	便名	機種	仙台発	大阪着
ANA	731	B6	800 →	910	ANA	732	B6	950 →	1115
ANA	733	YS	955 →	1150	ANA	736	B6	1350 →	1515
ANA	737	B6	1450 →	1600	ANA	738	YS	1500 →	1715
ANA	739	B3	1740 →	1855	ANA	740	B3	1825 →	1955

E-6　大阪——新潟

会社名	便名	機種	大阪発	新潟着	会社名	便名	機種	新潟発	大阪着
JAS	791	YS	730 →	905	JAS	790	YS	930 →	1115
JAS	793	YS	915 →	1050	JAS	792	YS	1115 →	1300
JAS	795	M87	1230 →	1340	JAS	794	M87	1415 →	1530
JAS	797	YS	1355 →	1530	JAS	796	YS	1555 →	1740
JAS	799	D81	1540 →	1650	JAS	798	D81	1750 →	1905

時刻表⑦

F-2　福岡——小松

会社名	便名	機種	福岡発	小松着	会社名	便名	機種	小松発	福岡着
ANK	748	B3	1230 →	1345	ANK	747	B3	1420 →	1545

うか？

（新潟、新潟……と）

白鳥の新潟着は16時27分（巻頭図③）。小桑はほっと安堵の吐息をついた。あまり余裕があるとは言えないが、そう無理もなく新潟駅に先回りして着き、白鳥を待つことができるではないか。

白鳥の車掌の証言の中に、新潟駅に着いた時に健一と言葉を交わしたというものがあったと聞いた。それは確かに柚木健一本人だったのだろう。新潟空港からやってきて、再び白鳥に乗り込んだばかりの健一本人。

（できる。辻褄は合うぞ）

6

小桑はにやりと笑い、ブランデーグラスを取った。空知雅也の推理小説も面白かったが、自分でアリバイと格闘するのが楽しくてたまらなくなっていた。たまにはこんな酒肴もいい。

しかし、まだ作業はこれからだ。まだ双子のアリバイの片方が崩せただけなのだから。

（今度は新一のアリバイか）

最初から考えていこう。新一が恵殺しの実行犯だとする。犯行時間は十時半。途中、消防署へ電話を入れた上、彼は車――新一は車を用意していなくてはならない――で敦賀駅に向かう。健一に代わって白鳥の乗客となるためだ。11時21分敦賀発の白鳥に乗り込む。そして、予定どおり車掌に声をかけて健一の存在をアピールするわけだ。どの車掌に声をかけるかということも打ち合わせずみだったのかもしれない。健一になりすました新一はいつまで――どこまで白鳥の車中の人でいたのだろうか？

車内販売員の証言によると、金沢までは乗っていたらしい。彼ら兄弟にとって理想的なのは、二人が新潟駅で入れ替わることだろう。しかし、そんなことをしていては新一が約束の時間に博多へ着くことができなくなってしまう。新一としてはなるべく早く下車し、博多へ向かう飛行機に飛び乗りたかったはずだ。

（北陸本線沿線で、新潟までにある空港というと……小松空港……富山空港）

航空路線図を見ると、博多――すなわち福岡空港と小松空港間の便はあったが、福岡と富山の間の便は存在しなかった。

（決まったな）

新一は小松空港から博多へ飛んだのだ。——しかし、新一は金沢の手前で車内販売員と話している。小松を通過した後も白鳥に乗っていたではないか。

（慌てるな。金沢で下りて、小松まで引き返したとしたらどうや）

白鳥の金沢着は12時50分。上り列車に乗り換えて小松へ引き返すのに都合のいい列車を調べると、13時19分金沢発の特急加越8号がある。この列車の小松着が13時37分（時刻表⑥）。

小桑は小松空港を利用したことがあったが、小松駅と空港とはバスで十二分の距離だった。タクシーを飛ばせばさらに早いだろう。あそこは駅と空港がとても近いのだ。したがって、一旦金沢まで行ってから小松に引き返したとしても、二時前には小

時刻表⑥

列車名			加越8号
金沢	着	1248	…
金沢	発	1306	1319
西金沢	〃	1310	レ
野々市	〃	1314	レ
松任	〃	1318	レ
加賀笠間	〃	1322	レ
美川	〃	1331	レ
小舞子	〃	1334	レ
寺井	〃	1338	レ
明峰	〃	1342	レ
小松	〃	1345	1337
粟津	〃	1351	レ
動橋	〃	1355	レ
加賀温泉	〃	1359	1347
大聖寺	〃	1403	レ
牛ノ谷	〃	1409	レ
細呂木	〃	1413	レ
芦原温泉	〃	1425	1358
丸岡	〃	1431	レ
春江	〃	1435	レ
森田	〃	1439	レ
福井	着	1444	1410
福井	発	…	1411

松空港に着くことができる。

（金沢駅前から小松空港行きのバスもあったな。車で一時間弱ぐらいやから、それでも間に合う。まぁ、電車の方が時間は確実かな）

ここで小桑は、新一が博多へ行くのに使ったと言っている新幹線の時刻表を先に確認した。ひかり103号、博多着15時45分（時刻表③）。この列車に乗り移ることは不可能だ。それはいい。彼は健一と違って、車中で車掌や車内販売員の記憶に残っていないのだから。とにかく四時過ぎに博多駅からさほど遠くない約束の家を訪問できればいいのだ。

（福岡空港も博多駅に近かったな）

訪問先までタクシーに乗れば十五分とかからないのではないだろうか。

（さて、問題は小松から博多へ飛ぶ都合のいい便があるかどうか、や）

新一は二時前に小松空港に立つことができた。はたして彼を待っている飛行機はあるか？

小桑はグリーンの国内線航空ダイヤのページを開いた（時刻表⑦）。期待と不安とともに福岡—小松の欄を見る。一日に一便しかない。駄目か、と一瞬思う。が——。

（ＡＮＫ７４７便、14時20分発。間に合うぞ！）

ほとんどロスタイムがない。綱渡り的な滑り込みセーフでもない。ごくあたり前に乗ることができる。小桑は峠道のサミットに達し、目の前に大きな眺望《ちょうぼう》が広がってくるのを見た旅人の心境だった。——さて、その747便は何時に福岡空港に着くのか？

（博多にもええ時間に着くはずやぞ）

福岡空港着15時45分。ちょうどいい。

（待てよ。この時刻は……）

小桑はメモを見返した。新一が乗ったと称するひかり103号の博多到着時刻。

（これは……）

ひかり103号の博多着も15時45分だった。鏡に映したように、ANK747便と全く同じだ。夜が更けてきたせいだろうが、小桑は自分の発見に興奮した。

新一はひかり103号で博多駅に着き、徒歩で博多駅東の訪問先に向かったと言った。しかし、ANK747便で福岡空港に舞い降り、車を博多駅東まで走らせても結果はまるで同じになるのだ。手土産の佃煮は、あらかじめ同じものを用意しておけばすむ。

やはり柚木兄弟は競合してアリバイを作り合ったのだ、と小桑は確信した。そうでなければここまでうまく仮定の連鎖がつながってくれるはずがない。

(それにしても、何ちゅうしち面倒くさいことをしやがったんや)

彼はグラスを傾けながら呆れていた。熱い酒が食道を下っていく。煙草はない。

しかし話がうまく進みすぎたような気がした。何かを忘れているような気もする。

これで彼らのアリバイが粉砕できた、と叫べない理由があったと思えるのだ。

(切符)

切符の問題があった。当日の午前中に米原駅で発券されたただ一枚の博多行きの乗車券と特急券から、新一の指紋が検出されている。そのために新幹線で博多に向かったのは健一ではないかという疑惑が打ち消されたのだ。今まで小桑はその問題を避けた上で仮説を立ててきた。予想以上に思わしい仮説ができ上がったが、それを捨てるのが惜しければ、棚に上げた問題をここで降ろしてきて正面から検討しなくてはならない。

(ここで挫折したらここまで時刻表をひっくり返してきたのも水の泡になる)

小桑は一度立ってキッチンに行き、二杯目のブランデーを注いで机の前に戻った。

——旅人の行く手にはもう一つ峠があったのだ。

彼は書き殴ったメモを机の上にカルタのように並べ、それを眺めながら柚木兄弟の動きをもう一度整理するために新たなメモを取った。

柚木新一

殺人実行。(10時30分)
消防署へ電話。(10時40分)
車で敦賀駅着。(11時20分頃)
敦賀駅で白鳥に乗り込む。(11時21分)
金沢駅で下車。(12時50分)
金沢駅で加越8号に乗り込む。(13時19分)
小松駅で下車。(13時37分)
車で小松空港着。(14時頃)
ANK747便小松空港発。(14時20分)
ANK747便福岡空港着。(15時45分)
訪問先着。(16時10分)

柚木健一

大阪駅から白鳥に乗り込む。(9時55分)
京都駅で下車。(10時25分)
京都駅でこだま422号に乗り込む。(10時41分)
米原駅で下車。(11時8分)
博多駅までの切符、土産物を購入。
米原駅でこだま409号に乗り込む。(11時26分)
新大阪駅で下車。(12時8分)
車で大阪空港着。(12時50分頃)
JAS797便大阪空港発。(13時55分)
JAS797便新潟空港着。(15時30分)
車で新潟駅着。(16時15分頃)
新潟駅で白鳥に戻る。(16時27分)
酒田駅で出迎えられる。(18時49分)

頭の整理はついた。では切符の問題にとりかかろう。
健一が米原駅で切符を買ったのが十一時十分頃。切符に彼の指紋が残ってはまずいから、その点は注意しただろう。手袋をはめるような不自然なことをしなくても、指先に薬剤を塗るなり、透明なテープを貼るなりしておけばすむ。——さて、どうやればその切符を新一に渡すことができるだろうか？

小桑は二人の動きのメモを見つめ、どこかに接点がないかと探った。

(ないな)

二人は同じ駅を通過することがない。同じ空港を利用してもいない。全く別々にそれぞれ捻くれたルートを辿っている。

その二人が最も接近するのはどこかを見てみた。と、1時55分に大阪空港を飛び立った健一が乗ったＪＡＳ７９７便は二時二十分頃——つまり新一が乗ったＡＮＫ７４７便が離陸する頃——あろうことか小松空港上空にいるように思われた。鉄道のように途中の停車時刻が判らないので、はっきりとはしないが、とにかくそのあたりが最接近地点らしかった。そして、二人の乗ったそれぞれの飛行機は北と南に向かって刻々と距離を大きくしながら同時に空の上にあったというわけだ。

(受け渡しの仕様がない)

小桑は失望した。だが、簡単に諦めてしまいたくはなかった。何とかしたい。

(もう一人共犯者がいた可能性はどうや？)

　共犯者を使うというのは感心しない手口だが、それしかないのではないかと思ったのだ。しかし、それもあり得なかったことに彼はすぐ気づいた。どんなに協力的な第三者がいたとしても、やはり切符の受け渡しは不可能だ。共犯者が健一から託された切符を持って博多駅で待機していようとも、肝心の新一——指紋の主が現れなくては話にならない。新一は白鳥を金沢で乗り捨てた後、約束の時間に商談相手の家にかくも駈け込むのだ。博多駅に立ち寄る暇はなかった。

（それに共犯者っていうのはやっぱり使いとなかったやろうしな）

　彼らの部下も、健一の内妻も当日の所在がはっきりしている。

　なるほど、アリバイ成立だなと小桑はボールペンを机の上に転がした。細かい字をずっと見つめていたせいで目がしょぼしょぼする。肩もこった。時刻表に挟まれた十数枚の栞が格闘の激しさを物語っている。——小桑はそれを見て苦笑した。

（誰に頼まれたというわけでもないのに、ご苦労な）

　立ち上がって伸びをした。時計に目をやると一時を少し過ぎていた。二時間近く時刻表相手にのたうち回っていたことになる。

（まぁ、もともと根気のない方やないからな）

　明日はごくありきたりの素行調査の仕事を割りふられていて、姫路に八時前に行く必要がある。いつもよりかなり朝が早い。シャワーだけさっと浴びてそろそろ寝るとしよう。

バスルームに向かいかけた彼の目に、本棚に差し込まれたばかりの空知の本の背表紙が目に止まった。抜き出して著者の顔写真を見ながらぼそりと呟いてみる。

「あんた、広瀬警部を呼んでよ」

第五章　首のない死体

1

その夏、東京都と埼玉県で発生した連続幼女誘拐殺人事件の犯人は逮捕されたが、柚木恵を殺害した犯人の両手に手錠がかかることはなかった。

九月が過ぎ、十月も終わりかけていた。

十月三十日。

武藤は月曜日の朝からうんざりしていた。六年間、不良在庫扱いしていた茶道具が一式、先週の木曜日に売れた。彼が接客し、その上品そうな老婦人は喜んで購入を決めた。支払いはクレジットカードによる一括払いで、それにも問題はなかった。

「半ボケのお婆さんをいいように欺して、お宅、商売人のモラルというものがないんですか？　カードの審査に問題はなかったですって。そんなこと関係ないじゃありませんか。話をすり替えないで。本当にいい加減なんですね、お宅。母は普通でないんです。そんなこと、一分も話せば判ったはずでしょう。何が返品はご遠慮くださいですか、人を馬鹿にして」

耳の奥でまだきんきん高い声が響いている。こちらにほとんど話す間を与えてくれなかった。商品は荷を解かずにおいてあるので午後には引き取りにこいという。勝手なことを。何よりも腹立たしいのは、彼が接客した老婦人はボケてなどいなかった、ということだ。

(母親の道楽を許す余裕がないのはええとして、それが言いにくいからってわが親をボケ扱いすることはないやろう。何ちゅう娘や)

市会議員に知っている人がいるのよ、ときた。馬鹿かこの女、と思いながら慇懃な応対を何とか最後まで続けた。返品を受けるとは確約しないまま、ひとまず電話を切ったが、客に本気で腹を立てたのは久しぶりのことだった。

気分のよくないことはそれだけではない。十一時に不愉快な用件で警察が事情聴取にやってくるのだ。先月売った仁清《にんせい》の茶壺が盗品だったらしい。彼が出どころを不審に思っていた壺だ。仕入れた社長の話を詳しく訊きたいと言われている。

さらに面白くないことがまだある。その社長が出てこないのだ。急用ができて得意先に直行するとも、体調がすぐれなくて欠勤するとも連絡を受けていない。無責任ではないかと彼は腹を立てていた。もう十時半になろうとしている。

社長の行方知れずは土曜日の午後からだった。土曜の夜に一番の得意客が交通事故で急死したのに、その連絡も取れず、武藤が昨夜通夜に出た。今日はその葬儀があるのだが、このままではそれも社長は失礼することになってしまう。

(仕方がない。自宅に電話を入れさせてもらおか。土曜、日曜遊び回ってても、もう帰ってるやろ)

武藤は受話器を取った。しかし、呼び出し音をいくら鳴らしても、誰も電話に出はしなかった。彼は仏頂面になって受話器を置いた。

「社長ですか?」

横目に見ていた女子店員が聞いたので「そうや」とぶっきらぼうに答えた。

「もしかしたら専務と余呉やないですか?　土曜日にちらりとそんなことを小耳に挟みましたけど」

土曜日に大阪から健一がやってきて、午後は社長と二人で外出したまま直帰した。

「わしは聞いてないぞ」

「私も社長と専務にお茶を運んだ時に聞いただけです」彼女はショーケースを磨きな

がら言う。「『掃除はしてある。俺もあれ以来や』とかおっしゃってましたから、余呉のお宅のことやろうと思いました」

「そうか。ちょっとかけてみよか」

武藤が再び電話に手を伸ばしかけた時、その手に噛みつこうとするかのようにけたたましくベルが鳴った。一回目のベルが鳴り終わらないうちに彼は受話器を上げた。

「柚木堂でございます」

「警察の者です」

武藤はおやっと思った。十一時に店にくると聞いていたが、予定の変更でもあるのだろうか。

「木之本署の杉山と申します。柚木社長はおいでですか？」

「まだ出社いたしておりませんが……何か？」

「武藤店長ですか？」

武藤はふと嫌な予感を覚えた。「はい、そうです」

「余呉の柚木社長のお宅で他殺死体が発見されました。柚木社長の遺体ではないかと思われます。恐縮ですが、木之本署まで確認にお越しいただきたいのですが」

武藤は絶句した。

（また？　またあの家で？）

「もしもし、聞こえていますか？」

「……はい、判りました。すぐ私が参ります」そして尋ねる。「あの、杉山様といいますと、社長の奥様の事件のご担当をなさっている杉山様ですか？」

「そうです」

「それでは、遺体は社長にまず間違いないんですね？」

杉山なら柚木新一の顔を充分承知しているはずだ。

「それが、遺体の頭部が損傷しており、即断できないんです。ご協力をお願いします」

武藤は自分が一時間後にどんな気分になっているかを想像して、やりきれない思いだった。昼食は食べられないことになるだろう。

「協力いたします。――大阪の専務にはもうご連絡いただいたんでしょうか？」

「店にお電話しましたが、健一氏もまだ今朝は出社していません。長居のお宅の奥さんに聞いたところ、土曜に彦根に行ったきり帰っていないとのことでした。奥さんにも余呉に向かっていただいています」

武藤はごくりと生唾を飲み込んだ。

「どういうことでしょう。もしかして、殺されているのが専務だという可能性もあるんですか？」

「ええ。何せ双子のご兄弟ですから、私どもには判別が難しいんです」

「指紋を調べなければ判らないかもしれませんね。奥様ならともかく、私にも難しいかもしれません」

生きて話している新一、健一ならともかく、骸《むくろ》になったあの双子の区別が自分にできるかどうか自信が持てなかった。

「指紋が採取できない状態です。そういう事情なので、なるべく多くの方のご協力をお願いしたいんです」

杉山の口調は重い。気になって武藤は尋ねた。

「そんなに……遺体の損傷の度合はひどいんでしょうか？」

「ええ」杉山はそこで少し言葉を切った。「武藤さん」

「はい？」

「あなたにはあらかじめお知らせしておきましょう。——遺体は両方の手首と頭部を切断されています」

「トウブ？」

「首です。遺体は首を切られているんですよ」

武藤は話に聞いただけで気分が悪くなった。それをこれから自分は見なくてはならないのか。

「すぐお越しいただきたいんです」

「判りました。はい、判りました」武藤は片手でネクタイを緩めた。「すぐに、出ます」

電話を切ると、女子店員が心配げな顔を突き出した。

「何かあったんですか、店長？」

聞かれてすぐ説明する気になれなかった。彼は店の主任を呼び、まず今朝のクレームの処理を頼んだ。十一時にやってくる警察へは日を改めてもらうように、と。そして、自分が車でこれから外出する理由を伝えて、店を出た。

2

加瀬は浴室の前で低く唸っていた。そのすぐ傍らで杉山が腕組みをして黙っている。リビングから続いた赤い血の帯は、脱衣所の床とバスマットを汚して浴室の中へ消えていた。何か大きく凶々《まがまが》しい生き物が這った跡のように見えた。

検視が終わり、二人は警察医、鑑識課員と入れ替わりに狭い浴室に入った。血の跡はユニットバスの浴槽の中まで途切れずに続いていた。検死後、死体はご丁寧にまた元あった浴槽に入れられている。彼らは血痕を踏まないよう注意しながら浴槽に寄り、覗き込んだ。

「酷い殺し方をしたもんですね」

杉山は呆れたように言った。

「私もここまでひどいホトケは初めてです」

加瀬は窓のない室内にこもった血の匂いに閉口していた。浴槽の中からはさらに濃密な臭気が立ち昇ってくる。しかし、視覚はより強烈な刺激に耐えていた。

全裸の死体は浴槽の底で、膝を抱えて蹲《うずくま》るような形で横たわっていた。普通の状態の死体ならばいくら膝を抱こうとも、大の男が横になって治まるような広さの浴槽ではない。死体にはあるべきところに首がなかった。

「手首も切断されています」

杉山が指差すと、加瀬はこっくり頷いて浴槽の中に顔を突っ込むようにした。

「身元を判らないようにしたつもりなんでしょうね」

「でしょうね」

加瀬は鼻をつまんで体を起こした。

「体つきから見るとここの主のようですが」

「柚木新一、ですね」

「しかし首がなくては自信が持てない。身内の検分待ちか」警部は警部補の方を振り返った。「連絡はすんでいますね？」

「はい。それが厄介でして」と杉山は答える。「彦根の店の武藤店長と大阪の柚木健一に電話を入れたんですが、健一は先週の土曜日から大阪に帰っていないそうです」

「双子の弟ですね？」

「はい。内縁の妻がこちらに向かっています」

加瀬は難しげな顔になった。

「すると、このホトケは柚木健一である可能性もあるわけか……」

「双子ですから」

二人は室内を調べたが、不審なものは見当たらなかった。リビングに戻ると、警察医の徳元《とくもと》が窓辺で深呼吸をしていた。そのあたりは指紋の採取がすんでいるらしい。

「お疲れさまです、先生」

医者はこちらに向き直る。

「ええ気分やないな」

「いつです？」と短く加瀬は訊いた。

「死後一日半経過してる。二十九日の日曜日夜、午前零時を挟んで前後三時間」

加瀬と杉山は同時にその時間を手帳に控えた。

「死因は失血死ですか？」警部が重ねて訊く。

「そうらしい。頭がないんで、頭部にどんな攻撃が加えられたのかは不明やけどね」

「凶器は？」

「片刃のナイフかな。刃渡りは十センチ程度。ただし首と両手首の切断に用いられたのはまた別物。その大仕事の道具は鋸《のこぎり》」

「風呂場で切り落としたんでしょうか？」

杉山が尋ねると、加瀬が「そうでしょうね」と返事をした。

「浴槽の縁に粗い傷がありました。鋸の跡でしょう」

「それに出血量の問題もある」と徳元が言う。「殺害後、間もなくこのリビングで切断したにしてはここの血痕がどれも小さい。ここの染まり方も相当なもんやけど、これは生体から勢いよく飛び散ったもんやからな。首を切ったんやったら、もっと大きな血溜まりができるはずや。殺害後しばらく時間を置いてから首を切ったんやったら凝血してるからこんな出血量かもしれんけど、それやったら風呂場へ引きずっていくのに、ずるずるべたべた大袈裟な血の跡が残らんからな」

「殺害現場はここ。切断現場は浴室ということですね？」

杉山の問いに医師は「間違いない」と答えた。

加瀬はリビングをもう一度見回す。

この部屋も惨状を呈していた。徳元の言葉どおり勢いよく飛び散った血の跡が三方の壁や窓ガラスは言うに及ばず、天井にまでついている。ひっくり返ったローソファにも赤い手形が残っていた。フローリングの床にこぼれた血の量も大量で、数箇所に足で踏んだ跡、人間が滑った跡が見える。犯人が踏んだものか、被害者が踏んだものか、あるいはその両方と思われた。

文字盤を上に向けて床に転がっている置時計に目が止まった。加瀬は屈み込んでそれを見た。自動車のナンバープレートほどの大きさの木目《もくめ》調の時計で、文字盤は円形だった。床に落ちた衝撃でか、何かがぶつかったためか、そのガラス面が右半分割れていたが、秒針は何事もなかったように音もなく回り続けており、日付表示もちゃんと三十日になっていた。その日付の下に泣きぼくろのように血の飛沫が一つついていた。

「犯人と被害者の間で格闘があったんでしょうか？」

立ち上がりながら加瀬が尋ねると、徳元は壁に凭《もた》れながら答える。

「首から下だけのあの死体を視た限り、さほど激しい格闘の跡は窺えんかったな。打撲の跡などはほとんどない。ただ、手首付近——手首そのものはないから——及び肘に浅い創傷が五、六箇所もある。多分、こうやって」彼は両手を体の前に翳《かざ》しながら「こうやって刃物から身を守ろうとして傷を受けたらしい。格闘したというより、短い間かもしれんけど、被害者は犯人から逃げて回ったということやな」

部屋のあちこちの壁に血痕が飛んでいるし、床の血痕も広範囲だ。確かに刺されながらも被害者は逃げようともがき、動き回ったのだろう。

「殺害後すぐに犯人は死体を浴室まで引きずって運んだ。そして、鋸で首と両手首を切り落として持ち去った……」

加瀬は独白で確認する。

「そうそう、殺してすぐ風呂場へ運ばれて切られてる。つけ加えて言うなら死斑《しはん》からも判るな。浴槽の中で死体は左体側を下にして横たわってる。死斑はきれいに左体側だけに出てるから、死後間もなくあの状態にされたということや」

死によって血液循環が停止すると、血は身体の下に向かって下がっていって凝血する。仰向けに横たわっていれば背中側、身体の左を下に横向きに横たわっていれば左体側に。凝固した血液は身体の表面に赤い斑の模様を描き出す。それが死斑だ。

「殺して、風呂場へさっさと運んで切って、浴槽にほうり込んで、それから死後硬直が始まったんやろう」

「盲腸の手術跡がないぐらいのことは見ましたけど、何か創傷以外に死体に身体的特徴はなかったでしょうか？」

加瀬の問いに徳元は首を振った。

「外見上、目についたものはなかったな。指紋が採れんし、歯も見られん。身元の確認が厄介かもしれんね。解剖したら何か判るかもしれんけど」

柚木兄弟のどちらかに盲腸の手術歴があってくれればそれで身元の確認はすむのだが、と加瀬は思っていた。

「あの手形」と彼はソファを顎で指して「あれから指紋は採れんわな」

「しかし、あれはちょっと特徴のある手形やぞ、被害者のものか犯人のものか判らんけど」

「特徴がある？」

加瀬は俄然と手形に興味が湧き、そちらに歩み寄った。顔を近づけてよく見てみる。

「中指が短い」

「そう」と徳元は面白そうに笑みを浮かべた。「人差し指、中指、薬指の長さがほとんど同じじゃろ。参考になるかもな」

徳元の口調はまるで他人事のようだった。

（なるかどうか……）

加瀬は四月に同じこの家で起きた事件が行き詰まっていることを思い起こしていた。

被害者の恵に一億円もの生命保険をかけていた夫への容疑が一時強まったが、彼のアリバイは認めざるを得ないものだった。誰かに殺人を依頼した形跡も全くない。やはり強殺か、との見方が浮上したが、その決め手もないままだ。捜査は半年以上迷走を続けていた。また今度も嫌な展開になるのではないか、と考えてしまう。

「四月の事件とどうつながるのか……」

加瀬は呟いた。

彼は杉山とともに、和室、トイレと見て回った。今回はトイレの窓は破られていなかった。

「これはどういうことでしょう？」寝室で杉山が言うので見ると、警部補は机の上の電話を指差していた。受話器がわずかにずれてはずれている。

「犯人がこの電話を使ったのかもしれません」

杉山が言ったが、加瀬は何も答えなかった。指紋が拭き取られているのなら、その可能性もある。

加瀬はその電話以外に、机の上を見てどことなく違和感を覚えた。何かもの足りないような気がして考えるうちに、思い当たることがあった。

「警部補。以前ここに文庫本が一冊のっていましたね？」

杉山はすぐに思い出した。

「はい。確か水上勉の『湖の琴』でした。ええ、ここにありましたね」

彼は電話の脇を指した。それがない。

「あの本は柚木恵の遺族が持ち帰るでもなく、ずっとここに置いたままになっていたはずですが、今ありません。どうしたんでしょう？」

「さあ」杉山は首を傾げた。「まさかそれが目当ての強盗が押し入ったわけではないでしょうが」

嫌な展開になりそうだ、と加瀬はまた思った。

3

木之本署で首のない死体と対面して、高井美保は貧血を起こし、彼女より先に駈けつけた武藤も気分が悪くなったと洗面所へ走った。よく見てこれが誰なのか教えてくれ、と彼らに要求することが加瀬には少々つらかった。

時間をおいて、再度確認を依頼した。二人はよく耐えて無惨な全裸死体を、警部の納得がいく程度丁寧に検分してくれた。先に答えを出したのは美保だった。

「とてもよく似た体格ですけれど、これは主人ではないようです」

きっぱりとした口調だった。加瀬は彼女の目を見据えながら、ゆっくりと訊き返す。

「間違いありませんか?」

「はい」

微かに唇が震えている。ショックのせいかもしれない。しかし、心配しながら駈けつけたが、殺されていたのは赤の他人だった、という安堵の色はその目の中に微塵《みじん》も窺えなかった。そこにあるのは深い怯《おび》えだ。

「よく似た体格だとおっしゃいましたね。これが柚木新一さんではないかとお考えになりますか？」

彼女は躊躇した。

「いかがですか？」

「判りません。でも、そうかもしれません」

加瀬は、死体にシーツを掛けた後、俯いたままの武藤に視線を移した。

「武藤さん、どうですか？」

「いや、これは……」

武藤は何と答えれば責務を全うできるのか、迷っているように見えた。事実だけを言え、と警部は胸の内で彼の背中を拳で軽く叩いていた。

「第一印象というのがありますが……ぱっと見て思ったのは、柚木社長の変わり果てた姿がこれか、というものでした。しかし……よく考えると、こんな状態の遺体を見ただけでは決めかねるなというのが感想です」

初老の彼の短くない人生においても、この死体確認は大きな衝撃だろう。だがそれにしても不満足な返答だ。

「武藤さん、考えていただかなくてもよかったんです。ひと目見て、これは柚木新一氏らしいぞと思われたんですね？」

あまり強く言っては一つの答えに誘導することになる。警部は自分の眉間に皺が寄っているのに気づき、努めて表情を和《やわ》らげた。

「よく、似ています。慰安旅行で何度か一緒に風呂につかったこともありますが、薄い胸毛の感じが、よく似ているんです」

加瀬は美保に目を戻した。

「健一氏も薄い胸毛を生やしてらしたんですか、どうでしょう？」

美保は死体から一番遠い部屋の隅を見ていた。

「ありました」

「これがご主人でないと断言できますか？」

さっきは断言した。しかし、今、彼女は即座に返事を投げ返さなかった。

「はい」

美保は答えたが、加瀬はそれを認めることができなかった。彼女もまた迷っているのだ。それが判った。

「ここに誰かおったんやね、土曜の夜。誰も電話に出えへんかったのに」

美保の独り言を警部は聞き逃さなかった。

「何かおっしゃいましたか？」

美保は尋ねられてはっとなった。

「はい、私はここへ土曜日に電話をしたんです」

「何時頃ですか？」加瀬は落ち着いて尋ねる。「誰に、何の用があったんです？」

美保は訊かれた順に、その電話についてこう説明した。

「ここに電話したのは土曜日、やのうて日曜日の午前二時半頃です。主人が新一さんと一緒にここやないかと思ったものですから……。そんな非常識な時間にどうして電話したのかですか？　緊急で伝えることがあったんです。昔からお世話になっていた大事なお客様が交通事故でお亡くなりになった、日曜の夜がお通夜だ、という連絡を武藤さんから受けたもので」

武藤が頷いた。

「そのとおりです。私が同業者からお得意様のご不幸を聞いたのが、土曜の夜の十一時頃でした。これはすぐ社長か専務に伝えなくてはならないと思い、佐和町の自宅に電話をしてみたのですが、不在でした。そこで、奥様に専務から連絡が入るかもしれないと思い、夜中でしたがお電話した次第です」

美保は十二時過ぎに彦根の新一宅に電話したがやはり留守だった。飲み歩いているのだろうと思い、二時半に再び電話したがやはり通じなかった。その時、もしかしたら余呉の別荘ではないかと思いついてダイヤルしてみたが、呼び出し音が鳴るだけだったという。

「二十九日、日曜日の午前二時半頃、余呉の家に電話したら呼び出し音が鳴るだけだった」

加瀬は口の中で繰り返した。

「その時、おそらくもう犯人は犯行を終えていたんでしょう。死亡推定時刻は土曜の午後九時から日曜の午前三時までの間ですからね」

「そうですか。もうその時は、終わってたんですか……」

彼女はぞくっとしたように体を震わせた。自分がかけた電話のベルが、惨劇が終わった後の死の家中にけたたましく響いている様子を想像してしまったのかもしれない。

と同時に、警部はその家で見た受話器のはずれた電話のことを思い出した。美保が電話を入れた時は呼び出し音が鳴ったという。では受話器はいつはずれたのだろうか？

(犯人が電話に驚いてはずしたのか？)

「あなたが電話された時、ただ呼び出し音が鳴るだけだったんですね？　途中で切られたりしたんではないんですか？」

「そういうことはありません。ずっと呼んでましたけど、最後まで誰も出なかったんです」

電話に驚いた犯人が、ベルがやんでから受話器をはずして、けたたましい音がもうしないようにしたのだろうか？　――それは納得のいきにくい仮説だった。

「警部さん」美保が言う。

「何か？」

「あれは……主人かもしれません。そんな気がします」

苦しげに彼女が言い終えた時、今度は武藤が口を開いた。

「実は、私には社長のように思えます」と言いにくそうに言う。

警部は二人の言うことが一転した理由が知りたかった。

「何か根拠があってお考えを変えたんですか？」

二人は最初からそう思っていたのだ。

4

捜査本部が再び木之本署に設けられた。県警本部からは刑事部長、鑑識課長も到着し、午後九時から捜査会議が開かれたが、始まりから重苦しい空気がその場を支配していた。

四月に起きた柚木恵殺害事件の捜査が暗礁に乗り上げており、それと今回の事件の関連が見出せるのかどうか？　まずその問題がある。

「この四月の事件と同様、今回の事件でも匿名の人物による通報で死体が発見されました」

杉山警部補が立ち、死体発見の経緯を説明する。

「その通報が入った先も前回と同じく、木之本消防署でした。時間は午前九時五十五分から五十六分。低い、くぐもった二十から三十代の男の声だったということです。こんな内容です。『四月に殺人のあった余呉湖畔の家でまた事件が起きました。すぐ、警察に知らせてください』。あなたから警察に電話をお願いします』。受けた署員は『もしもし、あなたはどなたですか？』と応答しましたが、相手は『お願いしましたよ』とだけ言って切ってしまいます。電話の中に、相手のいる場所を推測させるような特別な音などは一切なかったそうです。——ちなみに電話を受けた署員は前回の電話を受けた署員とは別人でして、二回の電話の主が同一人物かどうかの意見を求めることはできませんでした」

死体が余呉派出所の二名の巡査によって発見されたことも、四月の事件と同様だった。

「問題のホトケの身元ですが、これが目下特定できていません。男性、推定年齢二十五歳から三十五歳。推測されるのは現場の所有者、柚木新一、三十歳。古美術店柚木堂代表取締役。彦根市佐和町一丁目——。あるいは柚木健一、三十歳。柚木堂専務取締役。大阪市住吉《すみよし》区長居東二丁目——、とも考えられます。両名は一卵性双生児であり、近親者による身元確認によってもそのいずれであるか、特定困難でした。ご承知のとおり、ホトケの頭部と両手首が切断されていたためです。ただ、柚木堂彦根店店長、武藤紀夫と、健一の内縁の妻、高井美保の検分から、柚木兄弟二人のうちのいずれかであることは確定的であると思われます」

加瀬は一座を見渡した。難しげな表情を浮かべた者が多い。

続いて杉山は、徳元警察医による検死の結果を報告する。死因は失血死。死亡推定時刻は十月二十八日午後九時から二十九日午前三時の間。凶器は刃渡り十二センチ程度の片刃のナイフ。死体の死後切断に用いられたのは目の粗い鋸で、切断に要した時間は三十分程度だと思われる等々。

それを受け、鑑識課長からより詳細な所見が報告される。

さらに続いて、仁科部長刑事から初動捜査の状況の報告が行なわれた。犯行現場であるリビングと、切断現場である浴室の状況。犯人の遺留したとおぼしい右手の血の手形とその特徴。現場付近の聞き込み調査の状況等々。そして、指紋採取の結果。

「現場から検出された指紋は柚木新一のものの他は、四月に同現場で殺害された妻の恵のものだけで、柚木健一のものは採取されておりません」

何か言いたげな顔も見受けられたが、誰も口を開きはしなかった。

「柚木新一、健一両氏の事件前日の行動について、判っているところをご報告します」

仁科は捜査員らの反応に一切構わず、淡々と報告を進める。

「十月二十八日、土曜日。新一は彦根の柚木堂本店に平常どおり午前九時から勤務しています。十二時前に大阪から健一が来店。月一度の打ち合わせのための来店で、定例のものです。二人は昼食をともにした後、武藤店長を交えて午後から新一の部屋で会議。経営状態の芳しくない大阪店の営業方針と、先月販売した野々村《ののむら》仁清の茶壺が盗品であることが判り、県警の捜査三課から事情聴取を受ける件について、三時まで話しています」

部屋中の者が静まり返って仁科の話に耳を傾けている。

「三時に武藤は話から抜け、四時まで柚木兄弟二人だけが新一の部屋で話を続けています。その時にどんなことが話されていたのか判りませんが、途中で部屋に茶を運んだ女子店員、田宮啓子《たみやけいこ》が『自分もあれ以来行っていない。しかし掃除はしてある』という新一の言葉を耳にしています。これは『余呉の別荘には、自分も妻が四月の初めに殺されて以来行ってはいないが、掃除はきちんとしてあるからきれいだ』というような意味かと推察できます。柚木新一は店頭で武藤に『今日はもう何もないな。先に上がらせてもらう』と軽い調子で声をかけ、健一と連れだって自分の車で外出しています」

メモを取る囁くような音があちこちでしている。

「二人が四時に店を出てからの足取りはまだ不明です。その後、店にも健一の妻の許にも何の連絡もないまま現在に至っております。新一の自宅付近で聞き込みを行ないましたが、彼らを見た者はいません。また、自宅内の捜査でも、彼らが一旦戻った形跡や行く先を示唆するようなものは見つけられませんでした。二人が乗って出た柚木新一の車の行方も、まだ判っておりません」

それに加えて仁科は、高井美保が二十九日の午前二時半に現場に電話をかけたが誰も出なかったことと、死体発見時、現場の受話器がはずれていたことを報告した。

「すると犯人は二時半以降も現場にいたことになる」刑事部長が言葉を挟んだ。「受話器がはずれていたのはどうしてだろう？　寝室が犯行現場だったわけではないのにな」

仁科は答えて、「電話の脇に置かれていた水上勉著の『湖の琴』という文庫本がなくなっています。何らかの理由で犯人がこの本を持ち去った、そしてその際本が受話器に当たってはずれたのではないかと考えられます」

犯人が本を持ち去った理由については、明確な答えが出なかった。おそらく指紋をつけてしまったのだろう、という見解を何人かが述べた。

仁科はそこで話を少し戻し、贓物故買《ぞうぶつこばい》の疑いのかかった仁清の茶壺の件について簡単にあらましを述べて着席した。

次に司会役の加瀬が自ら報告する。四月一日に同現場で起きた柚木恵殺害事件の概要と、その際の捜査で明らかになっていた事件関係者それぞれの身辺と人間関係について。前回の事件とほぼ同じ顔ぶれなので確認の意味合いが強い。袋小路に入ったまま出口の見えないその事件では、柚木兄弟の共犯による保険金殺人の可能性が検討されたものの、物的証拠を欠いている上、アリバイが成立しているという状況もあらためて説明された。

「四月の柚木恵殺害事件と本事件の間にどんな関係があるのか、あるいはないのか。それが重要なポイントになってくるものと考えます」

そう締め括った。

意見交換をする材料もなかったので、捜査本部捜査主任として、加瀬は翌日の捜査の分担を決めていく。現場の遺留品の調査、付近の聞き込み、柚木兄弟の土曜日四時以降の足取り、二人の身辺と柚木堂の調査のペアが割り振られ、切断された遺体の一部と凶器の捜索のためにフロッグマンを湖に潜らせることを決め、会議は終わった。

5

広瀬は陸中大橋駅《りくちゅうおおはし》のホームに降り立つと、自分の乗ってきた気動車が右手に去るのを見送った。列車から吐き出されたわずかな乗客が改札口に向かうのをよそに、彼はホームに佇んだままだった。

蟬の声が前と後ろから聞こえている。東北の山の中でも、照りつける八月の太陽の日差しはきつかった。広瀬は薄く額に浮かぶ汗を、皺くちゃのハンカチで拭う。

(ここに一体どんな罠が仕掛けられたのか)

彼は列車が消えたトンネルを見やって考えていた。深い緑に包まれた山にぽっかり口を開いたその穴は絵に描かれたように黒く、闇の濃さは尋常のものではないかに思えた。そしてその闇の濃密さは、今広瀬が抱えている時間の謎の不可解さと通底しているようであった。

遠くで線路の響きが聞こえる。途切れ、そしてより大きくなってまた聞こえてくる。

(あれか……)

広瀬は目の前の山の中腹を見上げた。自分をこの小駅まで運んできた列車が再びその姿を現し、左手へと駈けてゆく。

(地図で見たとおりだ)

ヘアピンカーブで高度を稼いだ列車は、広瀬の眼前で完全に進行方向を変え、仙《せん》人峠《にんとうげ》を越えていこうとしている。

風に全山の梢《こずえ》の葉が翻《ひるがえ》り、夏の日を跳ね返して山は白く光った。

「うーん、判りにくいなあ、こりゃ」

片桐はぼりぼりと頭を掻いた。

「判りにくい？」

「判りにくいです」

「そうか、やっぱり」

片桐はゲラ刷りを置き、テーブルの角を二、三度軽く叩いた。そして空になった空知のゴブレットに、缶のドライビールを注ぐ。

「片桐家名物スルメ、焼きますか？」

「いえ、結構」

「ビール、まだありますからね」

空知が吉祥寺《きちじょうじ》の片桐のマンションにきたのは初めてだった。二LDK中に本が溢《あふ》れていたが、やもめ暮しとは思えないほどよく整頓していて感心した。リビングの隅にフラメンコギターが立てかけてある。

「空知さんのおっしゃったように、地図を入れた方がいいみたいですね。でも、何も地形図を挿入するほどのことはないと思いますよ」

「そう？」

「ええ、それはあまりに大袈裟ですよ。普通の地図でいいでしょう。それもできれば経費節減のために空知さん自筆のを」

「僕が？　困りますよ、地図なんか書くの。何せ、自分の家からポストまでの地図もよう書かんのやから」

「甘い。この駅付近の様子がトリックに関係してるんでしょ？　そういう箇所の地図なら著者本人の書いたものがベストです。書いてください」

「仕事が増えたなあ」

今度は空知が頭を掻いた。と、その手を止めて片桐の顔を真正面から見て言う。

「書くわ。書くからこれを広瀬警部最後の事件にさせてください」

ゲラに貼る付箋《ふせん》をなめようと舌を出したまま、片桐は硬直してしまった。何も言わず、空知の顔を見返す。

「もう広瀬警部のアリバイものを書くのはやめにしたいんです。他のものを書かせてください」

空知が重ねて言うと、片桐はようやく口を開いた。

「どうしてですか？」

「どうしてって……」

「ただ飽きたからですか？　小説家として飛躍したいからですか？　トリックが底をついたからですか？　誰かに面白くないって言われて頭にきでもしたんですか？」

「嫌いになったんです」

空知の言葉に編集者はショックを受けたようだった。夢想だにしなかった返答らしい。

「『飛べない機関車』で終わりにしたかったんです。けど、片桐さんが九月にもう一本どうしても欲しいって言うから、片桐さんと一緒に育ててきたシリーズやから、もううんざりしていますとは言えんかったんです。なんとかがんばってここまで書きましたけど、もうきつくて仕方がない。この次は警察官の一人も出てこない名探偵ものの本格推理小説を書かせてもらえませんか？」

片桐はまた頭を掻いた。さっきから交代でぼりぼりやってるな、と空知は苦笑した。

「判ります。刑事に実際にアリバイがどうのこうの聞かれて、生臭くなったということもあるんでしょうね？」

「それもある」

編集者は頷いた。

「空知さんに嫌なものを書かせる気はありません――てなこと簡単に言うもんじゃないんだろうな、立場として。空知さん、これを機会に飛躍しましょうか」

「広瀬警部に店じまいさせていいんですね?」

空知はほっとした。これでアリバイ偽装に腐心することから解放される。新しい自分の推理小説を書き始めることができる。

「でも大変ですよ」片桐は皮肉っぽく言う。「しっかりした作品でジャンプしないと、この国のごく限られた空知雅也ファンを逃がしてしまいますよ」

「覚悟してます。本人に代わって随分はっきり言うてくれましたけど」

「空知さん、私からもお願いがあります」

おや、安心するのは早かったか、と空知は身構える。

「この作品」と彼はゲラを指して「これで広瀬警部にさよならをさせないでください。広瀬警部最後の事件にしては話がせこいし、トリックがご自身の作品とは言え、『海を見ない特急』に似ている点にも不満が残ります」

「お、鋭い評ですね」

「お、じゃありません。空知さん、もう一本だけ広瀬警部ものを書いてください。これまでにない新しい大きなトリックを創って、最後に一番大きな花火を打ち上げて華麗に幕を降ろそうじゃありませんか」

「おお、はったり臭い表現！」

片桐は真顔でゆっくり言った。

「書いていただけますね？」

空知も真顔に戻った。

「書きたくありません」

「書くんです。最高のアリバイミステリを」

空知はやはり、片桐の真剣な頼みを断わることができなかった。

「……あと一本だけ、ですよ」

「ええ。これが最後なのか、空知雅也のアリバイミステリがもう読めないなんて、と推理小説好きが地団駄《じだんだ》を踏んで悔しがるような作品をお願いします」

「やってみます」

二人はそこであまり意味のないと思える乾杯をした。

「じゃ、仕事の話はここまでにしましょう。——十一時ですけど、風呂、どうします？　沸いてますよ」

「うーん、そしたら入ろうかな」

「そのドアの向こうです。バスタオル、使ってください」

片桐はカウチに寝そべってリモコンでテレビをつけた。今日最後のニュースが始まっていた。

「お先に」と声をかけて空知は浴室へ向かった。脱衣所で腕時計をはずしたところで片桐の大きな声がした。

「空知さん。空知さん、ちょっときて！」

空知はドアを開けてリビングに顔だけ出した。

「何です？」

「このニュースを見て」

空知は片桐の頭越しに大画面を見た。湖畔の小さな家が映っている。女性キャスターの声が歯切れよくある事件について伝えていた。

「――警察では被害者の身元確認を急いでおりますが、死体の頭部と両手首が切断されている上、事件に巻き込まれたと見られる行方不明の柚木さん兄弟が一卵性双生児であるため、時間がかかる模様です」

画面が切り替わり、二枚の顔写真が映った。同じ人物のすました顔と笑った顔のようにも見えたが、それぞれの写真の下に柚木新一さん、柚木健一さんとテロップが出ていた。

「これ、空知さんのお知り合いでしょ？　春に奥さんを殺された、あの人ですよね？」

片桐がカウチの上で体を起こし、こちらを振り返って尋ねてきた。

「随分ひどい事件ですね」

「ご兄弟とも行方不明というのが気になります」

父娘に見える二人のキャスターがひと言ずつ加えてから、次のニュースに移った。

「次は海外から事故のニュースが入っています。日本時間の今日、午後六時頃、アメリカのサンフランシスコ郊外で――」

「そうでしょ、空知さん？」

重ねて問う片桐に、空知はこっくり頷いた。

「ええ」そして訊く。「いつ、殺されたって言ってましたか？」

6

翌十月三十一日の午後七時。

ユカリは、三月最後の日に会ったのと同じ場所で空知と待ち合わせた。彼女が約束の十分前に行くと、空知はもうきていた。あの日と逆に、ぼんやり窓の外を見ている空知にユカリが声をかける。

「お待ちになりましたか？」

彼は振り向くと首を振った。

「いいえ、きたばかりです」

大きなチェックのブレザーに青い木綿のシャツ、ノーネクタイがいかにも自由業の人間らしい。東京から帰ったところのはずだが、小脇に抱えたバッグ以外、旅行鞄のようなものは持っていなかった。

「食事はこの店でいいですか？」とすぐ近くのスペイン料理店を指す。「隅の静かな席を予約してあるんですが」

「はい」

隅の窓際の席だった。ギターの生演奏もここならやや遠く聞こえる。空知は、ユカリが夜景を見られるようにか自分が窓を背にして座った。彼の向かって左、ユカリの右の壁にはアルタミラ洞窟の壁画と同じ牛が描かれている。

「何にしますか？　今日のコースディナーは魚介料理のようですけど」

「私、よく判りませんから、お任せします」

「僕はいつもコースです。判らないんです」

料理とワインを注文した後、二人はしばらく沈黙した。ユカリはそれが気詰まりだったが、空知は壁の絵を見ながら平気のようだった。

「東京からの帰り、米原で途中下車して木之本まで行ってきました」

壁画を見たまま空知が口を開いた。

「警察に行かれたんですか？」

「ええ。春と同じ刑事さんに会いました。加瀬警部ですか。えらく難しげな顔をしてましたよ」

それはそうだろう。姉を殺した犯人の見当もつけられずにいる上に今度の事件なのだから、呑気な顔をされていては困る。

「殺されたのが誰なのか、まだ判ってないんですね？」

「それで頭が痛いんでしょう。現場付近で犯人が首や凶器を湖に投げ捨てていないかと湖中の捜索も行なわれたんですが、何も出ませんでした。行方不明の柚木の兄弟の足取り追跡もあまり進んでないようでした。六時頃に彦根駅前のレストランで軽目の夕食を取ったことは確認されてるんですけど、その後がさっぱり……」

「自動車はどうなんですか、柚木さんの？」

ユカリが尋ねたところでワインがきた。どちらもグラスに手を伸ばさない。

「柚木の車は発見されました。長浜《ながはま》港近くに放置されていたそうです」

「それが手掛かりになるんやないですか？」

ユカリは気負った口調で訊く。

「車の中には、手掛かりになりそうなものは残ってなかったそうです。まだ見つかってないって言う方が正確かな。メーターの走行距離を見ても、もともと何キロ走ってたのか、知ってる者がいてませんからね。長浜で乗り捨ててあったというのも、犯人の目眩《めくら》ましかもしれませんし」

スープがくる。空知がスプーンを取ったので、ユカリもそうした。賑やかな曲が始まり、二人の頭の上を流れた。

「お仕事は最近どうです、忙しいですか？」空知が話を変える。

「この春入ってきた子がだいぶ慣れてきて、割り振りを変えましたから、少し楽になってきました」

「そうですか」

料理が運ばれてき、イカの墨煮を指してこれは何かと空知はウェイターに質問した。食事がすむまで、殺人事件の話は棚上げしましょう、とユカリに言っているようだった。しばらく互いの近況を話しながら、食事が進んだ。

デザートのシャーベットがきてから、ユカリはもういいだろうと事件の話に戻した。

「姉が殺されたのと今度の事件と、関係はあるんでしょうか？」

「ユカリさんが一番気になるのはそこでしょうね」空知はテーブルの上で指を組む。

「いえ、僕にしてもそうです。同じ家で、しかもあんな見るからに何もなさそうな家で、連続して空き巣の居直り殺人とは考えられませんから。何らかの関連はあると思います。警察にしても当然そう見てるはずです」

「同じ犯人の仕業なんでしょうか？」

「それは判りません。手口もまるで違ってますし、早計に判断できることではありません」

政府発表といった何ともそっけない言い方に聞こえた。

(今度の事件が姉さんを殺した犯人を突き止める道を開いてくれたら……)

ユカリはそう思っていた。柚木——らしき男——の死はあまりに痛ましいが、せめてそこから光が漏れてこないものかと思えてならなかったのだ。

(姉さんを殺した人間が捕まらないやなんて、耐えられへん)

空知に何か考えがあるのではないかという期待もあったのだが、彼の発言はあくまでも慎重だ。ユカリにいらぬ希望を抱かせないようにしているのかもしれない。

「……空知さん」

自分は思い詰めたような顔になっているかもしれない、とユカリは思った。空知は紅茶に落とした角砂糖を真剣に見つめていたが、ひょいと顔を上げた。

「何ですか?」

「姉を殺したのは柚木さんではないか、と私は疑っていました」

空知はちらりとティーカップの中を覗いて「ええ、そうでした」と言う。

「それで、空知さんが反対するのに、私立探偵を雇って柚木さんの張り込みの調査をしたりもしました」

「お金の無駄でしたけど」

「はい。何もはっきりしませんでした。けれど、私は柚木さんに対する疑いを解いてはいませんでした。今もです」

「何がおっしゃりたいんですか？」

空知は真直ぐユカリの目を見た。テレビカメラを向けられたかのようにユカリは緊張した。

「今度の事件の被害者は柚木さん兄弟の片方で、犯人はもう片方の人やないか、と思うんです」

「何を考えてらっしゃるのか、判りました」空知はまたテーブルの上で指を組んだ。

「柚木兄弟は恵さんに巨額の生命保険を掛け、殺害した。まだ保険金は降りてませんけど、事件が迷宮入りになったらやがて入ってくるその金を巡って、二人の共犯者の間で破滅的なトラブルが発生した、と推測なさってるんですね？」

言いたいことを言ってくれた。

「はい」

空知は組んだ指をもぞもぞと動かしながら、ちょっと言うことを考えているふうだった。

「実は、警察もその可能性を検討してるみたいでした」

「え？」

ユカリは声をあげた。もしそうなら希望が持てる、と思った。

「一方がもう一方を殺害して、逃走したんやないか、という可能性ですね。二つの事件がそうして収束したら一度に解決するわけですから、警察としてはお望みの結末かもしれません。けれど、まだそうやとはっきり方向を示す材料は摑んでませんよ、どうやら」

「そしたら、警察はどう考えてるんですか？」

空知は、まぁ落ち着きなさいというように、掌をユカリに見せた。

「あらゆる可能性を考慮してるみたいですよ。柚木兄弟の殺し合い説を検討してるらしいのは、妙にしつこく彼らの立ち回りそうなところを訊いてくるのでピンときました。『もしあなたの許に彼らの一方から連絡が入ったら、居場所を聞き出してすぐに通報してください』と依頼されもしました。通報ですよ、通報」

「そう言えば……私も同じことを言われました」

「ユカリさんも？　ああ、東京からお電話した時、昨日警察がきたとおっしゃってましたね」

「はい。昨日の午後、会社に大阪府警の刑事さんがやってきて事件のことを知ったんですけど、その時に言われました。そうか、あの依頼って、どっちかの柚木さんが犯人かもしれないっていうことやったんですね」

「もちろんそうですよ」

空知は紅茶を啜った。

「余呉の家の寝室から、姉の本がなくなっていたそうです」

「『湖の琴』という文庫本のことですか?」

空知は知っていた。ユカリは頷く。

「『あなたがお姉さんの形見に持っていかれたんですか?』とか訊かれたんですけど、そんなことはありません。不思議です。犯人が持ち去ったんやとしたら、どうしてそんなものが必要やったんでしょう?」

「判りません。もしかしたら、指紋がついてしまったのかもしれません」

「本に指紋が?」

「犯人が寝室に何の用があったのかはっきりしませんが、その本にうっかり触ってしまったのかも。ドアのノブについたもののように、ハンカチでひと拭きして消すというわけにいかないから、本そのものを盗《と》っていったとも考えられます」

そう言われると、ユカリもそんな気がしてきた。そこに空知が尋ねる。

「アリバイを訊かれませんでしたか?」

「聞かれました」ユカリは昨日会った刑事のいかつい顔を思い出した。「『土曜日の夜は何をなさってましたか?』って。いえ、『日曜日の朝』やったかな? ——事件があった二十九日日曜日の午前二時半以降まで、犯人はあの家にいたらしいと聞きました」

「高井美保さんがあの家に電話を入れていたことからの推測ですね。緊急に柚木たちに連絡する用事があったとか」

「ええ」そのことを、美保本人から電話で聞いた。「午前二時半に美保さんが電話した時は、誰も出ずに呼び出し音が鳴るだけだった。なのに、月曜日に警察が殺人現場を発見した時、あの家の電話の受話器は、はずれていたそうです」

「僕も木之本署でそう聞きました」

空知は、ひととおりのことを聞いているようだ。

「犯行が何時だったのか判りませんけれど、何者かが二時半以降もあの家にいたわけです。ですから警察ではこんなふうに見ているらしい。殺人は日曜の午前二時頃で、犯人が死体を切断中に美保さんからの電話があった。犯人はもちろんそれを無視した。その後何かの事情で電話の受話器をはずし、立ち去った、と。

もちろん死亡推定時刻は土曜の午後九時から日曜の午前三時までの幅がありますから、日曜の午前二時半頃だけではなく、その六時間のアリバイを聞いてきますけれども。──で、そのアリバイ聴取の方、ユカリさんはいかがでしたか？」

「幸い私には、非の打ちどころのないアリバイがありましたから嫌疑は晴れたはずです」

ユカリは微かに微笑んだ。

「非の打ちどころのないアリバイ、というと？」

「高校時代のクラス会があったんです。十人以上の証人と十二時近くまで梅田でわいわいやってました。目一杯の夜更しです。帰りは友だちと同じタクシーで野田のマンションの前まで一緒でしたし」

「男性ですか？　あ、失礼やったかな」

ユカリはくすりと笑った。

「女性です。私が通ってたのは女子校ですから。──ご心配なく」

「すみません、変なこと聞きました。保護者ぶってたら嫌われてしまいますね」

そんなことはありません、とユカリは胸の内で呟いた。少し、暖かいものを感じた。

「そうおっしゃる空知さんも、アリバイを根掘り歯掘り訊かれたんやないですか？」

「そうです。僕にも幸いアリバイが成立したようですけど」

「よかったですね」ユカリは笑顔になった。「空知さんはご自宅で全くお独りでお仕事なさる方でしょ。『土曜の夜は何をしていましたか？』って聞かれても、困るんやないかと思ってたんです」

「僕を犯人に仕立て上げようとしても無駄ですよ、甘い甘い」空知も笑った。「とは言うものの、その夜アリバイが申し立てられたのは大いに偶然のなせるわざなんですが」

「どういうことですか？」

一曲終わり、拍手が起きた。

「物騒な話なんですけど、土曜の夜、裏の物置小屋が燃えました。不審火です」

「まぁ」とユカリは口許に手をやった。

「家と離れて建ってたんで、大事には至りませんでしたけど、小屋は丸焼けになってしまいました。火の気のないところですから、放火としか考えられません」

「ひどいですね」

「ええ。しかしそのおかげでこの独り者のアリバイが成立したんです。焦《こ》げ臭いのと煙ですぐに火事やと気づいて、初めは自分で消そうとしたんです。で、消火器を持ち出して消してやろうとしたんですけど、消えないんですよ。まずいな、消防署に通報するか、と思ってるところへお隣のご主人が――と言っても五十メートルほど離れてるんですが――駈けつけてくれたんです。その方が一一九番したということなんで、家に飛び火しないようにバケツに水を汲んで様子を見ながら消防車を待ちました。小さな小屋なんで、消防車が到着した頃には完全に焼け落ちていましたけど、火はすぐ消してもらえました。家は煤《すす》を少し被っただけで被害なしです」

ユカリはその夜の様子を頭に思い描き、眉をひそめながら聞いていた。

「大変やったんですね。でも、おうちがご無事で何よりでした」

「本当です。何せ、僕の財産はあれだけですから」

「まだ秋ですけど、いるんですね、放火魔って」

「らしいですね。ここ一ヵ月の間に、近くで二件ほど放火騒ぎがあったんです。山道の立て札や小川の板橋が燃やされた、というのは聞いていましたけど、まさかうちの物置に火をつけられるとは思ってもみませんでした。子供の悪戯やと思いますけど」

「悪戯ですみませんよ」

「ちょうどユカリさんがほろ酔い加減でカラオケを熱唱していた時間です。十一時過ぎやったかなぁ」

「私、カラオケなんて歌いません」ユカリは抗議しかけた。「ほろ酔いやったとは思いますけど。……すみません」

「どうしてって……空知さんが謝るんですか？」

「そう悲惨な目におうてたわけやないですよ。隣のご主人と並んでバケツ持って立ったまま、『よう燃えますなぁ』と見物してたんですから」

空知は、放心してわが家の火事を見物する自分の表情を再現してみせた。ユカリは思わず噴き出した。

「すみません、笑ったりして」

「いいんですよ」

空知は口許をほころばせたが、目は笑っていないように見えた。テーブルの蠟燭《ろうそく》の火に微かに顎を染めたその顔には、淋しげとしか呼べない色が滲んでいた。

「東京からの帰りでお疲れのところ、お会いくださってありがとうございました」

ユカリの言葉に彼は「いいえ」とだけ答えた。

すべてのものが下げられ、テーブルの上が空虚なほど広くなった。手首を捻って時計を見ると、九時少し前だ。

「空知さん」

作家は伝票に手を伸ばしかけていた。

「よろしければ、お酒を飲みに行きませんか？」

彼は無表情に「お酒ですか」と呟いた。

「ちょっとだけでええんです。もうしばらくお話をして、それから、私をタクシーで送ってください」

ユカリは空知の反応を待った。

「そうですね」と言うと、彼は牛の壁画に目をやった。「どこかもう一軒、行きましょうか」

彼は伝票を手に立ち上がった。ユカリもそれを追うように立つ。空知の負担になるようなことを言ったのではないか、と後悔しかける自分にユカリは首を振った。

スペイン人のギタリストが出口に向かう二人に擦り寄ってきて、情熱的にギターを掻き鳴らした。

第六章　迷路の街

1

十一月一日、水曜日。

杉山警部補は朝一番で大阪府警本部を訪れた。捜査協力依頼の挨拶をすませると、今日の案内役の小野寺《おのでら》巡査部長を紹介された。五十歳の誕生日を明日に控えているという、血色のよくない、それでいて愛想のよい刑事だった。

「小野寺です。よろしくお願いします」

「こちらこそお世話になります」

今日一日のパートナーと挨拶を交し合うと、早速東心斎橋の柚木堂大阪店に向かうことにした。車に乗ると、ハンドルに手を置いた小野寺はまずこう尋ねてきた。

「杉山警部補は煙草、吸わはりますか？」

うだった。
杉山が「吸いません」と答えると、安心するかと思いきや、相手はがっかりしたよ
「そうですか」小野寺は煙草をくわえた。「すんません。私、無茶苦茶吸うんです
わ」
杉山はほっぺたを膨《ふく》らませて笑いをこらえた。——よく見ればヤニだらけの車は本《ほん》
町《まち》通を西へ向かった。
小野寺は長堀《ながほり》通で車を停め、そこから二人は歩いた。柚木堂は心斎橋筋の東側、無
数の飲食店が蝟集《いしゅう》した地域にあるらしい。頭上には葡萄《ぶどう》の粒ほど多くの店名を満載し
たバーのネオンが張り出しており、その様々な字体に目を走らせながら歩いている
と、杉山は頭がくらくらしてきそうだった。
「夜はさぞ賑やかでしょうね」
杉山はあたり前の感想をふと漏らした。大阪のいわゆるミナミで、心斎橋筋から奥
へ入った道を歩くのは初めてだった。こんなところに古美術店があるのか、と思った
が、両脇の店を逐一見ていると、飲食店やブティックの他、民芸品店や仏具店も見か
けた。とにかくごてごてした街だ。
「ここですな」

そう言って小野寺が立ち止った。間口二間ばかりの店はガラス戸を閉ざしていたが、休みの札などは出ておらず、営業はしているらしい。宋朝体の金文字で『柚木堂』と書かれたガラス越しに、中で人が動いているのが見えた。

「ごめんください」

刑事らは戸を開けて声をかけた。店内にいた三人の人間がこちらに顔を向け、うち男性の二人が「いらっしゃいませ」と応えた。

警察の者ですと手帳を出しかけて、杉山は知った顔を見つけた。

「奥さん、こちらでしたか」

高井美保だった。客用の椅子に掛けていた女はすっと立ち上がり、頭を下げた。

「杉山様ですね。この度は大変お世話をおかけしております」

やはりまだ、古美術店よりスナックのカウンターの中が似合う物腰だった。

杉山も軽く会釈し「大阪のお店の方にお話を伺おうとしてきたんですが、ここで奥さんとお会いするとは思っていませんでした。——ご主人から何か連絡でも入ったんですか？」

「いいえ」と彼女は疲れた表情を見せた。「まだ何の連絡もありません。ですから家で電話が入るのを待っているべきなんでしょうけど、一人でじっとしていられなかったものですから」

「そうですか」

杉山は連れの小野寺を紹介し、美保が店の従業員を紹介した。応接室へ通されて、熱い茶を出される。美保が黙って刑事らの前に座ったので、杉山はまず彼女の話を聞こうかと思った。が、話が始まると、質問するのはもっぱら美保の側だった。

「殺されていたのが誰なのか、まだ判らないんですか？」

「新一さんの自動車が発見されたそうですけど、何か手掛かりが見つからないんでしょうか？」

「夫が何か仕事の上でのトラブルに巻き込まれた可能性はないか、調べていただいていますか？」

「まさかと思いますが、誘拐では？」

それらの問いにがまん強く答えながら、杉山はイニシアティブを徐々に取り戻していった。

「ご主人の交友範囲について、この前のお話につけ加える方はいませんか？」

「お訊きしにくいですが、女性関係は？」

「お宅に何か行き先を書いたメモ類が残っていないか捜していただきましたが、どうでした？」

「まだ預金は引き出されたりしていませんね？」

得るところはなかった。

「店の者の話をお聞きになりにこられたんでしたね。二人おりますので、呼んでまいります」

二人の話を聞いたが、彼らは自店の経営状態もはっきり把握しておらず、柚木健一のプライベートな部分についてもほとんど何も知らなかった。

得るところはなかった。

「失礼しました。奥さん、繰り返しますがご主人から連絡が入ったら——」

「はい、すぐお知らせします」

刑事らは店を出た。

「次は長居ですか？」

店の前で小野寺が尋ねた。

「ええ。健一のマンションで聞き込みをします。今の高井美保のアリバイの裏も取りたいと思いますから」

一歩踏み出した杉山を「待ってください」と小野寺が止めた。

「杉山さん、反対です。こっち。こっちからきたんですよ」

「おっと」と杉山はつんのめった。こんなところで間違った方向に歩きかけても、自分一人だったらなかなか気がつかなかったのではないか。足許にまとわりついてくる人懐っこい野良犬を追い払いながら、二人は長堀通へ戻った。

小野寺はくわえ煙草でハンドルを握ったまま御堂《みどう》筋から千日前《せんにちまえ》通に折れ、谷町《たにまち》筋から車をしばらく南に走らせた。柚木健一のマンションは長居公園の南にあった。大阪市内有数の広さの公園を見下ろす十五階建てのマンションの十二階の部屋だという。小野寺はエントランス前に車を停めた。

「『グランドメゾン・ステラ長居』——何や聞くだけで恥ずかしいような名前ですなぁ」

部長刑事は嘆かわしげに言った。

「賃貸マンションらしいですね」杉山は十二階あたりを見上げながら呟いた。「家賃も高いでしょう」

ホールに入るなり管理人と目が合った。厚いレンズの奥から不審げな目が二人の風体をなめ回す。なかなか好奇心の強そうな老管理人だったので、杉山はまず手始めに彼に話を聞いてみた。しかし、管理人は柚木健一の顔と名前がやっと一致するぐらいの知識しかなかった。美保との夫婦仲や健一の交友関係などは知らない。礼を言ってエレベーターで十二階へ上がった。

右隣は留守だったが、左隣はチャイムを押すとインターホンから返事が返ってきた。

「はい、どちら様ですか？」

警察の者だと伝えるとドアチェーンを掛けたまま、細目にドアが開いた。おや、と思うほど若い女の顔が覗いた。

「奥様ですか？」

表札には安西《あんざい》とある。

「そうです。——あ、お隣の事件でいらしたんですか？」

ぱっと好奇の色が顔に広がった。しかし「警察手帳を見せてください」と要求するのは忘れなかった。刑事らは揃って手帳を示した。チェーンがはずされ、二人は狭い玄関に通される。

「本当にお気の毒です、柚木さんの奥さん。ご心配で頰がこけてきてはるみたいで」

体をくねらせるようにして彼女は言った。

「一刻も早く解決させたいと思っています」

杉山はひと言だけそう前置きして、すぐ本題に入った。隣人たちの生活ぶり、夫婦仲について。また、どんな人間が隣家を訪れているのか。

「仲のいいご夫婦のようでしたよ。日曜にはよく一緒に買い物に行ってらしたたし。エレベーターで会うと、旦那さんが両手一杯荷物を持ってにこにこしながら挨拶をしてくださったり。お子さんがいないからのびのび楽しそうに暮していらっしゃいました。うちとえらい違い。――すみませんね、ここで立ち話しかできなくて。今、奥で子供が二人寝てるんです」

安西夫人は隣人たちについて過去形で話す。

「どんなお客様が出入りしていたかは判りかねますけど……」彼女はそこで声を低めた。「変な人が一人いました」

杉山は興味を引かれた。

「どんな人ですか？」

「一度見かけただけなんですけれど、お隣の前に三時間もじーっと立ってたんです。三十過ぎぐらいの男の人でした。柚木さんたちが留守になさってた時です。たまたまその日は、柚木さんたちは外食か何かで帰りがとても遅かったのを覚えています」

「ただ、じっと立ってたんですか？」

「はい。夜の七時から十時までいました。近くへ買い物に行った時とごみを捨てに行く時との二回顔を合わせましたけど、柚木さんたちが帰ってくるのを辛抱強く待ってたみたいです。少し気味が悪かったので、十時頃うちの主人に声をかけてもらったんです。『柚木さんにご用でしたら、何か言伝《ことづ》てしますよ』って。そしたら『いいえ、結構です』と陰気な声で言うんで、うちの人はひっ込みました。そのとたんにドーンって！」

若い主婦は突然大きな声を出して杉山を驚かせた。

「その人がドアを思い切り蹴飛ばしたらしいんです。私たちがびっくりして廊下に顔を出すと、その変な人は階段を走って降りていくところでした。頭がおかしいのかしらと思ってました」

「それはいつのことですか？」

「あれは……六月の終わりか、七月の初めか……そのあたりですね」

「その男の特徴をもっと詳しく言えますか？」

「ですから年は三十過ぎぐらいで、スーツにネクタイだったのは覚えています。背は高くなくて、ちょうど刑事さんぐらい。詳しく言えませんけど、暗い顔したくたびれた感じの人でした」

「もう一度会うか、写真を見れば判りそうですか？」

「多分。うちの人も判ると思いますよ。車のディーラーやってて人の顔を覚えるのが特技の人ですから」

「その不審な男のことを、帰ってきた柚木さんらに言わはったんですか？」

小野寺が質問を挟んだ。

「はい。お二人とも顔を見合わせて、『気色悪いな』とおっしゃっていました」

杉山はその後、土曜日の夜の美保のアリバイについてさりげなく確認を取った。

「はい、遅くまでうちにいらしてました。うちの人も東京に出張でいなかったものですから、遊びにきていただいたんです。子供が寝てからも女二人、十一時頃まで少しお酒を飲みながら楽しく話してました。『ご主人から電話が入って、どこをほっつき歩いてたんだって怒られませんか？』と聞いたら、『用事があったら留守番電話に言うか、安西さんちにかけ直してって言うてあるから大丈夫』とおっしゃったものですから」

美保の話のとおりだった。そして安西夫人の部屋から帰ってすぐに、彦根の武藤から得意客の訃報《ふほう》が入ったのだ。

赤ん坊の泣き声がしだしたのを潮に、刑事らは質問を切り上げた。

照れ臭い名前のマンションを出ると、杉山は心斎橋の柚木堂に電話を入れた。安西夫人の話に出た不審者について、心当たりがないか尋ねようとしたのだが、あいにく、美保は早い昼食に出ていた。

彼は手帳に控えたもう一つの番号にダイヤルした。その相手は帰っていた。これから訪問する了解も得られた。

「デカ長、空知が帰ってます。これから平石までお願いします」

電話を終えた杉山が言うと、煙草を吸いながら待っていた小野寺は「判りました」と応えた。

「しかし……」

杉山が呟くと「何です？」と小野寺が聞く。

「しかし、これはまた派手な公衆電話ですね」

チューリップのお化けのような形をした、琺瑯《ほうろう》の大きなカバーが電話に掛かっていた。

「それ、花ずきんちゃん言うんです」

えっ、と杉山は眉根を寄せた。

「来年四月から始まる国際花と緑の博覧会のマスコットです。可愛ないですか？」

「いやぁ、まぁ」杉山は首を振った。「悪くないですよ」

2

車は南へ西へと一時間ほど走った。まだ紅葉には早い山が近づく。

「遠足にきたみたいでしょう」

小野寺が言った。確かに大阪にしてみれば随分辺鄙なところだが、余呉も似たようなものだ。

「ここから先はずっと上るだけです」

曲がりくねった道を車は上った。左手には石垣を積んだ家が続き、収穫の終わった田が右手に低くなっていった。藁山《わらやま》を燃やす煙がたな引いている。

もう人家はこの先ないだろう、というところまで上って小野寺は車を停めた。道はそこからより細く、そして未舗装になって山の奥へと続いている。低い垣で囲われた一軒屋がぽつんと立っていた。

「どん詰まりの家やいうことでしたから、あれなんでしょうな」

小野寺はサイドブレーキを引き、エンジンを切った。たちまち静寂が彼らを包んだ。

「行ってみましょう」と言いながら杉山は車を降りた。小野寺も続く。

半開きの垣の門をすり抜けて入り、木の表札を覗き込むと空知とだけあった。まだそう古くない表札だ。二人は目顔で頷き合った。

杉山はすぐに呼び鈴を鳴らさず、家と庭を眺め渡した。築後三十年以上はたっているだろう。黒い屋根瓦を葺《ふ》いたありきたりの木造平屋の家だった。玄関脇には白と薄紅色のコスモスが植わっており、縁側に面しているらしい右手の庭の低木は梅だ。まだ若い小説家の創作工房というより、どうしても世捨て人の庵《いおり》に見えた。全焼したという物置小屋の焼け跡の様子は、ここからは窺えなかった。

杉山は呼び鈴を押し、返事を待った。と、すぐにカラリと戸が開いて主が現れた。

「お仕事中に失礼します。木之本署の杉山です」

「大阪府警の小野寺と申します」

空知は杉山の顔を見て「ああ……」と納得したようだった。覚えていたらしい。杉山が空知に会うのは、彦根での柚木恵の葬儀の日以来のことだった。昨日、東京からの帰りに木之本署に立ち寄ったそうだが、その時杉山は捜査に出ていて会っていない。

「こんな遠いところまでお運びいただき、恐縮です」空知は丁寧に言った。「中へお入りください」

下駄箱の上の小さな花瓶にはカスミ草が生けてあった。以前、加瀬警部が杉山を評した言葉ではないが、空知もなかなかの風流人なのかもしれない。あまり独り暮しの男が花など生けたりはしないだろう。

刑事らを六畳の応接間に通すと、空知は「紅茶でいいですか？」と尋ねた。

「おかまいなく」

杉山が言うと「私が飲みたいんです」と彼は笑った。

「捜査はまだ進展していませんか？」

紅茶を運んできて、さし向かいに座るなり彼は尋ねた。昨日からこっち特に進展はない、と杉山は答えてから質問に入る。

「昨日、木之本署で柚木新一さんの交友関係についてお話しいただいていますが、柚木さんという方は、あまり社交的な方ではなかったようですね」

「普通でしょう。仕事が忙しい奴でしたから、このところ友人とは疎遠になっていたかもしれません」

「武藤店長に聞くと、楽しみはゴルフぐらいだったそうですが、ゴルフ仲間というのもいなかったとか。たまに健一さんとコースに出る以外は一人で回るか、打ちっぱなしに行くかで。——空知さんはゴルフは？」

「しません」

「大学時代の友人で今も交際があるというのは、空知さんぐらいですか？」

「私にしても、卒業してから何回も会ってはいませんでしたよ。そう言えば、彼と恵さんの結婚式に招かれて出た時も、友人関係はごく少なかったのを思い出しました。地元の幼馴染みが一人いただけでした」

「その方は今ドイツにいらっしゃるそうです。柚木新一さんと学生時代一番昵懇《じっこん》になさっていたのは空知さんと思ってよろしいですね？」

「そうかもしれません。私は友だちの友だちというのに疎《うと》い人間で、断言はできませんが」

「彼は付き合いやすいタイプでしたか？」

「普通でしょう。私と付き合うのは難しい、と彼が思っていたかもしれませんが。お互い、相手を友人に選んだというよりも、どちらかと言うと身近にいたので交わっていた、という淡白な付き合いでしたよ」

「ご専攻は別でしたね？」

「同じ文学部ですが、彼は美学、私は英文学でした。フランス語のクラスが同じだったのが知り合ったきっかけです。——どうぞお飲みになってください」

言われて杉山は紅茶に口をつけた。

「敵を作るタイプだったとか。——そうでもありませんでしたか？」

「そういうのは他にいました。彼は喧嘩は損だからしない、というタイプでしょう」

「空知さんは学生時代から小説家志望だったんですか？」

話題が急に変わったので、彼の返事がひと呼吸遅れた。

「そうだと言えばそうです。小説家になりたいとは子供の頃から思っていましたけど、漠然としたものでした。初めて懸賞小説に応募したのも会社を辞めてからですし」

退社と懸賞応募のいきさつを杉山が尋ねると、空知は渋々という様子で話した。

「武勇伝ですね」と言うと、彼は自嘲めいた笑みを浮かべた。

「思い出すたび恥ずかしくなります。と同時に自分の内に強い衝動——暴力願望が潜んでいたのに気がついて、いい気はしません」

「しかし、初めて応募した小説で認められたんですから、天性の才能をお持ちだったんですね」

「必死でやれば何とかなるもんだ、というところです。実態としては、非常に運がよかったというだけです」

「初めて出た本は柚木さんに送ったりなさいましたか？」

空知は「いいえ」と答え、紅茶を飲み干した。

杉山はここでまた話を転じ、土曜の夜、彼がどこで何をしていたのかについて尋ねた。空知は木之本署で加瀬警部らにした話を面倒がらずに繰り返してくれた。

「火事に気がつかれたのが午後十一時頃。一人で消火したが消せずにいるところへ隣家の隅田《すみだ》さんが駈けつけてきた」杉山が復唱する。「隅田さんが消防署に通報されてきたし、もう小屋は焼け落ちつつあったので消火を諦めて消防車を待った。途中で隅田さんの奥さんもやってきた。消防車が到着したのが十一時半。鎮火が十一時四十五分。その後署員から事情の聴取があって、空知さんと隅田さんがお宅に帰って床につくことができたのが午前一時頃——ということですね？」

「はい、そのとおりです」

「とんだご災難でした」

「丸焼けになった小屋には何も入ってませんでした。使ってなかったものですから実害はなかったんですけど、ひやっとはしましたね。——それより消防車がきたもんですから、いったい何事か、と隅田さんご夫婦以外にも何人か下の方が走ってこられましてね。週末の夜にご近所をお騒がせしてしまいました」

「放火の可能性があるんでしたら、警察の調査も入ったんではありませんか？」

「翌日の九時頃、富田林署の方がきました。前夜の様子を聞かれて、焼け跡を少し掻き回していかれましたよ。『質の悪い悪戯のようです。パトロールを強化しますが、ご注意なさってください。不審者を見かけたらご連絡を』と言われておしまいです」

「そうですか」

隣家と消防署、富田林署で裏を取るつもりなので、杉山は火事の件についてそれ以上くどくは訊かないことにした。

「東京にはいつ発たれたんですか？」

「十月三十日——月曜日の朝です」

「お仕事ですね？」

「ええ。昼間は神田《かんだ》の交通博物館で調べものをして、夕方からは担当の編集者と今度出す本の著者校正をしました。夜はその担当の片桐さんのところに泊まり込んで校正を続けました」

「交通博物館で調べものですか。次に書くアリバイトリックの下調べですか？」

何気なく杉山が尋ねると、推理作家は何故か愉快ではないという表情になった。

「いいえ、先日書き上げた作品のチェックです」

何か気に障ったのだろうか？　杉山は変な気がした。神経質な素顔が覗いたように思えた。

「事件をいつ、どこで知りましたか？」

「東京で。月曜の夜遅く、片桐さんのマンションでテレビを見ていて知りました」

空知は黙ったままの小野寺を無視したように、じっと杉山の顔を見つめた。

「杉山さん」

「はい？」

「どうして死体の頭と手首は切り落とされていたんでしょう。身元を判らなくしてしまうためだけだとお考えですか？」

空知に言いたいことがありそうだったので、杉山は曖昧に答えて逆に訊き返した。

「空知さんはどうお考えなんですか？」

「身元が明らかにならないように苦労して頭と手首を切断するより、死体ごとどこかへ運び去って埋めるなり何なりする方が自然だと思っただけです。あの家で死体が発見されれば、首がなかろうと指紋がなかろうと、柚木の死体ではないかと推定されるのは必至なわけですから」

杉山は唸った。昨日の捜査会議で仁科部長刑事他何人かから同じ疑問が出されていたからだ。

「犯人が頭と手首を切断した理由が、私にはよく判らないんです」

空知は首を捻っていた。

3

隅田の家は五十メートルばかりきた道を戻ったところにあった。農家らしく、開放的に開け放たれた玄関口に農機具が覗き、土間で太った三毛猫が丸くなって眠っていた。

「昼休みの時間も終わり頃でしょうけどまだ一時前ですから、いてはるでしょう」

小野寺が言うのに促されて、杉山は家の中に声をかけた。「はいはい」と太い男の声がして、ずんぐりとした体軀《たいく》の中年の男が現れた。昼食を終えたばかりの、目的の隅田だった。

「土曜日の夜の火事？　はいはい、火事ね。空知さんとこのね。ほんま、物騒なこって」

「警察の方でも調べる必要がありまして、お話を伺いたいんですが」

「それやったら、ちょっと待ってください」と言って隅田は奥にいた妻を呼んだ。

二人の刑事は上框《あがりがまち》に腰を降ろして当夜の様子を聞いた。隣家の火事に最初に気づいたのは妻の方だった。風呂場の窓から赤い炎が見えたので、慌てて湯舟の中から叫んで夫に知らせたのだそうだ。隅田は縁側から火事を見ると、まず消防署に通報してから隣家へ走ったという。

「時間は十一時頃でした」

夫婦ともはっきり答えた。

消火の模様、時間の経過もさっき空知に聞いたままだった。細かな点も矛盾したところがない。

「つかぬことを伺いますが」杉山は思わずこう訊いていた。「それは確かに空知さんでしたか?」

隅田夫妻は揃ってきょとんとした。何を訊かれたのか判らなかった、という様子だ。やがて夫の方が「そらぁ……そうです。空知さんは独り暮しでっさかい」と言った。何故そんな判りきったことを聞くのだ、という二人の顔を見て、杉山は「空知さんに似た別の人ではありませんでしたか？」という問いを引っ込めた。愚問らしい。

「消防署員が引き上げるまで、隅田さんもご一緒だったんですね？」

「はい。放火かもしれん、ていう話になってましたから、これは聞き捨てならんと思うたんです。うちのもずっとおりました」

「皆さんが引き上げたのは一時」

「そうです。あくる日が休みやったからよかったものの、そうでなかったらいつも早寝なもんでっさかい、つらいとこでした」

杉山は、空知の家を出た際に見た焼け跡の様子を思い浮かべた。小さな小屋だったらしく、さして大袈裟なものではなかったが、まだほとんど片づいていなかった。

「隅田さんの他にも消防車のサイレンに驚いて駈けつけた方がいるそうですが」

農夫は近所の二軒の家の名を挙げた。小野寺が控えてくれた。

「どうも色々ありがとうございました。——ところで空知さんという方は小説家だそうですね？」

本題は終わって、これは全くの余談なのだが、という感じで杉山は言った。空知のアリバイは完璧らしいが、はるばるきたついでに彼に対する隣人の評を聞いてみたかった。

「礼儀正しい、口のきき方の丁寧な人ですよ」と夫。

「挨拶なんかは向こうから声をかけてくれますけど、もの静かな人です。ちょっと神経質そうですけど」と妻。

「なかなか男前やと思うけど」

「お嫁さんもろたらお仕事ももっと捗《はかど》ると私思うわ」

「身寄りの人がおらんそうやから、見合い話を持ってくる者もいてはれへんねやなぁ」

「ちょっと神経質そうやから」

「けど、冗談言いだしたらおもろいとこある人やで」

夫婦二人で会話が始まってしまった。杉山は捜査の協力に対して礼を述べ、家を出た。

下の二軒で念のために同じことを聞いて確認してから、刑事らは車に戻った。小野寺は道路地図で消防署と富田林署の場所を調べてから、車を出した。

＊

「すみませんでしたね、デカ長。こんなに遅い昼飯になってしまって」

杉山が言うと、小野寺は「いえいえ」と笑いながらパチンと割箸を割った。ようやくありつけたカツ丼だった。

「空知という小説家のアリバイは堅いようですな」小野寺はいきなり大胆にカツにかぶりついた。「まさかお得意のアリバイ工作、てなわけでもないでしょうから」

杉山は黙って頷き、丼に箸をつけた。国道沿いの食堂の午後三時。店内に他の客はおらず、テレビのワイドショーが見る者もいないのに流れている。

消防署員も口を揃えて空知の話に嘘はないと認めた。その後訪れた富田林署でも、不審な点はないと聞いた。

消防署員の話を思い出す。

「ここひと月の間で三件目の不審火です。前の二件は山道の立て札と、小川の朽ちた小さな橋に火がつけられるという実に子供っぽいものでした。それが人家の裏の物置の放火へとエスカレートしたわけです。非常に危険ですので、町民にも警察にも警戒を呼びかけています。困ったことです」

立て札と朽ちた橋。

（何なんや、それは？）

あまりにも下らない。小学生の火遊びのようだ。それが使われていない物置とはいえ人家の裏の小屋に火をつけるとは、一気にエスカレートしたものだ。

「できすぎたアリバイのような気もします」

杉山がぽろりと言うと、小野寺は食べながら「そうですか？」と言った。

「一軒屋に一人で住んでいる小説家のアリバイを尋ねてみたら、誂《あつら》えたようなアリバイがはい、これですという具合に出てきました。『そんなものがあるわけないやないですか』と言い返された方が納得したかもしれません」

「それもそうですけど」部長刑事はやはり食べながら「ごまかしがあるようにも思えませんでしたけどなぁ」

「放火の件がひっかかります」杉山は話しながら自分の考えをまとめようとした。

「まるで人寄せみたいなタイミングです。それに立て札や板の橋に火をつけるのと、小屋を燃やしてしまうのとでは大きな隔たりがあるんやないでしょうか？」

「空知が夜中に証人を集めるために、自分で小屋に火をつけたて言わはるんですか？」

「そうとも思える、ということです」

「近頃、近所で起きてる悪戯の昂《こう》じたものと思わせて、ですか？」

杉山はふと思いついた。

「そうです。あるいは、前の二件の放火も空知自身の仕業とも考えられます」

「考えすぎやないですか、そこまでいったら」

沢庵《たくあん》をうまそうに頰張りながら小野寺は言うが、杉山は可能性として心に留めておくことにした。

「あの小説家がそんな怪しいですか？　動機が強いとか？」

そこがよく判らない。

「それにしても」小野寺はさらに「あそこから余呉まで車を飛ばしても、三時間で行けるかどうか。三時間半みとかなあかんと思いますよ。十一時から翌一時まで平石におった空知が、犯行時間に犯行現場に立てるんですか？　死亡推定時刻は土曜の午後九時から日曜の午前三時の間。日曜の午前二時以降が一番怪しいということでしたから、とてもとても無理でしょう」

充分承知している。

（いくら推理作家やいうても、まさかな）

杉山は「そうですね」と言うよりなかった。

「ちょっと本部に電話を入れます」と言って杉山は立った。小野寺は「どうぞ」と言い、食後の一服をうまそうにくゆらせていた。

捜査本部に様子を報告し、それと同時に向こうの状況も訊いてみた。

「大きな報告は入ってませんよ」電話に出た加瀬警部は言った。「そちらの聞き込みが脈ありやないですか。長居のマンションで目撃されたおかしな男。そいつを洗ってみてください」

「そうします。高井美保を追及したら、どこの誰か判るだろうと思うんですけど」

「頼みます」と言われて電話を切った。すぐまた受話器を上げ、メモを見ながら心斎橋の柚木堂のダイヤルを回す。——美保はまだいた。

「奥さん、教えていただきたいことがあるんです」

4

高井は上機嫌だった。元手二千円で二万円の大勝は半年ぶりだ。もう駄目か、という土壇場でフィーバーが出ての痛快な大逆転だった。炉端《ろばた》焼きでほろ酔いになるまで飲み、懐に一万五千円を残して鼻唄混じりに帰ってきた。まだ十時過ぎだ。手酌でもう少しやろうか、と思っていた。灯の消えた布施《ふせ》の駅前商店街を抜け、入り組んだ道の角を三つ折れて家の前で立ち止った。その時——

隣の製函《せいかん》工場のコンクリート塀の前に停っていた車のドアが開いた。中年の男が二人降りてくる。

「高井秀司さんですね？」

そのうちの一人が彼に声をかけてきた。自分の帰りを待っていたらしい。

「そうですけど、何か用ですか？」

一体何者だ、と警戒しながら高井は尋ね返した。相手は警察の者だと答え、黒い手帳を突き出した。

「高井美保さんの戸籍上のご主人ですね。少しお時間をいただけますか？」

「美保がどうかしましたか？」

胸騒ぎがした。刑事は柚木健一について訊きたいのだと言う。高井の胸騒ぎはより大きくなった。

「とにかく中へお入りください。ちらかってますけど」

ポケットから鍵を取り出す時、微かに自分の手が顫えているのに気づき、彼は舌打ちしたくなった。昔から教師と警察官は苦手なのだ。「中へ」と招くと、刑事は黙って入ってきた。どの部屋も本当にちらかっていたので、高井はやむなく刑事をダイニングに通した。

「柚木健一さんが何者かによって殺された事件についてはご存じですね？」

年長の方が質問者かと思っていたがそうではないらしく、杉山と名乗った方の刑事が訊いてきた。

「知っています」

「私はその事件の担当をしています。あなたと柚木さんのご関係はどういうものでしたか？」

（こいつらはいつも、知ってることをわざわざ訊いてきよる）と高井は不快に思う。

「もうお調べになってはるでしょう。美保と私が別居しだしてから、あいつと暮すようになった骨董品屋です」

初めて美保に引き合わされた時に、その男は「古美術店を経営しています」と自己紹介した。がらくた並べて古美術店経営なんなら、美術全集のセールスマンの俺は画商です、と言ってもよかったんだ、と高井は思っていた。

「美保さんと高井さんは、まだ正式に離婚をなさっていないそうですが、その件について三者の間で話し合いを持つようなことはされていましたか？」

「いえ。私は離婚に不賛成でしたから。まぁ、別居を始めたのには私の側に責任があったりして気がひけてはおるんですけど、そのうち美保も頭を冷やして帰ってきてくれるだろう、と思ってましたからね」

帰ってきてくれる、という言葉の選び方がわれながら卑屈なようで後悔した。

「別居はいつからです？」

「二年になりますか」

「美保さんが柚木さんと暮し始めたのは？」

「その半年後です」

「どこでお二人は知り合われたんでしょう？」

「あいつが友だちが勤めてたミナミのスナックで働いていた時の客だったそうです」

「失礼ですが、そもそもの別居の原因は？」

（畜生、人様の私生活をほじくり返すな、この犬野郎）

「私が悪かったんです」高井は吐き捨てた。「競馬と競輪に熱くなって、サラ金に大きな借金作って。挙句の果て、あいつが親から継いだ家を売り払うはめになったんです。この狭い借家に越してきて、借金をだいたい返した頃にあいつは出ていきました」

反省はしている。競馬も競輪もほとんどやらなくなった。パチンコで調子がよくても、今日のように適当に切り上げている。今の自分なら文句は言われないはずだ。

「高井さんは今どちらにお勤めですか？」

今どちら？　職を変えたのを知っての質問のようだ。

「書籍のセールスをしています。以前は薬のプロパーをしていました」

柚木健一について聞きにきたのではないのか？　何だか自分のことばかり聞かれているようだ、と高井は変な気がした。

「美保さんや柚木健一さんと話し合いをしてはいない、ということでしたけれど、先方はそれを望んでいたんではありませんか？　美保さんから離婚を認めて欲しいという要求はありませんでしたか？」

どうやら先に美保の話を聞いてきているらしい。ここの住所も彼女が教えたのだろう。あからさまな嘘はつかない方がよさそうだ。

「向こうの希望はそのようでした。しかし、私としては『はい、そうですか』と快諾するわけにはいきません。それでは虫がよすぎるでしょう？」

最後の問いかけに刑事は同意しなかったらしく、何の相槌も打たなかった。

「柚木さんの長居のマンションに行かれたことは？」

躊躇《ためら》わず「ありません」と答える。

「七月の初めに訪問したが留守だった、ということがあったんではないですか？」

溜め息が漏れた。「あります」

「何の用で訪問されたんでしょう。美保さんとの離婚についてですか？」

「離婚を認めようという話に行ったんではありません。いつまでもこんな状態を続けるのはよくないので、美保に帰ってくるよう話しに出向いたんです」

「事前に来意を告げずに、ですね？　思いついてふらりと行ってみた、というところですか」

（そういうことにしておいてやろう）と高井は頷いた。

「結局会えずじまいで、腹いせにドアを蹴って帰ったと聞いていますが、その後あらためて連絡を取ったりはなさらなかったんですね？」

「……そういうことです」

話していて自分の優柔不断さが摘出されていくのが面白くない。

「柚木健一さんはどんな方でしたか？　印象だけでもよろしいんですが」

（それも嫌みな質問やな、あんた）

「よく判りません。三回ほどしか会うてませんし、お互い肚《はら》の探り合いをしただけですから。小商いしてるらしい計算高そうな目をしてたんだけ覚えてます」

彼に対する自分の悪意だけを伝える返答になっていることを、高井は気づきながら口から放った。

「三回目にお会いになったのは、六月の中頃、曾根崎の地下ですね？」

苦々しい思いが甦る。あの不愉快な遭遇の後したたか痛飲し、二日酔で仕事を休んだことまでずるずる記憶の糸が手繰《たぐ》られた。

「よくご存じですね」と皮肉っぽく言う。ごくささやかな抵抗だ。

「柚木さんに乱暴なことをされたと聞いています」

「軽く突かれただけですけど、こっちも酔ってましたから、足許にきまして。――あの時私を突いたのは、柚木健一ではなくて、一緒にいた双子の兄の方ですよ」

「そうですか。――柚木さんに双子の兄弟がいることはご存じでしたか？」

「いえ、その時初めて知りました」

小野寺と名乗った年長の刑事が煙草を取り出しかけて引っ込めた。灰皿は流しにある。高井は自分も吸いたいと思ったが、嫌がらせのつもりでそれを取ってこないことにした。

「その双子の兄弟も行方不明になっていましてね」

そう言う杉山の口調が少しねちっこくなったような気がした。

「ああ、ニュースで言ってましたね」

「双子の兄弟が同時に行方不明になって、見つかったのは首のない死体が一つです。指紋も取れずで、実は死体が柚木兄弟どちらのものなのか、警察では決めかねているのが現状です。——ところで高井さん」

また胸騒ぎがする。

「何ですか？」

「最初に私が『柚木健一さんが殺された事件をご存じですね？』と訊いた時、あなたは『知っています』とお答えになった。あれは、『首なし死体は柚木健一だ、という確信がある』という意味でのお答えだったんでしょうか？」

嵌《は》められた、と高井は思った。意地の悪いことを言いやがって、と露骨に顔をしかめてみせた。

「確信があって言うたわけではありません。刑事さんが帰ってきてすぐの私を捕まえて、いきなりそう訊いてきたもんですから、死体の身元が柚木健一と判明したんやろう、と思って答えたまでです」

杉山は「そうですか」と言って引き下がった。

刑事はテーブルの上の何かを見ていた。高井がその視線の先を辿ると、自分の手のようだった。何かついているのか、と見るがおかしなところはない。

「最後にお答えいただきたいんですが、先週の土曜日、十月二十八日の午後九時から翌二十九日の午前三時までの間、あなたがどこで何を――」

どの程度自分は疑われているのだろうか、と高井は思った。柚木健一と少しでもつながりのあった人間は、皆同じ質問を受けてはいるのだろう。その中でも文字どおり形式的な質問もあれば、さぁ、聞かせろと刑事が舌なめずりせんばかりのものもあるはずだ。自分は後者なのかもしれない、と思うと緊張する。

「週末ですから飲んでました」

「お一人でですか?」

「そうです」

「どこで何時から何時まで?」

「あの日は高槻《たかつき》の方を回って、六時前に仕事を切り上げました。その後、腹をすかせたまま大阪に戻ってきて、ミナミで七時半頃から遅くまでずっとやってました。三軒ハシゴしましたね」

「入った店の名前は?」

一番痛いことを訊かれた。高井は眉根に皺を寄せて考えた。この表情が演技に見えてはかなわない、と思いながら。

「一軒目ははっきりしています。千日前の『鶴屋』という炉端の店です。そこで一時間ほどいました」

「あそこは大きな店ですけど、土曜日の夜はいっぱいでしたやろな？」

小野寺が口を挟んだ。

「満員でした。私は一人だったんですぐ座れましたけど、席が空くのを待ってる人が大勢いました」

だからといって自分の話が嘘だと思われては困る、と高井は言いたかった。

「八時半以降はどちらに？」と杉山。

「二軒目は確か、法善寺《ほうぜんじ》横丁の近くの焼き鳥屋です。そこで小一時間ほど」

「初めての店なんですか？」

「ええ。馴染みの店がどこも一杯だったんで。だいたい私は、知らない店にふらりと飛び込む癖がありまして」

高井は弁解がましく言った。

「どこの店かそこに行けば判りますね？」

「何とか判るでしょう」

「三軒目は？」

高井は言い淀んだ。さっきから角質化した記憶の皮をひっ掻いているのだが、どうしても思い出せないのだ。

「実はそのあたりでもう相当アルコールが回ってたようで、はっきりしないんです。小さなスナックだったんですけど……」

「どこの何という？」

杉山の畳み込むような問いに、高井はむっとなる。狼狽が腹立ちに変わった。

「酔ってて覚えてないんです。こんなことになるんなら、一人で飲まずに警察の人とでも一緒にやるんでした」

「どのへんの店でした？」小野寺が妙に優しげな声を出す。「千日前から法善寺へ行って、そこからまた北へ歩いたんですか？　それとも――」

「かなり歩きました」高井は真剣に記憶を呼び戻そうとする。「そうですね、戎橋筋《えびすばし》に沿ってしばらく北へ歩いたのは確かです」

「道頓堀を越えましたか？」

「橋を渡りました。それから……」

場所はそれ以上何とも言えない。しかし、入った店の様子については朧げな記憶が残っていた。

「雑居ビルの階段を昇りました。二階か三階です。狭い階段を昇ったところの店で、十坪ちょっとのありふれたスナックでした。初めての店で名前があやふやなんですが……確か『ナンバ』とか……」

「道頓堀を越えたところにあって『難波』という名前やったんですか？　千日前か法善寺付近の店にふさわしいような名前ですけどな」

「知りませんよ。店名の由来はそこのママさんに聞いてください」と、ふて腐れた声が出た。

「店のマッチなんかもらいませんでしたか？」

「もらってません」

「で、何時までそこに？」杉山が訊く。

「ママさんに言われて電車があるうちに帰りましたよ。十一時半ぐらいでしたか」

「店内に他のお客はいましたか？」

「ひと組わいわいやっていたみたいです。はっきり覚えていません」

「そのあたりをまた歩けば店が判りますか？」

　正直言って自信はなかった。しかし「多分判るでしょう」と答える。

「帰りに誰か知ってる人に会いましたか？　自宅の近所ででも」

「遅い時間でしたから、誰にも」

刑事らは頷き合い、手帳を閉じた。

「色々とありがとうございました。またお邪魔するかもしれませんがよろしく。――名刺をいただけますか？」

高井は角の折れた一枚を渡した。

5

チャイムが鳴った。

ユカリがはっと顔を上げると、美保は立ち上がり、インターホンの受話器を取った。

「空知です」

ドアの向こうの訪問者の声が、直接ユカリにも聞こえた。「ちょっとお待ちくださ い」と応えて、美保が玄関へ走った。ユカリも後に続く。

「どうもすみません、空知さん。お忙しい中ご足労いただいて」

美保が頭を下げると、彼は「いいえ」とだけ言った。この前梅田で会った時と同じブレザーを白いトレーナーの上に羽織っている。これまで見たどの時よりも長くなった髪が、耳を完全に隠していた。

「こんばんは。いつも突然お願いばかりしてすみません」

ユカリが言うと、脱いだ上着を美保に渡しながら彼はまた「いいえ」と言った。口許に微かに白い歯が覗き、ユカリはほっとした。

「困ったことになりましたね」

リビングでソファに掛けるなり空知は美保に言った。彼女はキッチンでコーヒーを淹れながら「そうなんです」と力なく言う。

「営業車で電話ボックスに当て逃げしてたんです。器物損壊で別件逮捕、ということらしいです」

「別件逮捕する、と刑事は自分の口からは言わんかったでしょうけど、嫌らしいやり方です」

空知とユカリの目が合った。

「ええ、嫌らしいと思います」彼女はきっぱりと言った。「そんなことするのは、警察に高井さんを殺人容疑で逮捕する材料が揃ってないって、自分たちで認めてるようなもんですよね？」

「もちろんです。だいたいまだ被害者の姓名も特定できず、凶器も見つけられず、一人の目撃者も連れてこれん警察が、誰を逮捕できるって言うんですか。アホらしい」

高井秀司が身柄を拘束されたのは三日前だった。器物損壊は明らかに口実で、狙いは余呉の殺人事件が彼の犯行ではないか、突《つ》き回そうということだろう。陰険でアンフェアな手口だ、とユカリは立腹していた。空知も同感らしい。

「しかし――。ああ、どうも」空知はコーヒーを運んできた美保に「しかし、警察がそういう手に出たというのは、それなりの理由があってのことやと思います。そのあたりのことはご承知ですね？」

美保はユカリの横に腰を降ろして話し始めた。まずは、高井秀司と柚木健一と自分との関係について。彼が曾根崎で新一に突き飛ばされたことは空知もその場にいて知っていたはずだが、留守中に三時間も美保たちの帰宅を待った挙句にドアを蹴飛ばした話もした。

「その不審な男は高井だろうなんて、私がついしゃべってしまったばっかりに……」

悄然としかける美保に空知は「そうでもない。留守中に高井さんがここにきたっていうのは、ご近所の人の証言でしょう？　警察はいずれ高井さんを探り当てたら、そのご近所の人に首実検《くびじっけん》させてますよ。結果は同じです」

「それならいいんですけど、あの人、私が自分を警察に告発したやなんて思ってないかと心配で……」

「気になさらないことです。誤解がもしあってもすぐ解けます。それよりお話の続きをお願いします」

「はい。そういうわけで、あの人は健一さんだけではなく、新一さんに対しても憎しみを抱いていた、と警察は見ています。動機があったということです。それだけではなくて、殺人現場にあの人のものらしい血のついた手形が残っていたんです。高井は右手の指の形が少し人と違っていて、中指が生まれつき短いんです。人差し指や薬指と同じぐらいの長さしかありません。現場の手形もちょうどそんな特徴のものだったそうです」

「うん、しかし」空知は尋ねる。「それは血のついた手の形でしかないものですね？　指紋がついていたら警察は即重要参考人で高井さんをしょっぴいてるでしょうから」

「そうです。ただ、中指が短い手の形というだけです。けれど、警察は重要視しているようです」

空知は小さく「くだらない」と言った。

「おまけに彼にはアリバイがないんです」

「それが不都合なんですか？　いつもいつもアリバイ背負って生活してる人間なんかいませんよ。奈良の大仏だって、夜中にはどこかほっつき歩いてないとは限らないでしょう」

空知の冗談に美保は微笑した。彼は人をリラックスさせるのがうまい。そのくせ自分は、何か逃れられない悩みを抱え込んでいるように見えることも多い。ユカリは前髪を垂らした彼の顔を見つめた。

「でもまずいんです」美保は真顔に戻って「あの人は事件のあった夜、一人でミナミで飲んでたと言うんですけど、その証人がいないんです。三軒入った店のうち二軒ではお店の人が覚えてくれたんですけど、肝心の三軒目のお店が……」

「『こんな人はきませんでした』と言うんですか？」

「もっとまずいんです」美保は唇を噛んだ。「彼の言う店が、ないんです」

「店がない？」

「はい。どこにもないんです。警察はかなり広い範囲を捜したらしいんですけど。どこにも彼の言った名前のスナックがなかったそうです」

「何という店です？」

「『ナンバ』です」

空知は「ナンバ……」と呟いた。「難波にある『ナンバ』ですか？　随分夢のない名前のスナックですね」

「彼は相当酔っていたと自分で言ってますから、記憶違いだと思うんです。それなのに、いや、絶対そんな名前だったと強情に言い張るもんですから、すっかり心証を悪くしてしまったようです。でまかせを言って引っ込みがつかなくなったんだろうと警察は見ているのかもしれません」

空知は少し黙った。

「似た別の名前やったんやないですか？　『ナンバー』とか、うーん、苦しいけど『サンバ』とか」

「その可能性は警察も検討したそうです。登録されている飲食店の名簿をチェックするだけではなく、看板や扉の文字のデザインが紛らわしかったかもしれない、ということで、実地にミナミ中回ってそれらしい店を捜したとも」

「高井さんご本人も足を運ばれたんでしょう？」

「もちろんそうです。ところが頼りないことに、あの人は見つけられなかったんです。私、それを聞いて苛々してしまって」

美保はいかにもじれったそうに両肩を揺すった。

（あ、やっぱりこの人は私より年下なんやわ）

ユカリはふとそう感じた。落ち着いた色気の彼女を、初めて可愛い人だと思う。

「私は高井さんを信じます」

空知はおもむろに言った。「ありがとうございます」と美保が礼を言うと、きっぱり首を振る。

「高井さんのことは知りませんから、その方の人間性を信じる、というわけではありません。理屈で考えてそう思うんです。そうでしょう？　そんなすぐばれる嘘をつくやなんて変です。よっぽど大きな勘違いをしているんでしょうね。嘘にしては下手すぎます」

大した理由ではないな、とユカリは思った。しかし、美保はちょっとばかり安心したらしい。空知にきてもらってよかった。

「つかぬことを伺いますが」空知は美保に「あなたがこんなふうに高井さんの身を案じて、ユカリさんや私に相談を持ちかけたのは、高井さんにまだ好意をお持ちだからですか？　彼を疑りはしないんですか？」

美保は「さぁ」と小声で言った。「まだ少しは情が残ってるのかもしれませんね。けれどそれ以前にまず、小心なあの人にこんな大それたことができるはずがない、というのがあります」

　空知はそれ以上は尋ねなかった。

「それで、ですね」

　ユカリが言いかけると彼はこちらを向いた。

「ですから、何とか高井さんの入ったお店を見つけ出そうと思うんです。その前に入ったお客さんの多いお店でも、一人だったことが意外と目立って高井さんのことを覚えていてくれました。三番目のお店が小さなスナックなら、きっとそこでも覚えてくれていると思うんです」

「判りました。協力しましょう。ただし——」と空知は人差し指を立てる。「急がないと、店の人間の記憶はどんどん薄れていきます。明日から早速ミナミを回ることにします」

「ありがとうございます」

　美保は膝の上に両手を置いて深く頭を下げた。ユカリも慌てて同じようにする。

「美保さん、よかったね。私の言うたとおりでしょ？」

　思わずそんなことを口走っていた。美保はうんうんと頷いた。

「私たちも一緒に回ります」

ユカリが言うと空知は「それはいけません」と言った。

「どうしてです？」

ユカリは唇を尖らせる。

「美保さんはここにいて、連絡を取りやすいようにしていた方がいいでしょう。警察や、その他の色んな人が……」

「柚木からの連絡ですか？」

美保が訊くと彼は曖昧に肯定した。

「ユカリさんはお勤めがあるやないですか。私が一人で探偵します」

「そんなわけにはいきません」

「そうですよ。空知さんかてお仕事があるのに」

女二人が異を唱えたが、空知は承知しなかった。この人の頑固な一面がまた出てきた、とユカリは思った。

「私が探偵になります。いいですね？」

6

「どうなりましたか、あれは？」

壁に凭れて座り、耳と右肩で受話器を挟んだ空知は、ふくらはぎを揉みながら片桐の声を聞いていた。

「あれね、あれは難航してます」

「難航ですか。うーん、空知雅也のピンチですね。ついでに片桐光雄もピンチか」

「つまらんミスを見つけてくれるからですよ。片桐さんが見つけなかったら、日本中の誰も気がつかんかったかもしれんのに」

「いやいや、あのまま出してたら投書の山でしたよ。でたらめ書きやがってって、岩手県に足を踏み入れられなくなります」

「うーむ」

「うーむじゃありませんよ。今月中に直して返してください。お願いします」

「やってはみますけど……」

「缶詰だ！」

大声に驚いて挟んでいた受話器を畳の上に落としてしまった。慌てて受話器を拾う。

「びっくりしました。彼女がくるのに鯖《さば》の缶詰でも買い忘れてたんですか？」

「ぼけないで。——ホテル。ホテルを用意しましょう。缶詰で仕上げてください。空知さん、缶詰を経験したことないでしょ？」

「ホテルに缶詰ですか？　そんなんいいですよ。こっちは田舎で一人静かに執筆してるんですから、わざわざ街の中に出ていく必要ありません」

「いや、環境を変えるということが効くんですよ。うちの社が会員になってるいいところに部屋を取りましょう。できた部分からファックスで送ってもらえるし」

「そんなに急ぐの？」

「十二月のラインナップが苦しいんですよ。急病のA先生とスランプのB先生のが落ちそうで。一月のを繰り上げようにも、そっちもみんな遅れてて全くあてになりません。ここは空知さんのが頼りなんです」

「員数合わせにね」

「違うのに」片桐の身悶《みもだ》えする姿が目に浮かぶ。「空知さん、私、年が明けたら名刺が変わってるかもしれませんけど、そうなってもよろしくお願いしますね」

泣き落としできたか。

「ええ、遊んであげますよ」

「空知さん！」

「大丈夫です。新しいトリックを創ってほうり込みますから。ホテルは結構です。また連絡しますから」と早口でひと息に言う。

「あ、切る気だな。それでもプロか！　待て、このアマチュ——」

「ガチャン、と」

空知は受話器をフックの上に落とし、ふぅと溜め息をついた。

＊

大阪のミナミと称される繁華街は広い。心斎橋筋、戎橋筋、道頓堀、難波、千日前——すべてミナミとくくって称され、百の単位では数えきれない飲食店が犇《ひし》めいている。

空知の探偵三日目は雨だった。朝から細い糸のような秋雨がそぼ降り、街を鉛の色に変えている。靴擦れで痛む足を前へ前へと運びつつ、彼はテニスの観客のように右へ左へと視線を往復させ続けた。

(こんなことをしてると片桐さんに知られたらどう言われるやら)

新しい人殺しの方法など考える気には到底なれなかった。それなら廃業するしかないね、と頭の中で声がしたかと思うと、それもそうだ、と別の声が応えた。

「しけた天気」

彼は呟いた。

左手に柚木堂を見ながら南に歩く。店は営業をしているらしいが、中に人の姿は見えなかった。しゃれたブティックやバーが集まったヨーロッパ村を横目に、雑然とした通りをなおも南下する。『ナンバ』と読めそうな名前のスナックなどどこにもなかった。

宗右衛門町《そうえもんちょう》に出た。左に折れ、次の角をまた左に折れる。午前中は南北、午後は東西に歩き、この碁盤の目の迷路を虱潰《しらみつぶ》しに調べるつもりだった。これでもう三度目の虱潰しだ。

長堀通まで北上し、今度は千日前まで南下する。自由軒のカレーで昼食をすませた。織田作之助《おださくのすけ》が毎日食べたカレーを食べに自分も通おうか？『空知好み』という名をメニューに載せてくれるかもしれない、などとつまらないことを考える。

雨はやみそうでいて、午後になってもやまなかった。歩いて、歩いて、時間が過ぎていく。空知もさすがに嫌気がさしてきた。

(少し休ませてもらいますからね)

胸の内でユカリと美保にことわり、彼は大きな窓の喫茶店に入った。若い女の子が喜びそうな白いインテリアで統一された店内に、ショパンのバラードが流れていた。雨だれが伝う窓辺に掛け、彼はしばらくその調べに耳を傾けた。彼はこのバラード一番が好きだった。特に終わり近くの激しいプレストの盛り上がりが。それはまるで、雨上がりの木を揺すったようで、冴えた音が頭の上から雨粒のように降り注いでくるのだ。

しかし音楽に没入することを彼は慎んだ。意識を高井の消えたアリバイに戻す。

(高井は何か勘違いをしてる)

それがどんな種類のものなのか、空知は見当がつかない。しょうのない奴だ、と思った。

太平洋探偵社の窓の文字を思い出したこともある。点が落ちて『大平洋探偵社』となっていた。『ナンバ』もどこか部分を欠いたからそう読めたのかもしれない、と考えたのが——それでも『ナンバ』もどきは発見できなかった。

自分はいつまで幻のスナックを捜すつもりなのか?

(もう勝手にせえ)

自分のへぼ探偵ぶりにもうんざりだった。

ミステリの作品にもこんな話がある。アリバイ捜しというパターンだ。鉄道もので鮎川哲也《あゆかわてつや》の『急行出雲』や天城一《あまぎはじめ》の『ヴァンパイア』が不可解な謎を設定していたが、今の自分が置かれた状況はフレドリック・ブラウンの『踊るサンドイッチ』という中編によく似ていた。殺人の罪を着せられそうになった男のアリバイを立証するため、婚約者と刑事がある名前の酒場を捜し回る話だ。

(あれは罠に嵌まった男を助ける話やった。けど、高井は誰の罠に嵌められたわけでもない。くそ、自分で思い出せよ)

空知は冷めてしまった紅茶を飲み干し、そろそろ仕事を再開しようか、とカップを置いた。灰皿の脇のマッチが目に留まった。

(バラード……)

店の名がバラードだとたった今気がついた。人間、入った店の名前などあまり意識していないものらしい。アクリルの扉を見ると横文字で記されている。

(b、a、l、l、a、d。英語の綴りか。それやったらバラッドと読むのが正確やろう。フランス語のバラードやったら最後にeがつく)

いい加減な外国語の名前が多い。柚木健一のマンション『グランドメゾン・ステラ長居』も随分ひどい。英語とフランス語の合成語、ラテン語の星、そして長居。何のこっちゃ判らない。

空知はレジで金を払って扉を押し、ようやく雨が上がりかけた表に出た。街には黄昏《たそがれ》が訪れかけていた。——その時。待てよ、と彼は振り返った。扉にはｂａｌｌａｄとある。

(俺はさっきこれを裏側から読んだんか……)

ｂａｌｌａｄ。それは表から読んでも裏から読んでも、つまり鏡に映しても同じように読める単語だったのだ。

(鏡に映った文字……)

判ったような気がした。彼は南に向かって駈けだしていた。

(もしかしたら、いや、多分)

四ブロック走ったところで、空知は目的のビルを見つけた。五回以上その前を通過したことがある四階建ての雑居ビルだ。入居している店の名前にもすべて見覚えがある。彼が気になった名は二階にあった。

(当たってるかもな)

和風、洋風、韓国風のスナックの他に会社の事務所や輸入レコード店も入ったそのビルの狭い階段を昇る。左は広告会社の事務所、右は洋風のスナックだった。——彼は思わず頰を緩ませていた。まだ準備中らしいが、鏡を張った扉を開けて入る。

「いらっしゃいませ」色の白いママがカウンターの中で顔を上げた。「もう少々お待ちいただけますか？」

「ああ、いえ、ちょっとお伺いしたいことがあるんです」

空知は美保から預かってきた高井秀司の写真を取り出し、この客が十月最後の土曜日にこなかったかと尋ねた。

「ああ、覚えてますわ」

「覚えてる？」

「はい」

大きなフリルの襟のドレスを着たママはにこやかに言った。

「お一人できた方やなかったですか？　お馴染みさんのお誕生日をお祝いした日に、一人隅のお席で飲んでらした方ね。だから、十月二十八日ですわ」

空知は礼を言った。「どうもありがとう。――ママさんのお名前、聞かせてくれますか？」

「忍《しのぶ》です。正木《まさき》忍といいます」

「またきます。どうも」

風のように出ていく空知の背中に、ママの「ありがとうございました」の声がした。

彼は外へ出ると、スナックの扉をもう一度見た。鏡を張ったその扉には確かに『しのぶ』と書かれていた。しかしその位置が低く、やや目につきにくい。鏡が映した向かいの広告会社の名の方が自然に読めた。

「n、a、m、b、a。——ナンバ」

振り向いた広告事務所のドアには『admanアドマン』とあった。広告会社としてはありふれた名前だ。

戎橋の袂《たもと》のキリンプラザの四つの塔に、明々と灯が灯っていた。リドリー・スコット監督が『ブラック・レイン』のロケに使ったとユカリが言っていた。

「マイケル・ダグラス、高倉健、か」空知は笑った。「俺にも刑事が務まりそうやぞ」

第七章　アリバイ講義

1

　彼はカセットレコーダーの再生スイッチを入れた。壇上に現れた講師に対する拍手が引いていくところから音は入っていた。

「司会の方のご紹介を受けた空知です」

　四ヵ月半ぶりに聞く空知雅也の声だった。商売用のレコーダーを使って録音しただけあって、くぐもっていないクリアーな声になっている。小桑は安心し、椅子の背に深く凭れた。

「お招きにあがりましたので参りました。人前で話をする柄でもありませんが、同じミステリファン同士で、ミステリをこねくり回して少しの間遊ぼうと思いますので、どうぞよろしくお願いします」

小桑は目を閉じた。そして、これを録音した時の様子を脳裏に描こうとした。

六月最後の日曜日だった。

＊

会場は三百人は入れそうな階段教室だったが、席が埋まっているのは教壇に近い一部だけだった。五十人ばかりの学生が教壇の方を見ながら、始まったばかりの講演だか講義だかに今のところ熱心に聞き入っているようだ。

小桑は学生たちの誰よりも後ろの窓際の席に掛けていた。教室全体から見れば擂《す》り鉢《ばち》状の部屋の中ほどの高さだった。人気のない上、試験に甘い教授の授業風景のようだが、今日の催しの規模がこれぐらいのものらしい。彼は視野の右隅でプラタナスの深緑が揺れるのを感じながら、空知の話を理解しようと努めた。

「私が『飛べない機関車』という本の中で試みたアリバイトリックの分類と分析について、もう少し判るように話せ、ということで呼ばれたようですから、拙《つたな》い試論ではありますがお話させていただくことにします。

ディクスン・カーは『三つの棺』の中で名探偵フェル博士の口を借りて『密室講義』なる密室トリックの分類、分析を行ないました。同じカーの『緑のカプセルの謎』と土屋隆夫《つちやたかお》氏の『天狗の面』には『毒殺講義』が挿入されています。その向こうを張る気は毛頭ありませんが、今からする話はさしずめ『アリバイ講義』ということになるでしょう。私は寡聞にして前例を知りません。唯一知っているのは、アリバイミステリの巨匠鮎川哲也氏の『アリバイ・トリックについて（実技篇）』という短いエッセイ風評論があるだけです。これはさすがにアリバイミステリの頂点を極めた著者のものだけに、非常に内容の濃い示唆《しさ》に富んだものです。が、トリックの分類についてはやや簡単に触れられているものですので、私はそこをもう少し掘り下げる――と言えば聞こえはいいですが、こね回して遊んでみようと思います」

小桑は手許の小さなパンフレットを見た。

関西・大学ミステリ連盟夏の例会
　講演　アリバイ講義
　講師　空知雅也先生

そんなにあちこちの大学に推理小説の研究会などというサークルがあるとは知らなかった。小桑は苦笑する。この会場に本職の私立探偵が紛れ込んでいる、と彼らに知られて、捕虫網を被せられる場面を想像してしまったのだ。

「アリバイトリックの分類に入る前に、どうしてわが国でアリバイミステリがかくも隆盛を誇っている——というより異常繁殖したのかについて、ひと言ふた言言及しておきたいと思います。

アリバイトリックをメインに据えたミステリが日本で一大ジャンルを形成しているのに対して、英米の作品においてはその種のものは稀です。主人公の名警部が、こいつでしかあり得ないというところまで突き止めた容疑者の鉄壁のアリバイに挑む、というパターンは、実は日本ミステリのオリジナルであるとさえ言ってもいいのではないでしょうか。——それを指して、『日本にはアリバイものが多すぎる。あれは本格ミステリと言われるタイプの中の、そのまた一タイプにすぎないのに』という声もあります。が、その是非はともかく、多いというようなものではない。日本にしかないものかもしれないのです。

ではどうしてそういう状況が出現したのか？　まず一つには、これまでも言われてきたことですが、わが国の交通機関のパンクチュアリティ——時刻表厳守の運行ということがあると思います。時刻表どおりに汽車はこないもの、こなくて当たり前という交通事情の諸外国では、犯人が列車や飛行機を巧みに乗り継いでアリバイを作る、という話を読者に受け入れさせることが困難です。もちろん、日本の交通機関も絶対時刻表どおりに動くという保証はないんですが、許容範囲がずっと広いのは確かだと思います。この環境が一つ。

もう一つ私が挙げたいのは、その解明の時に、日本には今日のアリバイ派を生んだ二人の重要な書き手がいたことです。密室もの以上に大きなカタルシスを読者に喰わせた華麗なアリバイ・トリックメーカーの鮎川哲也氏と、アリバイを崩すために奔走《ほんそう》する刑事たちの物語というロマンを描き、確立した松本清張《まつもとせいちょう》氏の二大巨匠です。この巨匠作家の域に迫る作品を書くことは、私のような追随する書き手にとって至難の業《わざ》で、私の作品を棚上げして言うならおびただしい安易な作品が生まれたことも事実でしょう。が、テキストとしてのアリバイミステリを持てたことは日本のミステリの特権だと言えます。われわれは内外の先行する諸作品からミステリの技法を摂取《せっしゅ》できますが、わが国のミステリは残念ながら言葉の壁によって海外のミステリのテキストたり得ていないのが現実です。従って、アリバイミステリはますます日本の中だけで爛《らん》熟《じゅく》していったわけです。

そもそも、犯行があった時間に、犯人は全く別の場所にいたかに見えるというのは強烈な謎です。密室トリックに勝るとも劣らない不可能興味がそこにあります。いえ、密室と対置させるのも間違っている。何故ならば、『アリバイ』とは『四次元の密室』だと言い換えることができるからです。上下左右が閉じた部屋の前で立ち尽くすしかないように、限られた時間で犯行現場に届かないということがあり得る世界。われわれ三次元の世界の住人は皆、時間という檻に閉じ込められた俘囚《ふしゅう》のような存在です。明日に行けない、昨日に帰れない。その檻を食い破るのが、ミステリという昏《くら》いファンタジーなのです。アリバイの謎は、三次元の人間にとってのもう一つの密室だと言えます。いわゆる密室トリックにはディクスン・カーという巨匠がイギリスにいました。密室は彼以降より一層ほじくり返され、次第に疲弊《ひへい》していきますが、彼らはアリバイトリックにおけるカーを持てなかった。日本には鮎川氏がいた。——そういうことです」

面白い講演なのだろうか？　小桑には判断できない。学生たちの様子を伺おうにも、みんな背中を見せているのでそれも判らなかった。空知はさらにクロフツと鮎川哲也の異質性とかを論じていたが、黒仏という文字が頭に浮かんでしまい、クロフツがイギリス人の作家の名前だということに、小桑はなかなか気がつかなかった。

壇上の空知は熱心に話していた。どれほど価値のある話なのか小桑には疑問だったが、彼が推理小説に取り憑かれているのは確からしい。余談の一つも入らない生真面目な講演、いや講義だった。

2

「それでは前置きが長くなりましたが、これからミステリにおけるアリバイトリックの分類を試みたいと思います。完璧なものでないのは言うまでもありませんが、下手くそだと思われた方は私に改訂版を示してくだされば幸いです。

もう一つだけおことわりしておきますが、これからのお話の中で、サンプルとして採取した作品のトリックを割ることがないよう最大限の注意を払います。未読の方の楽しみを奪わないようにですが、そのため、隔靴掻痒《かっかそうよう》という感じになるかもしれません。お許しいただきたいと思います。

まず①として、『証人に悪意がある場合』。つまり、証人が嘘をついていた、という場合です。どうして証人に嘘をつかせたのか、あるいは何故証人は嘘をついたのか、が興味の焦点となります。ただ共犯者だったから偽証した、ではふざけるなと読者からものが飛んできます。しかしその共犯者の設定に工夫があれば、見事に引っかけられるでしょう。クリスティや坂口安吾《さかぐちあんご》氏の作品を思い出してください。

②はぐっとアリバイトリックらしい仕掛け。『証人が錯覚をしている場合』です。

何をどのように錯覚させたか、で数々のバリエーションが生まれます。まず何を錯覚させればいいのか？　それは限定されます。ⓐ時間、ⓑ場所、ⓒ人物のいずれか、あるいはそのうちの二つ以上です。『六月二十五日の午後一時、堺大学２０３号教室に、空知雅也はいた』このうちのどれかについて、証人を欺《あざむ》けばいいわけです。

ⓐの時間をごまかす場合についてですが、証人が見る時計の針に細工をするというものばかりでなく、証人に日にちを間違わせる、曜日を間違わせる、経過時間を間違わせるなど色んな手があります。設定によっては年度を間違わせるということもあるでしょう。どうやってごまかすか、についてはもはや分類というより個体識別になるので省きます。

ⓑの場所。証人は刑事の質問を受けて答えます。『ええ、私はその時、彼のアパートを訪問していましたよ』『彼とひかり１０９号に乗っていました』『谷川《たにがわ》岳に登っていました』『淀川《よどがわ》べりを散歩していました』。実はそれが大間違い、というものですね。一緒にいた、という証言だけではなく、『彼の家に電話してしばらく話した』という アリバイで、その番号が巧妙にごまかされていた場合もこのⓑに含まれます。証人がダイヤルしたのは何と殺人現場の電話番号だった、とか。

Ⓒの人物。これは犯人が替え玉を使った場合です。ここにいる私は、空知雅也の双子の兄弟かもしれませんよ」

くすくすと何人かが笑った。双子という言葉を耳にして、小桑は自分の眉がぴくりと動いたのを感じた。

「作者に欺かれたくないなら、読者は証人の証言をよく吟味《ぎんみ》することです。彼が時間、場所、人物のいずれかを錯覚している可能性がないか？　それをまずチェックしてみることをお勧めします。——まずいな、こういう言い方は。自分の首を確実に締める」

また笑いが起きた。

「しかし作家も色んな凝った手を駆使《くし》しますから、そう簡単にはいかないでしょう。鮎川氏の長編に、ⓐⓑⓒのすべてを一挙にごまかすという離れ業があります。今頷いたそこのあなた、そう、あれ。あれですよね？」

最前列の赤っぽい髪の女の子に空知が話しかけ、何のことか判らない連中がブーブー声を出した。まぁまぁと空知が宥《なだ》める。彼もかなりリラックスしてきたようだ。

「次に進みましょう。③は『犯行現場に錯誤がある場合』です。つまり、私がこの時間にここで講義をしていることに違いはないのだけれど、武蔵野《むさしの》の雑木林だと思われた犯行現場が、実際は河内長野《かわちながの》の山林の中だった、という手口ですね。それならこの講義の後、ちょいと行ける距離です。で、後で死体を武蔵野まで運んで捨てておけばいい。これも様々な応用が効くパターンです。作例をいくつか思いつく人もいるでしょう？　——そこのあなた、題名を言って隣の人の同意を求めないように。それって、エラリー・クイーンの小説の犯人の職業を教えるのも同然ですよ」

さっきの赤毛の女の子が肩をすくめ、また学生たちが笑う。小桑もつられてにやにやしていると、空知と初めて目が合った。彼は片手を挙げてみせるでもなく、目だけで探偵に挨拶をした。

「④は『証拠物件が偽造されている場合』です。本格ミステリとしてのアリバイものの中の、そのまた一ジャンルである写真トリックというのがこれの典型です。合成写真というのは陳腐な手ですけど、この分野の判りやすい例と言えるでしょう。カメラのメカニズムに精通していないと理解しにくい、というトリックはあまり歓迎されませんから、作家はなるべく避けています。カメラ好きの日本人向きのトリックかもしれません。クロフツにも一例ありますが、あれはひどい」

小桑の頭にまた黒い仏様が浮かぶ。

「次は……えーと、⑤ですか？　これもアリバイトリックの華《はな》。『犯行推定時間に錯誤がある場合』です。⑤はさらにⓐの『犯行を実際よりも早く偽装する場合』とⓑの『実際よりも遅く偽装する場合』の二つに分けることができます。この二つは単に早くしてやろうか、遅くしてやろうか、犯人がコインを投げて決めたかのような作品もありますが、早く偽装することしかできなかった、あるいは遅く見せかけることだけが可能だった、という場合も多々あります。

ⓐの早く偽装するケース。つまり、三時に殺した被害者が、二時にもう死んでいたかのようにごまかし、二時のアリバイを用意しておいて自分を守るというもの。でまかせに一つ例を作ってみましょうか。二時に山奥の小屋を訪問した男が窓から中を覗いて、人が死んでいるらしいのを見る。彼は慌てて人を呼びに下山する。ところが彼が見たのは犯人が用意しておいた人形で、犯人は男が去ってから被害者を連れて小屋に戻り、三時に殺して人形を処分する。男が警察を呼んで四時に戻ってくる。犯行は二時以前と見られるから、犯人はそれまで証人と同席してアリバイを成立させておく。単純に言えばこんなトリックです。

ⓑの実際よりも遅く偽装するケース。また単純な例を挙げるならこうです。犯人は三時に名古屋で殺人を犯す。そして、四時に大阪に戻り、被害者の友人に声色を使って電話をして、被害者が四時まで生きていたかのように偽装する。——何？　それな

ら『証人が人物を錯覚している』という②のⓒと同工異曲だ？　同じではないんですが、紛らわしいようですね。それならもう少し捻ってこうしましょう。被害者は小説家で、三時の時点で三十枚の原稿を書いていたことがはっきりしている。死体が見つかった時に、四十枚分書き上がった原稿が残っていれば、常識的に考えて四時以降まで生きて執筆していたと思われるでしょう。ところが問題の十枚分は犯人が書いて後から置いておいたというのはどうです？　つまり、被害者の小説家には秘密があって、彼のすべての作品はもともとゴーストライターの犯人が代筆していたのだ、という真相。まぁ、こんなもの本にはしませんが、概念はご理解いただけたと思います。

またまた鮎川氏の長編の話になりますが、殺人が二件起きて、そのうち一つは⑤のⓐ、もう一つは⑤のⓑというものがあります。アリバイトリックは氏の掌の上にのっている、という気すらしてきます。

実はこの⑤については、もう一つ別の分け方をすることもできます。それは医学的トリックと非医学的トリックです。医学的トリックとは、鑑識医の判定する死亡推定時刻を狂わせるために、死体を冷やしたり熱したりするなど、特殊な状態に置いて加工するというものです。胃の消化物を物理的に細工する手もある。これに対して非医学的トリックというのは、先に私がⓐⓑの説明の際に挙げた下手な例のような細工がそうです。記号に拘《こだわ》るならば、医学的トリックをA、非医学的トリックをBとして、そのそれぞれに⒜と⒝がある、と言ってもいいでしょう。

読者は犯行推定時刻にもご注意を」

小桑は机の上のカセットレコーダーが動いているのを確認した。空知の講義はテンポが早くてどうも完全に理解しにくい。後で聞き直してみるつもりだった。

「⑥は『ルートに盲点がある場合』。鉄道ミステリの形をとった作品がたくさんあります。つまり移動するのに一時間かかると思われるP地点とQ地点の間を、意外なルートを使って三十分で移動するというトリックです。かつては鈍行列車を乗り継いで急行列車に追いつく、というのがありましたが、今日の鉄道ダイヤは整備が行き届き、そうした非常識は起こり得なくなりました。いや、探せば見つかるのかもしれませんが、どうでしょう？　もちろん特急列車に追いつくために、自動車、長距離バス、飛行機その他ありとあらゆる交通機関が総動員されることも稀ではありません。空知雅也という作家もいくつか書いているようですが、いつも成功を収めているとは言えない。どうでもいいことですが……。

ところでこのトリック、これまでのタイプのものとは違った困難さがあります。何故なら、時刻表どおり運行する既存の交通機関を使って犯人が移動する以上、それは捜査側が入念に検討すれば発覚は必至のはずなのです。ですから、作者はよほど奇抜なルートを発見しなくてはなりません。そうしたところで、決して解けない時刻表トリックというのはこの世に存在しないのです。

作中に本物の時刻表を刷り込んだのは、鮎川氏の処女作『ペトロフ事件』をもって嚆矢《こうし》としますが、これはクイーンの『読者への挑戦』に匹敵する大発明――あるいは素晴らしき珍発明――だと思います。実際の時刻表という枷《かせ》まで自らに課す必要などないのに、マゾヒスティックにその制約の中で書く、というのはトリックの一つの極点かもしれません。そしてこれは、最も実用的に見えて、実は最も非実用的なトリックというのが正体なわけです。

『ルートの盲点』とは何も時刻表をなめ回すように見てできたトリックだけを指すのではありません。これも即席の例ですが、例えば歩いて一時間かかる急峻《きゆうしゆん》な山道を犯人はわずか数分で下った。実は断崖の上からパラシュートで飛び降りたのだ、というトリックがあったとします。私はこれも『ルートの盲点』と称したいと考えます。クリスティの作例が二つ思い浮かびましたか？

次にいきましょう」

小桑は目のあたりにしていても、空知がこれほど弁の立つ男だとは思いにくかった。無口で無器用な、サラリーマンを失格したもの書き——そのイメージが拭い去れない。今の空知は、まるで大道芸人並みの滑らかさでしゃべりまくっていた。

(やっぱりこの男には推理小説が取り憑《つ》いてるんや)

彼は話の内容より、ますます熱を帯びてくる空知の様子を観察していた。

「⑦は『遠隔殺人』です。犯人は殺人現場にその時おらず、離れた場所からトリックを用いて狙った相手を殺す、というもの。これはⓐ機械的トリックとⓑ心理的トリックに分けることが可能かと思います。

ⓐの機械的トリックは単純なもので、時限装置によって発射される拳銃や、時限発火装置がこれにあたります。それだけなら発想の飛躍を欠いていますから、これまたよほど奇抜な装置を案出しなくてはなりません。または、作動した後の装置の痕跡が残らないようにするためどうしたか、という点に独創的なアイディアが要求されるでしょう。カプセル入りの毒薬を使ったトリックにもこの範疇《はんちゅう》に入れていいものがあります。

ⓑの心理的トリックは、被害者に対して直接、物理的な攻撃を加える装置を使用することなく、狙った相手を殺す方法のことです。催眠術をかけて危険なことをさせたり、夢中歩行癖のある相手を高層マンションのベランダに放り出しておいて転落死を

謀る、という手が該当します。相手にある種の誤解をさせて、毒薬を飲むよう仕向けるなんていうのもできる。

機械的トリック、心理的トリックというのは密室トリックの二分法でもあります。そのとおり、密室の中にいる被害者に『遠隔殺人』を仕掛ければ密室殺人になります。

ところで、私は先ほどから何度も鮎川哲也氏の名前を出してきましたが、ここでもう一人重要なアリバイ・トリックメーカーをご紹介します。――笹沢左保《ささざわさほ》氏です。優れたアリバイトリックの書き手はたくさんおり、笹沢氏もその一人なのですが、それにも増して強調したいのは、氏のアリバイトリックが独特の作風を持っていることです。その作風というのがこの『遠隔殺人』への指向です。氏のアリバイミステリに占める『遠隔殺人』の比率は他の作家に比べてかなり高く、そのバリエーションは豊富です。人を殺さなくてはならないのなら、自分の手を汚さずに殺すのが望ましい、と氏が無意識に思っているのかもしれません。――もちろん笹沢氏はアリバイトリックだけを書き続けた作家ではありませんが、凄腕《すごうで》のアリバイ・トリックメーカーでもあることは間違いありません。そして、氏は鮎川氏から最も遠いタイプのアリバイ・トリックメーカーなのです。

まだ、⑧があるんです。これは⑦の『遠隔殺人』と似たものですが、『誘導自殺』です。何らかの方法で、相手を自殺に追いやってしまうこと。原理としては、相手に精神的に大きなショックを与えるわけです。下手に書くと読者が読み終えてもすっきりとしませんし、あまりバリエーション豊かな畑とは言えないでしょうが、思いもかけない時にこの罠に嵌ると結構驚きます。ここでも笹沢氏が傑作を書いています」

講義が始まって四十分が経過した。空知の身振りはだんだん大きくなってきていた。

「⑨はないのか——ですか？　ありません。いや、あるな。これまた笹沢氏の作品に現れたアリバイなのですが、これがまた何とも……。アリバイトリックの番外編と呼ぶべきものかもしれないのですが……。ううん、歯切れが悪くて申し訳ありません。要約して言うならこうです。『アリバイがない場合』です。その作品の中で犯人が訴える自分のアリバイというのが、実はアリバイでも何でもないのです。それはまともに崩そうとしても崩せません。もともとアリバイとは言えないようなものを、読者がアリバイと思い込むだけの話だからです。こんなものを書いてしまった、ということからも、『アリバイものも書いた推理作家』ではなく、『アリバイものに激しい情熱を持ち、考え尽くした推理作家』と氏を評したいと思います。

どこに空知雅也の出る幕があるのか、と自分で言いたくなります」

空知は肩をすくめた。

3

空知の講義は大詰めを迎えているようだった。小桑には、もうその内容を理解する気は全く失せていた。

「私のアリバイトリック分類はこの程度のものです。なるほどね、と興味を最後まで持ち続けてくださった方も中にはいらっしゃるかもしれない。それが何なんだ、と思った方もおられるに違いない。――そう。せやから何やねん、と私も言いたい。

私は四十五分を費やしてアリバイトリックを分類しましたが、その作業は精神科医が患者の症状例を集めて分け、何々症とレッテルを貼ったようなものです。ものの本質に迫るという作業ではない。私はミステリについて少しも斬り込んでいないのです。それは承知しています」

彼は遠い窓の外を見た。

「ミステリは近代人の合理精神が排斥《はいせき》しようとした謎＝神秘を、近代人御用達の合理精神で蘇生《そせい》させた文芸だと思います。奇怪な謎が解かれる物語を書き続けた『密室の巨匠』ディクスン・カー風の作品だけを指して言っているのではありません。パズルか数学の問題を解くように、論理で犯人を追及したエラリー・クイーン風の作品もしかりです。『僕はブリキの神だ』と探偵自身に自嘲させたクイーンが描いたのは、魔法の呪文も勇者の剣も出てこない『論理仕掛けの不思議の国』の探険譚なのですから。

その推理小説的神秘を実現させる手段が『トリック』と『意外な論理』でした。この二つが『推理小説のテクノロジー』あるいは『手法《マニエラ》』とも言うべきものです。この二つは神秘を実現する手段だったはずなのです。——本来は。今、推理小説に神秘は必ずしも求められていません。笠井潔《かさいきよし》氏のように推理小説は風化した、と指摘する声もあります。そうだなぁ、と私も思います。

何故風化したのか？　——手段が目的化したからです。

何故そうなったのか？　——笠井氏は近代的秩序の確立といった環境の問題を挙げておられたようですが、私の考えはもっと単純です。手段＝『推理小説の手法』が幸か不幸か……それだけで、面白すぎたのです」

広い教室の中は水を打ったように静かだった。学生たちは空知の話に引き込まれているのか、完全に興味を喪失したのか、とにかく静かだった。

「数多《あまた》の風俗、情報を取り込んで風俗小説の流れと合流した推理小説がある。限りなく文学作品に接近し、あるいは接近されて合流した推理小説がある。ここにいる皆さんが一番引かれるのは、それらではなく『どこまでも推理小説である推理小説』なのだろうと思います。

そして私が言いたかったのは、その中にも二つの流れがあるのではないかということです。一つは『神秘実現の儀式としての推理小説』、もう一つは『推理小説的手法の表現のための推理小説』。後者はマニエリスム推理小説と言えるかと思います。そして、それは数において前者を圧倒しています。私の書いてきたものも明らかにその範疇のものです。そして、カーやクイーンの実態も、実はマニエリスムなのだろう、と思います。

トリックの整理から、わが推理小説観まで話が一歩進んだような気がします。――しかし、ここまでです」

空知は声を少し落とした。

「アリバイトリックの分類で遊んだ後、鹿爪らしいことを申しました。アリバイトリックというものが、もとは推理小説の手段だったものが目的化した『手法』の一つにすぎない、と私は認識しています。ただ、そのことを付け加えたかったのです」

空知は教室中を見渡した。海面をなでる灯台の灯のように彼の視線が小桑の上も通り過ぎる。

「拙い話にお付き合いいただいて恐縮です。どうもありがとうございました」

拍手の途中で小桑はレコーダーのスイッチを切った。

4

演壇から降りた空知は小桑の許に歩み寄り、「正門前に『赤い屋根』という喫茶店がありました。そこでお待ちいただけますか？　後で行きますから」と耳打ちした。そして、幹事役らしい学生のところへ戻っていった。これからまだ彼を囲んでのイベントがあるらしい。探偵は、一番高いところにある後ろの出入り口から退室した。

空知の言った喫茶店はすぐに判った。日曜日の午後。学生街の店は、定休日にした方がいいのではないか、と店主に提案したいほど空いていた。彼はコーヒーを飲み、大きな窓の向こうの街路樹の色を、眩しく思いながら見ていた。しばらくしてから店内に音楽が流れていないことに気がついた。いい店だ、と思った。

空知は三十分を少し過ぎてやってきた。

「お疲れさまでした」

「すみませんね、小桑さん。せっかくのお休みをこんなことで潰させてしまって」

「私にはよく理解できないお話でした。空知さんが推理小説が好きでたまらないようなのはよく判りましたけど」

「お恥ずかしい」

空知の紅茶がきた。二人はしばらく互いの仕事についての雑談を続けた。窓の外を買い物帰りの若い夫婦が通り、音もなく木々の緑が揺れている。何て長閑《のどか》な午後だろう、と小桑は思った。

「空知さんは随分と熱心にアリバイトリックを研究してらっしゃるんですね」彼は話題を核心に近づけた。「アリバイトリックのすべてを把握しておられるようです」

「まさか。あんな程度で研究とは言えません。すべてを把握なんてことはない」

「しかし普通ではないですよね。アリバイものの小説ばかり書いてこられたんですから。そこで伺いたいことがあるんです。柚木兄弟のアリバイについてです」

空知は表情を変えなかった。「どういうことですか?」

「あの双子の兄弟のアリバイは偽りのものではないか、と考えてみたんです。酒を飲みながら、徒然《つれづれ》なるままにですが。それで、いいところまでいったと思うんですよ」

「アリバイを崩せたんですか？」

わずかに表情に変化が現れた。もちろん、驚いたのだ。

「いいえ、崩してしまうことはできませんでした。最後には壁に突き当たってしまったんですが、そこまでに幾つかの壁を崩すことはできたとも思うんです」

彼はブランデーを友として、時刻表と格闘したプロセスを空知に話した。新一が実行犯であり、十一時過ぎに米原駅に現れて、新幹線に乗ったのは健一の方である。そして、殺人実行後の新一が特急白鳥に乗り移り、健一になりすます。その後、二人は大阪―新潟、小松―福岡をそれぞれ飛行機で飛び、再び入れ替わってアリバイを成立させた。

「私が考えたのはそこまでです」

質問を挟むことなく黙って聞いていた推理作家は「よく考えましたね」とまず言った。

「ひかり103号の博多駅着と、ANK747便の福岡空港着が全く同じ時間だというのが、気が利いてますね、そのルートは」

「これは『ルートの盲点』やないですか？」

講義に出た言葉を使ってみたが、空知は首を振った。

「小桑さん、残念ながらそれぐらいのものが盲点とは言えないと思います。時刻表をよく調べれば、それは必然的に辿り着くルートですから」

小桑はそんな言い方をされるとは思っていなかった。簡単に人の発見にケチをつけるんだな、と面白くない。

「しかし、このルートはまだ警察の検討していないものでしょ？」

「いいえ」

「は？」

小桑は、わが耳を疑った。

「警察は検討ずみです。私も小桑さんと同じところまで進んだんで、加瀬警部にお話ししたことがありますが、警察ではもうそのルートを調査中でした。敦賀駅付近で放置されていた車はないか。京都、新大阪、金沢、新潟など、彼らが証言外の駅で乗り降りするのを見た者はいないか。該当の航空機の搭乗名簿から洗い出せないか。また、機内での目撃者はいないか、福岡空港から清水氏宅近くまで客を運んだタクシーはいないか。そういうことはみんなチェックされました」

「結果はどうだったんですか？」

「そのルートに警察や私が思い至ったのは、事件から半月経過してからだったせいかもしれませんが、柚木らの痕跡を発見することはできませんでした。事件発生直後に調べていれば違う結果になったかもしれません。けれど、その時は彼らにはアリバイがあるからシロ、犯人は他にいるという見方が優勢だったようです。ですから、彼らがそのルートをとったかどうか、断定できなかったんです」

「そうだったんですか……」

自分だけの発見だと思って、空知の意見を求めにきたことが照れ臭くなった。酒をちびちびやりながら思いついたことを、捜査官らが見逃していると考えたことに照れる。

「それに切符の問題があります」空知は言い足す。「当日の午前中、一枚だけ発券された米原—博多の切符に、どうして新一の指紋が残っていたのかが説明できません」

最後の壁に跳ね返された点も小桑と同様だったらしい。

「その切符に柚木新一が、事前に触れる方法はなかったんでしょうか？」

小桑の問いに推理作家は首を振った。

「できるわけがありません。窓口の係員が機械の端末を操作して、初めてこの世に出た切符に事前に指紋を残すなんて不可能ですよ」

小桑は黙り込んだ。

「それにしても」空知が口を開いた。「結構複雑なルートではありますね。空知雅也の愛読者なら考えそうなことかもしれません」

「空知さんの愛読者……とは誰のことです？　柚木新一のことですか？」

「いいえ、健一君の方です。彼は私の貴重なファンなんです」

「彼がこのルートを考えたんだろうとお考えなんですね？」

「そうは言いません。けど、もしかしたら……」

空知は窓の方を向いた。小桑もつられてそうする。街路樹が気持ちよさそうに揺れている。その下を小犬を連れた老人が通り過ぎ、リボンを揺らしながら少女が走っていった。

「平和な風景ですね」

彼がそう言うと、空知も頷いた。

「切り取ってうちに持って帰りたいぐらいです。できるんなら……」

5

小桑は六月の昼下がりの回想を打ち切った。

レコーダーからカセットを取り出してケースに入れかけ、ふと思いついてインデックスカードに『空知雅也講演』とボールペンで書き込んだ。標題を書いておいた方が、借りた相手が便利だろうと思ったのだ。

（いや、ダビングして進呈したらよかったたな）

そうも思ったが、まぁ、いいか、とケースに入れたカセットを手に立ち上がる。あまりカジュアルすぎないスポーツジャケットに袖を通すと、その内ポケットにカセットを突っ込んだ。腕時計を嵌めながら時間を見ると、約束の十二時までまだ一時間近くあった。

南海電車と地下鉄を乗り継いで彼は梅田へ出た。このところ日曜日の勤務が多く、休日のキタは久しぶりだった。待ち合わせのメッカ、紀伊國屋書店前は相変らず雑踏そのもので、相手を見つけるのにひと苦労する。

「小桑さん」

彼がきょろきょろしていると、後ろから呼ばれた。

「やぁ、どうも。お待ちになりましたか？」

振り返って彼はユカリに言った。

「いいえ。まだ十二時になってません。すみません、日曜日に」

「かまいません。明日から東京に出張しないといけないんで、今日を逃すとお渡しするのが先になりますからね」

カセットを取り出してユカリに渡した。

「ありがとうございます。ご無理ばかり言うて」

それで小桑の役目は終わりだった。別にユカリのために自分の時間を犠牲にして出てきたわけでもない。久しぶりにキタをうろつき、靴を買って映画でも観て帰ろうと思っていたのだ。

「お昼をごちそうさせてください」

ユカリが言った。手数料のつもりだろう。

「いいえ、結構ですよ。気を遣ってもらわなくても」

「どうせどこかでこれからお昼を召し上がるんでしょ？　それやったら――」

小桑は「割り勘でご一緒しましょう」と答えた。ユカリは「ひとまずそうしておきます」と言い、二人は阪急三十二番街に上った。

「人が多いですね」

小桑は一軒ずつ店を見ていったが、休日の昼食時だけあってどこも待たなくては席に着けないようだった。ここはどうだと覗いた時、中から出てきたカップルにぶつかった。相手の男が小桑に跳ね返されてよろける。

「失礼」

男同士が謝り、それぞれの連れの女性は女同士頭を下げた。

「ここ、いけそうですよ」

そう言う彼に、ユカリは言う。「小桑さんて頑丈なんですね。さっきの人、飛ばされてましたよ」

「タフでなくては探偵は務まりません」

広い店の中に一つだけ空いたテーブルがあった。二人は忙しげなウェイターに案内されるまでもなく、その席に着いた。

「どうして探偵になられたんですか？」

座るなりユカリが訊いてきた。探偵は長い顔の長い顎を撫でて「そうですねえ」と考え込んだ。

「世話好きな性格ではありましたね、昔から。おせっかいという奴もいた。だからこんなおせっかいな仕事を選んだのかもしれません」そしてさらに少し考えてから「実はこう見えても以前は新聞記者だったんですよ」

「まぁ」とユカリが目を丸くする。

「と言っても大新聞の政治部にいたようには見えんでしょ？　馬面ですが競馬新聞でもありません。スポーツ新聞の芸能欄担当の記者でした。面白いこともたくさんあったんですけど、大きなへまをしましてね。ちょっと社内で居心地が悪くなったところで体を壊したんです。それで、一身上の都合でっていうのを書いてやめてしまったわけです。空知さんより恰好悪いやめ方ですね」

「空知さんのやめ方をお聞きになったんですか？」

ユカリも知っているようだ。

「聞きました。無茶なやめ方でしたけどね、あれは」

「ええ、まるで転職情報誌のコマーシャルみたい」

二人は顔を見合わせて笑った。

「で、失業中に空知さんは推理小説を書いたそうですが、私は知人に頼んで再就職先を紹介してもらったんです。その友人の親父というのがうちの足立所長でして、人手不足だからこないか、と招いてくれたんでほいほいと転職を果たしたという次第です。——注文聞きにきませんね」

小桑は大声でウェイターを呼んだ。慌ててテーブルを片づけに一人走ってくる。

「今の仕事、性に合ってると自分では思ってます」

大声を出したばかりの小桑は、別人のような声でユカリに言った。

「小桑さん、実は……」

「は？」

ユカリは探偵の目をまっすぐに見た。

「お願いしたいことがあります」

第八章　夜の虚像

1

「するとガセネタだったんですね？」

空知が加瀬の顔を下から覗き込むように訊く。

「そのようですな」

警部は思わず鼻白む。

「柚木らしい男が泊まったという部屋から、該当する指紋は検出できませんでした。新一氏の指紋も健一氏の指紋もです。当夜の宿泊者のらしき指紋は、両柚木氏のものと全く違っていました」

「ふりだしに戻る、ですか」

空知は落胆した様子で、ぽつりと言った。

小倉《こくら》駅前のビジネスホテルに柚木らしき男が泊まったとの通報を受け、捜査本部は一時色めき立った。「どうも似ていたようで」と、その客のチェックアウト後フロントマネージャーが警察に電話をしてきたのだ。すぐに客室の指紋が採取されたのだが、間違いだったらしいことが今朝になって判り、本部は再び混迷の中に沈んだ。そのいきさつを空知に話したところだった。

「一体、柚木はどうなったんやろう。余呉の首なし死体は誰なんや?」

推理作家の独白は加瀬を不快にさせた。進展しない事件に一番苛立っているのはこの俺だ、とどなり返したくなる。

「実は」警部は自分でも予期しなかったことを口にした。「空知さんのアリバイを調べることも大阪にきた目的だったんですよ」

空知は黙ったまま加瀬の顔を見た。

「杉山警部補の聞き込みの再調査のため大阪にきたんですが、来しなに余呉からここ平石までの所要時間を測ってみることも目的の一つでした。彼の運転でね」

隣の杉山が頷く。

「そうですか」空知は言った。「それで、いかがでしたか?」

「高速では百キロで飛ばして、それでも三時間三十六分かかりました。アリバイは立派に成立です」

「よかった。どうりで滋賀ナンバーの車でこられたわけだ」

空知の反応に特に変わった点はなかった。加瀬はそろそろ腰を上げることにした。

「またお話を伺うことがあるでしょうが、どうかよろしく」

「はい。どうもご苦労さまでした」

主に玄関先まで送られる。

車に戻りながら加瀬はエコーをくわえ、硬い表情で言った。

「警部補、もう一度です。今度は私が運転します」

＊

空知は、細く開いた戸の隙間から刑事らの後ろ姿を見送っていた。

「加瀬、お前には無理や」

彼は冷ややかに呟いた。そして囁く。

「広瀬を呼べ」

2

小桑が空知の家を訪ねたのは十一月二十四日のことだった。

道が果てるまで車は上る。山は枯れ木の色に変わりゆき、民家の庭の柿の色が冴えて鮮やかだった。

(あれやな)

彼は行き止りで車を停め、その先の一軒家へと歩きだした。晩秋の風に落葉が高く舞っている。門を開け、玄関の前に立つと苗字だけの表札を一瞥し、呼び鈴を押した。

空知が現れた。

「お久しぶりですね、小桑さん」

「ご無沙汰してます。すみません、ご自宅まで押しかけてしまって」

空知は微笑んだ。

「お入りください」

小桑は応接間に通された。微かに湿った土の匂いがする家だった。「紅茶でいいですか？」と訊いて空知がキッチンに向かう。探偵は正座したまま空知が盆を持って戻ってくるのを待った。

「どうぞお楽に。今日はお仕事はお休みですか？」

角砂糖をカップに落としながら聞く空知に、小桑は「そうです」と答えた。

「突然遊びに行ってもいいか、と電話をくださるとは、どういう風の吹き回しですか？」

「単なる気紛れ、と言うと失礼になりますね」小桑は頭を掻いた。「熱烈なファンの押しかけですよ」

「大嘘だ」

「いいえ」小桑は手提げのバッグから新書本を一冊取り出した。「サインしていただけますか？」

本に万年筆を添えて渡され、空知は苦笑らしき笑みを浮かべながらサインをした。

「ありがとうございます。――この次のご本はいつ？」

推理作家は「うーん、それが……」と唸った。「難産でして。締め切りを破ってしまったんです。一度書き上げたんですが、大きなミスを編集者に見つけられてしまいましてね。見つけてもらった、と言うべきなんでしょうけど、とにかく書き直しに四苦八苦しているさ中です。トリックが創れなくて」

「大変ですね。そんな時に申し訳ありませんでした」

気にすることはない、と空知は笑った。

「気分が変わってありがたいです。——実は明日からホテルに缶詰にさせられるんです」

「はぁ、よく聞きますね、缶詰とか」

「私は初めてなんです。監禁されるみたいで嫌なんで、それこそ遊びにきてください」

「ぜひ邪魔をしに」

和やかな作家とファンの交歓のようなものが行なわれた。空知の方は、今度私立探偵ものを書くつもりだと言って、小桑にあれこれ体験談を喋らせた。二時間ほどがすぐに過ぎた。

「ところで」小桑は話を転じて「鉄道ミステリの作家の家だから、部屋中に鉄道模型でも走ってるのかと思ってましたけど、そうではないんですね」

「誤解です。子供の頃から電車は好きでしたけど、鉄道マニアだったわけではありません」

「推理小説は子供の頃からマニアだったんですね？」

「ええ。一人で、本ばかり読んでる子供でした」

「私もです」小桑は自分の胸を指差した。「見えませんか？　これでも行動派でかつ文学青年だったんですよ。フランス文学かぶれでした。スタンダールの『恋愛論』を巡って友人と議論した昔もあるんです。『生きた、書いた、愛した』。何て恰好いい墓碑銘だろう、なんて憧れました」

空知の唇の端から笑みが消えた。

「ザルツブルクの塩坑に投げ入れられた枯れ枝に塩が吹く。恋とはそんな結晶作用の産物だ――」

「ああ、空知さんもお読みになりました？　懐かしいですね、結晶作用っていう言葉が」

「生涯に十一人の女性を愛した男の書く本でしょうか？」

「は？」と小桑も笑みを消した。

「貴婦人たちとのサロンの恋、国別の恋愛の分類――。彼は墓碑銘にこう刻むべきだったんです。『生きた、書いた、遊んだ』……と」

気まずい沈黙が土の匂いの部屋を覆った。小桑は、空知の悲しみを察した。

「小桑さんの青春の書に、失礼な憎まれ口を言ってしまいました。お詫びします」

空知の謝罪に小桑は慌てた。

「いいんです、いいんです。そんなこと」

再び訪れかけた沈黙を空知が払った。

「散歩に出ませんか？」

「散歩ですか……ええ、いいですね」

唐突な提案に小桑は戸惑いながら答えた。空知につられて立ち上がり、外へ出る。

「そうや」空知が振り返る。「眺めのいいところに行きましょう。往復歩くにはちょっと遠いから、小桑さんの車、乗せてもらっていいですか？」

「ええ。どこまで行くんですか？」

「推古《すいこ》天皇陵です」

空知の指示するとおりハンドルを切った。きた道を下る途中で右に折れる。頭の上から緑色の影が覆い被さってくる竹籔の道だった。そこを抜けると道幅が広くなり、左右が開ける。なだらかにうねりながら下る道を五分ほど走ると、古墳らしい丘が見えてきた。

空知の言うところで彼は車を停めた。

「この上が陵の正面で、鳥居があります。上ってみましょう」

小桑は言われるままに、こんもりとした緑の丘の脇のゆるやかな小径《こみち》を上った。上りつめたところで、先を行く空知が足を止めて振り向いた。

「ほら」

小桑も立ち止まり、きた方を見た。

傾きかけた秋の日が、田畑と丘陵と家々に降っていた。黄昏まではまだ間があったが、太陽はもう幕引きの紐に手をかけているらしい。いくつもいくつも藁焼きの煙が立ち昇り、自分の眼球の表面に何かが被せられたかに思えるほど、風景は朧《おぼろ》だった。初めて見るのに無性に懐かしい気持ちが満ちてきて、晩秋の田園風景に小桑は見入った。

「日本美だと思いませんか?」空知は穏やかに言った。「天皇陵の前だから言うわけではありませんけど」

「何か……不思議です。工場だらけの町のど真ん中で生まれて、こんな景色は初めてのはずなのに、子供の頃、この場所からこの風景を見降していたような気がします。いつも夕暮れ前に」

しばらく眺めているうちに、日は少しずつ下がってきたようだ。——小桑は空知の方を見た。

「三沢ユカリさんが『アリバイ講義』のテープを貸して欲しいとおっしゃったんで、お貸ししましたよ」

「……そんなものをどうしてユカリさんが？」

「柚木兄弟のアリバイについて考えるそうですよ。空知さんの講義を参考になさるそうです。『空知さんは机の上で分類するだけらしいから、私が実践して解いてみせる』とか……ああ、言いすぎました。悪気のない言い方でしたよ、もちろん」

「そうですか」空知は腕時計を見た。「五時前ですね。ここらで失礼をします」

「それなら車でお宅まで――」

「いえ、ぶらぶら歩いて帰ります」

小桑は驚いた。「随分ありますよ、歩いたら」

「平気です。明日からの缶詰に備えてアイディアを練《ね》りながら、のんびり長い道を歩いて帰りたいんです。ここでお別れしましょう」

小桑は「判りました」と言った。道を引き返し、彼が車に乗ろうとした時、空知が声をかけた。

「テープを返してもらう時、ユカリさんにお伝えください」

「何をですか？」

「時刻表をよく見れば判る、と」

「空知さん、それ、どういう意味です？」

推理作家は探偵に背を向けた。探偵は推理作家の名を二度とは呼ばず、大きな音をたてて車のドアを閉めると、大阪目指して急発進させた。

3

ドアが開くなり広瀬はホームへ飛び降りた。あいにく階段が遠い。

（無理かもしれない）

しかし走ってみることにした。同じ列車から降りた乗客たちを押し除けながら、彼は下り東北本線のホームを目指した。時刻表によると十二分かかるという乗り替えを七分ですまさなくてはならない。自分の荒い呼吸の音が、彼の耳朶《じだ》の中でやけに大きく聞こえていた。

広瀬は新幹線

ワープロのキーを打つ手が止まった。

もう六時だ。朝から実働で八時間を越えた。ようやく目処がついてきたが、もう小説を書くという作業に飽きてきていた。しばらく休憩を取ろうと決め、書きかけの文章もそのままに文書保存をして、熱くなっていた機械を止めた。

ちょうどその時、電話が鳴った。外線電話だった。

「お仕事の途中でしたか？」

「いいえ」相手は小桑だった。「切りをつけたところです」

「どうでしょう、もしよろしかったら夕食をご一緒しませんか？」

「いいですね、どこで？」

「私がそちらに行きます。缶詰三日目でホテルの食事には飽きてきましたか？」

「ちょっと、飽きてますけど」

「そしたら散歩がてら京橋《きょうばし》に出ますか？　いや、とりあえずツインタワーの中にしましょうか？」

空知はそれでいいと答えた。小桑は三十分後にホテルのロビーで、と言って電話を切った。彼はテレビのニュースを見てから、ちょうど六時半にロビーに降りた。巨大なシャンデリアの下で少し待つと小桑が現れた。

「何を食べますか？」

彼の問いに「何でも」と返事をする。

「ツインタワーの中ってどんな店があったかなぁ。ま、行ってみましょう」

ホテルを背に、二人は聳《そび》え立つ双子の超高層ビルへと歩きだした。大阪ビジネスパーク、OBPと呼ばれるこの一帯は見る度に変容を遂げていて、空知を驚かせる。すでに五つの高層ビルが高さを競っているが、西の端にはさらにガラスの塊のようにビルが建ちつつあった。新宿西口の偉容には及ぶべくもないが、シンボリックな双子の塔と、振り向けば大阪城が望めること、川べりのウォーターフロントにあることでかなり趣が違う。

二人は双子ビルの一方、ツイン21の三階の天ぷら屋に入った。ビールの乾杯で互いに一日の労働を労《ねぎら》い合う。小桑は風邪気味とかでかなり疲れているようだったが、うまそうにたちまち大瓶を一本空けた。たちまち顔が赤らむ。

「酒は強い方なんです」

今日の小桑は饒舌だった。アルコールが入ったからかもしれない。

「すぐ顔が赤くなるんですけど、ビールの十本ぐらいあっという間です。ただ、突然くるんですよ」

「何がです？」

「破局点。あ、今のひと口がまずかったようやぞ、と思った時はすでに遅しで、意識が遠くなります。色々それでしくじりました。大事なお得意さんに向かって、『金貸してください。可愛いあの子に逃げられそうなんです』って泣きついたこともある。酒を飲むとだらしないのは高井さんと同じですね」

「高井さんか。あの人も災難でした」

「殺人現場に残されてた中指の短い手形というのは、結局関係なかったんですか？」

そう尋ねてから、彼はビールを二本追加だと叫んだ。

「馬鹿みたいな話です」空知はあまり飲む気になれなかった。「もともと不明瞭な手形だったんです。実際に中指が短い人間の手でつけられたもんではなくて、手形をつけた時に犯人の中指が軽く曲げられていただけのことかもしれないそうです。高井さんが本当に犯人だったとしても、あの手形に証拠能力があったかどうか疑問です」

「高井さんのアリバイを掘り当てたのは空知さんでしょ？」

分厚い湯飲みから熱い茶を飲んだ。

「ええ」

「名探偵の役もこなせるんやなぁ、空知さんは」彼は自分のグラスだけにビールを注ぐ。「しかし、明日でちょうど一ヵ月たちますが、今度の事件も捜査が行き詰まってるみたいですね。警察は、柚木堂が経営不振から贓物故買に手を出してたと見て、その方面の捜査にも力を入れてるようですね。それにしても難事件や。現場にろくに証拠が残ってないらしいし」

空知は黙っていた。

「隣家もないあんな淋しい家のことですからね。夜中には野良犬の目一つなかったでしょう」

それはそうだ。

「夕方、新聞配達がくるでもない。全く誰もこない。人がこないだけではなく、家の中にも何一つ動くものがないんですから、死んだような家だったんですよ」

そう。――この探偵は何が言いたいのだろう？

「いや、一つだけ動いてたものがありますね」

小桑が思いついたように言う。彼の意味ありげな視線を受けて、空知は答えた。

「……時計の針かな」

「そう、時計の針！」小桑は陽気な声をあげた。「それ自体が死んだようなあの湖畔の家の中で、電気時計の針だけが回り続けてたわけです。犯人だか被害者だかにテーブルから床に振り落されて、ガラスが割れても動き続けた時計です」

正確に言えばあの家には二つ時計があった。リビングのものと、寝室の壁のものと。——その時計がどうかしたのか？

「推理小説では、よく犯人が都合のいい時間に時計の針を合わせて叩き壊しますね。この事件の犯人はそんな小細工はしなかったわけか」

「そんな小細工で警察の目がごまかせるはずありませんからね」

「いや、おっしゃるとおりです」小桑はパンと自分の額を打った。「そりゃそうです。時計が床に落ちてたことに意味はないんでしょう。第一、ちょっとテーブルから落ちたぐらいで今日びの時計は潰れたりしませんよね。壊れてたらそれだけで不自然です」

「おかしな指紋は残ってなかったし、指紋を拭った痕跡もなかったそうですし」

空知が相槌を打つと、小桑は腕時計を突き出して見せた。

「この時計、酔って転んでガラスを割ったことがあるんですけど、本体は何ともありませんでした。案外丈夫なもんですよ、時計って。——これ、想い出のある品なんです。さっき話に出た、結局は逃げられた彼女にもらった時計で。防水だし、大小の月も自動的に合うんです」

この男は、いつまで時計の話をするつもりなのだろう?

「空知さん、飲まないんですね?」

小桑は腕時計を引っ込めながら言った。

「ホテルに帰ってから、もう少し書こうか、と思ってるもんですから」

「ああ、それは失礼しました。私一人でいい機嫌になって」また腕時計を見る。「そろそろ八時半ですけど、どうしますか?」

時計の針だけが動いていたのか?

「お茶でも飲んで、それで今日のところはお開きにしましょうか?」

いや、違うぞ。

「空知さん、どうします?」

もう一つ動くものがあった。

「私はどちらでもいいんです」

それは、まだ動く。

「空知さん?」

「小桑さん」

空知は伝票を掴んで立ち上がった。小桑が「は?」と顔を上げる。

「ちょっと今閃いたんです。すぐ書きたいようなアイディアなんで、ここで失礼していいですか？」

「そうですか」小桑は快げに笑った。「それは素晴らしい。喜んでお開きにしましょう」

立ちかける彼を空知は止めた。

「ビールがそんなに残ってるやないですか。小桑さんはゆっくりしててください」

「ええ。それなら、お勘定を――」

彼が財布を出そうとするのも止める。

「失礼する私が今日は出します。この次はよろしく」

空知は急ぎ足で店を出た。出口で振り返ってみると、小桑はちょいとグラスを上げて見せた。

4

暗い湖が見えてきた。

月が雲に隠れ、湖面は闇しか映していなかった。山々の黒い影がのしかかるように大きく見える。一瞬のこと、雲間から月光が漏れた。湖面はその光を受けて蛇の皮膚のように濡れたが、またすぐ闇の色に溶けた。

湖を右に見ながら、彼は細い道を慎重に車を走らせた。風に梢が身を揺する音が時折する他、何も聞こえてこない。世界が熱量死を迎えた後のような、暗く、静かな夜だった。誰につけられることもなく、ここまで辿り着いた。——やがて殺人の家が見えてくる。

彼はそっとその前に停車させた。

血の匂いを放つでもなく、家は夜の中に蹲《うずくま》っていた。彼は人の気配を探ったが、何も感じなかった。ポケットにじかに入れておいた鍵を取り出し、鍵穴に差し込む。その時になって、ふと好ましくない予感のようなものを感じたが、もう鍵を持った右手の手首は半回転した後だった。

暗い家が開いた口の中へ、彼は踏み入った。電灯のスイッチが右の壁にあることは知っていたが、それを押すわけにはいかない。携《たずさ》えた懐中電灯を点け、足許の床だけを照らした。足跡を残さないよう、靴を脱いで上がる。胸の鼓動は平生とあまり変わらなかった。冷静さを保てているようではないか、と彼は自分に言い聞かせた。それでいい、と。

猫のように背を丸め、前屈みの姿勢のまま奥へと進んだ。懐中電灯は決して窓の高さより上げてはならない。車を家の前に大胆に駐車させていながら、彼は明かりを外部の者に見られることがないよう、細心の注意を払っていた。床が微かに軋《きし》んだ。かつて一面の血に濡れた床に今は染み一つ見られない。誰かが不愉快な仕事をやり遂げたのだ。が、その気になりさえすれば、脳裏にはあの夜の赤い構図が容易に再現できそうだ。——彼はそのことは考えないよう努めた。

ダイニングのテーブルの脇を通り過ぎる。懐中電灯の灯を心持ち上げ、屈めた腰の高さで水平にした。リビングの様子を窺うためだ。黄色い輪の中に、殺人劇以前のあるべき位置に据え直されたテーブルとソファが見えた。彼は、いまだソファに残ったままの血の手形は一顧だにせず、テーブルの上にのった置時計に目をやった。半分ガラスの割れた、問題の時計だ。

ゆっくり歩み寄りながら、彼はその電気時計の秒針がまだ滑らかに回転しているのを見て取った。自分の腕時計を見、その夜光の針が指す時刻と、置時計が示す時刻が一致していることも確認した。——肝心なのはこれからだ。

彼はさらにテーブルへと歩を進め、その前までくると片膝を突いてしゃがんだ。時計の文字盤の高さに視線を合わせる。割れたガラスの透明の影の向こうで、長短の針は12の位置で重なろうとしていた。日が変わるまで、もう五分もなかった。日付を見た。27という日付はわずかに上にずれ、下から28が覗きかけていた。まだよく判らない。十二時の手前でもう日付が半ば変わってしまうという時計ではないらしい。あと四分、いや、もう三分待つとしよう。——やがて針は十二時を指し、音もなくするりと日付表示が変わった。一ヵ月ぶりに二十八日が訪れた。

懐中電灯をさらに近づけ、彼は目を細めて28という表示を見た。背筋に冷たいものが走る。そこには、蟻の頭ほどの汚点があった。小さな、黒い染みだった。彼は苦い唾をごくりと飲み込んだ。やはり自分も警察も見逃していたのだ。

始末するしかないか？

いや、拭い取れるかもしれない。

彼は時計を取り上げると、背を伸ばして立った。——その時だ。はっきりと背後で衣擦れの音がした。

ダイニングの窓のカーテンが勢いよく開かれ、柔らかな月の光が差し込んだ。

「その時計をどうするおつもりですか、空知さん」

彼の絶叫は舌の奥でもつれ、喉が低く鳴った。驚愕のあまり取り落した時計が、床の上で一度跳ねた。

月明かりの窓を背に、小桑が立っていた。

5

二人は何も言わず、五メートルの距離を隔てて向き合った。

空知は逆光の男の顔を凝視したが、それはやはり見知った私立探偵のものに間違いなかった。

「先回りしてお待ちしていたんです。私の下手な暗示に、思ったとおり嵌ってくださったようですね」

「何の……」空知の口から嗄《かす》れた声が漏れた。「何のことですか？」

「この期に及んで白を切るとは空知さんらしくないと思います。あなたは今、その時計の日付を見て自分の失敗に気がついた。そして、その危険な証拠を始末してしまおうと手に取ったところだったはずです」

「証拠とは？」

「二十八日の表示の上に残った血痕です。殺人が十月二十八日のうちに完了していたことを、警察に知られたくなかったわけですね」

言葉の最後は疑問形ではなかった。小桑は事実として言い切っているのだ。

「あんな遠回しな暗示にかかってくれるかどうか、と心配していたんですが、さすが空知さんです。やっぱりダンスは上手な方と踊りたいもんです」

(何とでも抗弁できる)

空知はそう感じた。しかし、絶望感が血に溶けでもしたかのように、体中を走り回っていることも確かに感じた。

「犯行は二十八日のうちに行なわれた。二十九日の午前二時半に、高井美保さんが得意先に不幸のあった件を何とか連絡しようと、この家に余呉の電話を入れてみた時、呼び出し音がするばかりで誰も出なかったのも当然です。——ところが、月曜日に警察官が死体を発見した時、電話の受話器ははずれていました。これはどういうことでしょうか？　犯行が日付の変わる零時直前だったとしても、犯人はその後二時間半以上もここに留まっていたことになります。何をしていたんでしょうか？」

「そんなこと決まっているではありませんか」空知は落ち着いた声を作った。「死体の頭と手首を切断していたんですよ」

「二時間半もかけてですか？」

「それぐらいは必要でしょう。それに、犯人のするべきことは他にもあった。返り血を浴びた服を始末したり、体を洗ったり、死体の頭と首を処分したり」

「着替えたり体を洗う必要があったのは確かでしょうが、死体の頭や手首を処分するためには早くここを引き払った方がよかったんではありませんか？　この家の裏に埋めようとしたわけではないでしょう」

「死体の切断にかかる時間をあなたは過小に見積もっている。それだけで二時間かかる大仕事だったかもしれない」

「いいえ。鋭利な鋸で手際よく、三十分ぐらいで完了した作業だろう、と警察は見ています。これはユカリさんから間接的に聞いたことですが」

「そしたら……」空知は言葉に詰まりそうになった。「こういうことでしょう。犯人は何かを待ってたのかもしれません。共犯者から連絡の電話が入るのとか、あるいは共犯者が車で迎えにくるのとか、色々考えられます」

「そうです。また、こうも考えられます。犯行は二十八日のうちに完了した。犯人はすぐに現場を立ち去り、その後再びここを訪れ、その時に電話の受話器をはずしてしまった。これも自然な仮説だと思いませんか？」

「どうして二度くる必要があるのかな。その時に頭や手首を切ったとでも？」

「違います。死体は、死亡してまもなく切断されていたそうですから」

「犯人は死体を切り刻んでから、一旦立ち去ったとして、何故またのこのこ舞い戻ってきたんでしょう？」空知は忙しく考えを巡らせた。「そうか。あの文庫本ですね？犯人は犯行の前後にあの本に触って指紋を残していた。一旦立ち去った後でそのことを思い出して、二時半以降に慌てて舞い戻ってきたんや。そして、暗い部屋で本を取る時に、そのすぐ脇の電話の受話器に当たって、受話器がはずれてしまった。——こういうことでしょう？」

「空知さん」

小桑は哀れむような顔で呼びかけた。

「そんなことはどうでもいいんです。後からお考えを伺うとして、まず訊かせてください。——あなたは何故、今ここにいるんですか？」

空知は口を開くことができなかった。まるで、上下の唇が縫い合わされているような気がした。

「あなたは鍵を使ってこっそり入ってきた」

小桑は空知から目を逸らさない。

「明かりを点けようとはせず、懐中電灯を頼りに迷わずテーブルの上の置時計に進んだ。そして、その文字盤を見つめたまま十二時を待ち、何かを確認すると時計に手を伸ばした。――何をしていらしたんですか？」

「あなたに……」空知はようやく言い返した。「あなたにそんなことを質問する権利があるんですか？　こっそり忍び込んで隠れていたのはどうしてです？」

「質問をぶつけ合いしても仕方がありませんね」

小桑はダイニングの椅子に掛けた。空知もソファに腰を降ろす。

「私がここにいたのは空知さんがくるのを待つためでした。犯行現場を見せてもらえるか、とユカリさんに断わった上のことですし、鍵も彼女からお預かりしましたから、不法侵入ではありません。――空知さんはここの鍵、どうしてお持ちなんですか？」

「以前、柚木に、借りた」

苦しげに一語ずつ彼は吐き出した。

「それならそれでいいでしょう。で、白を切り続けるなら繰り返し聞きますが、ここにきた用件は何ですか？　あの時計をどうしようとされたんですか？」

空知はもう何も言えなかった。

「さっき私が言ったとおりなんですね？　28という日付の上に残った小さな血痕を消してしまいたかったんでしょう。犯行が二十八日のうちに行なわれたことを警察に知られたくなかったんですよ」

何も言えない。

「犯行が二十八日のうちにすんでいたのなら、二時半以降まで犯人が現場に留まっていた不自然さが浮かび上がる。そして、その次には一人の刑事がこう発言する。『犯人は現場を二度訪れた可能性もある』。——あなたはそれを避けようとしたんです。それが事件の真相に迫るものだから」

「どういう真相ですか？」空知は尋ねずにはいられなかった。「犯人が指紋を残してしまった本を取りに戻ったということですか？」

「いいえ」と小桑はにべもなく「それならその本が見つけ出されない限り、犯人は何ら心配する必要ないではありませんか」

それはそうだ。

「私の失敗、と先ほどおっしゃいましたね。小桑さん、あなたは私が首なし殺人の犯人だとお考えなんですか？」

探偵は答えた。「はい」

「私が誰を殺したって言うんです？」

その問いの答えは空知をぞくりとさせた。

「柚木新一、柚木健一の二人です」小桑はきっぱりと言い切った。「どちらも殺したはずです」

彼はいつかこの言葉を浴びせられる日がくるであろうと覚悟していた。しかしそれは今夜ではないと信じていたのだ。今夜ここにくることになるとは自分でも思ってもみなかったことだし、くる途中も後をつけてくる車はなかったのだから——

「無茶な。動機は何なんです？」

「彼らが共謀して、保険金目当てに恵さんを殺害した復讐です。だから二人とも葬ったんです」

「彼らが恵さんを殺した、という前提に立っての仮説ですね？　しかし彼らのアリバイは警察が立証しているんですよ」

「あなたは崩したんですよ」

「崩していません。崩してたら警察へ進言しています」

「いいえ、崩していたのにしなかった。あなたは柚木兄弟に法の裁きを受けさせることで足りず、自分の手で裁いたんです。私はそう確信しています。——四日前にお邪魔して、推古天皇陵前でお別れする間際に、あなたぽろりと漏らしたではないですか。『時刻表をよく見れば判る』と。あなたは柚木兄弟のアリバイを崩していたはずです」

確かに言った。柚木兄弟を逮捕できなかった警察、自分のアリバイを突き回す警察に対する忌々《いまいま》しさを込めた言葉だった。

「そんなことを言いましたか。けれど、それは『時刻表をよく見れば判るはずなんだが』という思いを口にしただけで、何も私が答えを知っていたわけではありません」

空知は徐々に冷静さを取り戻していった。とことんとぼけて、探偵の王手が本物かどうか試してやろう、と思う。

「『ルートの盲点』だったんですね、やっぱり」

「えっ？」

「私、空知さんのアドバイスに従って時刻表をもう一度よく見てみました。そうしたら柚木健一が米原で買った切符をどうやって新一にパスしたのか、判ったんです。『ルートの盲点』があったわけです。空知雅也のアリバイ講義で言う⑥ですね」

空知は薄明かりを通して、探偵の顔を見返した。

「……あなた、判ったんですか？」

小桑の長い顔が縦に動いた。「はい」

「『ルートの盲点』とは何です？　言ってみてください」

自分に判ったことが彼に判っても不思議はないのだ、と空知は自らに言い聞かせながら尋ねる。小桑はゆっくり話し始めた。

「恵さん殺害の実行犯が新一で、様々な交通機関を利用して、健一と巧みに二回入れ替わりを演じたという仮説は正しかったんです。白鳥を京都で乗り捨てた健一が米原に現れ、新一のふりをしてアリバイを作る。実行犯の新一は余呉で殺人の後、敦賀へ出て白鳥に乗り移り、健一のふりをしてアリバイを作る。健一は大阪から飛行機で新潟に飛び、白鳥に戻る。新一は金沢から小松に引き返し、そこから飛行機で福岡に飛ぶ。——問題は切符ですよね？

共犯者を使わずに、健一の買った切符を博多に届ける方法があります。新幹線に運ばせればいいんですよ。何両目のトイレのどこ、というふうに打ち合わせしておいて、そこにテープで貼りつけておけばいい。健一は打ち合わせの場所に切符を貼りつけて、新大阪で下車したんです。その際『切符をなくした』といって精算して出たんでしょうね。切符は勝手に列車が運んでくれます。新一はそれを博多駅で受け取ればよかった」

「それだけでは説明が不充分ですね」

空知は額に汗が浮かんでくるのを感じていた。

「健一が乗り捨てたひかり103号と、新一が小松から乗ったANK747便は、全く同じ時間、3時45分に福岡市に着くんですよ。健一が列車のトイレに切符を隠していたんなら、新一はひかりが博多に着くより早くひかりに乗り移る必要があったでしょう。それは不可能でしたよ」

「ええ、新一はANK747便で3時45分に福岡空港に着くのがやっとで、それより早く博多に着くこともできなければ、博多に向かうひかり103号に途中の駅から乗り込むこともできませんでした」

「なら駄目ですね」

「いいえ」と小桑は首を振った。「時刻表をよく見て判ったことがあります。新一が3時45分までに博多に着けないのなら、切符を乗せた新幹線の博多到着を遅らせてやればいいわけです。それは可能です」

「切符が博多に遅く着くのもまずいんではありませんか？」

「またまた。とぼけたことをおっしゃいますね。適当に遅く着いてくれればいいんです。——新一は空港から清水氏の家を訪問し、そこで凶報を受ける。もし警察から連絡が入っていなければ、こちらから理由をつけて店に電話を入れ、事件を知るように持っていくつもりだったんでしょう。商談などするつもりは初めからなくて、すぐに博多駅からトンボ返りするつもりでした。そして、彼が清水氏の家から博多駅に駆けつけた頃、ホームに入ってくる列車に切符が仕込んであったらどうなるでしょう？」

空知は尋ね返した。「どうなるんですか？」

「終着駅ですから乗客はみんな降りてくる。そのどさくさに、車内に忘れ物をしたふうを装って乗り込み、打ち合わせの場所の切符を回収するのは容易《たやす》いことでしょう」

「できるでしょうね」とだけ空知は言った。

「この切符回収の際、新一は入場券でホームに入っていればよかった。そして、回収した切符を改札で渡して外へ出、その後、あらためて帰りの切符を購入し、また改札を通って上り列車に乗って帰ったんですよ。こうすれば、自分の指紋がついた米原発博多行きの切符を博多駅に残すことができます。——これもユカリさんから聞いたことですが、あの日、新一が木之本署に到着したのは十時過ぎだったそうです。九時過ぎには着くだろうと思っていたのに、やけに遅かったな、と思ったとか。彼の到着が遅かったのは、博多駅でそんな工作をしていて、上りのひかり号を逃したからなんでしょう」

「なるほど」

空知は自分も気がついていたことに感心したように頷いた。そして、とぼけ続けている自分にうんざりし始めていたがさらに尋ねる。

「ところで、清水氏の家から博多駅に駈けつけた頃に入ってくる列車に、健一が切符を仕込むことは可能だったんでしょうか？　下手をすると、遅く博多に着く列車を待ってるうちに、自分が乗る大阪発新潟行きの飛行機に乗り遅れてしまいますよ」

小桑は任せろ、と言うように人差し指を立てて見せた。手帳を取り出し、栞《しおり》を挟んでいたページを開く。

「米原駅で新一になりすまし、11時26分発のこだま409号に乗った健一の行動を追ってみましょう。新一は11時52分に京都でこだまを降りて、11時56分京都発で博多まで行くひかり103号に乗り換えたことになっている。このひかり103号の博多着が早すぎるのですから、もっと遅く博多に着く列車に切符を仕込めばいい。都合のいい列車があるか？　博多まで行く次の列車ひかり153号は停車駅が少ないため、何と徳山か小郡で103号を追い抜いてしまいます（時刻表③）。ひかり号がひかり号を追い抜くわけです。これは使えませんが、その次の博多行きはどうか？　12時40分発のひかり5号です。これも停車駅が最小限の早いひかりで、博多着が15時57分。新一が空港から清水氏宅に向かっている時間ですから、まだ早すぎます。

結論から言うと、健一は京都で降りず、新大阪で降りて都合のいい列車を待ったはずです。その列車とは、12時40分新大阪始発の博多行き、こだま375号です。この列車の博多着は16時54分。ほぼ理想的な時間かと思います。――彼が米原から乗ったこだま409号の新大阪着が12時8分ですから、こだま375号が入線してくるまでがまんして何十分間か待ったわけです」

「それで新潟行きの飛行機に間に合うんですか？」

空知が質問を挟む。

「もちろんです。こだま375号発車ぎりぎりの12時40分まで新大阪のホームにいたとしても、一時十分ぐらいに大阪空港に着くことができたでしょう。新潟行きのJAS797便の大阪発は13時55分なんですよ。――私は以前、彼らのアリバイ工作を半ばまで解いた時、健一の大阪空港での待ち時間がやけに長いのが気になっていました。飛行機と新幹線が接続しているわけではないので、それも仕方がなかったのだろうと思っていたんですが、彼らはその待ち時間さえこんなふうに利用していたんですね」

小桑はひと息ついた。

「これで――合ってますね？」

空知はソファに深く凭れ、吐息とともに答えた。

「合ってます」

6

月が隠れ、窓際の小桑の輪郭がぼやけた。探偵は煙草を取り出してくわえた。小さな火がくっきりと闇の中で輝き、すぐ消える。ただ、煙草の先だけに蛍のような火だけが残った。

「あなたは柚木兄弟の犯行を見抜くと、復讐計画を練り出した。早い時期にアリバイを崩したのであろうあなたが復讐の決行を十月末近くまで控えたのは、警察が柚木兄弟に張りつけた尾行がなくなるのを待ったからでしょう」

小桑は闇に向けて紫煙を吐いた。

「二人とも許せない。そして、二人とも一度に殺し、それ故に自分にアリバイが成立する方法を考え出したんです。それは、二人の人間――と言うより、双子を一度に殺すことによって作れるアリバイトリックだったわけです」

空知は王手は本物だと判断した。

「あの二人を殺したのは私です」

小桑が頷き、火が縦に揺れる。

「しかし私には、そう、今あなたが言ったようにアリバイがある。それも崩せるんですか？」

きっと彼は崩したのだ。『双子を一度に殺すことによって作れるアリバイトリック』。ちゃんと的を射ているではないか。――小さな火は、また縦に揺れた。

「柚木兄弟は、双子であることを利用してアリバイを偽装しました。『証人に人物を錯覚させた』わけです。『アリバイ講義』②のⓒですね。あなたはその復讐にあたって、被害者が双子であることを利用した偽装を行なったんです」

汗は、空知の顎まで滴《したた》っていた。

「待ってください、小桑さん。その前に訊きたい。ここで見つかった首なし死体は二人のうちのどちらなんですか？」

「知りません」

闇の向こうから、きっぱりとした返事が返ってきた。

「知らない？」

「知りません。しかし、あの死体が柚木新一であろうと、健一であろうと、結果は同じなんですよ。後から殺された方、とだけ言えば充分なんではないでしょうか」

汗が首筋を伝った。「続けてください」

小桑は窓の方をちらりと見てから続きを話しだした。

「あなたは柚木兄弟を言葉巧みに操《あやつ》って、そのうちの一方とここ余呉にやってきた。柚木兄弟が行き先についても、誰と会うとも人に話していなかったところをみると、『君たちが恵さんを殺した方法を自分は知っている』と脅迫したのかもしれない。さて、あなたが彼らの一人と余呉にきたのは、二十八日の午後七時前だったと仮定しましょうか。そして、相手は柚木新一にしておきましょう。健一の方は理由をつけて長浜あたりで待たせておく。――そう仕組んでおいて、あなたはまず新一を殺したんです。この家で」

（そう）空知は声に出さずに呟いた。（そのとおり）

「殺害方法は刺殺です。凶器は刃渡り十二センチばかりの片刃のナイフ。後で健一を殺すのと同じ凶器を使った。その時、随分多くの血が飛び、流れたことでしょう。リビングのテーブルの置時計が床に落ちたのもその時です。ガラスが割れ、文字盤に血痕がついた。28という表示の上にも血が飛ぶ。警察が月曜日の朝、発見したとおりの赤い惨状が作られたわけです」

（そう、そのとおり）

「あなたは絶命した被害者を浴室へと引きずり、バスタブに投げ込む。ただし、頭も手首も切断しはしない」

(そう、そのとおり)

「そして返り血を浴びた体を洗い、服を着替える。死体はそのままにして、あなたは家を出、健一と落ち合う。もちろん今新一を殺してきたところだなどとおくびにも出さない。あなたは彼を平石の自分の家に連れて行く。言葉巧みに」

(そう。『新一が先に僕の家に向かってる。君たちは僕と手を組まなくてはならない。君にもその証拠の品を見せてあげよう』——言葉巧みとも思えんけど、あいつはひっかかった)

「平石に着いたのが十時半としておきます。あなたはついさっき新一を殺したナイフで、今度は健一を殺害する。殺人現場はおそらく、裏の物置小屋でしょう」

「そう」空知は力なく言った。「そのとおり」

「新一を殺害したのと同じ凶器で、同じように健一を殺した。同じように血が流れ、飛び散った。被害者が絶命すると、新一の死体を浴室までひきずったのと同じ状態になるようにあなたは小屋の中で死体をひきずり回した。そして——頭と手首を切断したんです」

「鋸で、手際よくやりましたよ。三十分ちょうどでね」

空知が皮肉っぽく言うと、「切断した頭と手首はどうしたんですか?」と小桑は尋ねた。

「縁の下に埋めました。畳も床もはずして、穴も掘って用意してあったんです。そこに健一の頭、手首と、返り血のついた衣類も投げ込みました」

「空知さんのことですから、手際よくなさったんでしょう」

小桑は短くなった煙草を流しに投げ捨てた。そしてまた窓の外を少し見る。

「それから私がどうしたか、続けてください」

空知は意識が遠くなりかけていた。自分の罪が他人によって暴かれていくというのはこんな気持ちなのか、と知った。これまで自分が書いてきた小説の中の犯人たちも、こんな気持ちを味わっていたのか、と。

「それからあなたは、血に染まった殺人現場を始末したんです。火を放ってね。そして、その騒ぎで人を呼び、アリバイを作ってしまった。一石二鳥の見本ではないですか。考えましたね」

空知は耳許で、微かな音楽を聞いた。

(あの時と、同じ……)

「あなたは放火騒ぎが治まると、体の一部を欠いた健一の死体を車のトランクに積み、再び余呉に向かったんです。バスタブの底に横たわる新一の死体と同じよう、体の左を下に、膝を折り曲げさせて、大きなビニール袋に何重にもくるんで余呉に車を飛ばしたんです。その状態で健一の死体を余呉まで運び、新一の死体と交換すれば、警察は健一殺害の現場が余呉だと思う」

小桑は少し言葉を切った。

「空知さん、よくそんなことができましたね」

耳のすぐ横で微かな調べが聞こえる。

あの時と同じ幻聴だった。

*

彼は夜を駈けた。

山も、家も、すべてが黒々と闇に塗り潰された中、ヘッドライトが照らす道路だけを見ながら彼はアクセルを踏み続けた。時々車を運転しているという意識がなくなり、椅子に座った姿勢のまま猛スピードで空中を飛んでいるような気がした。

二上山のサミット、竹内峠《たけのうちとうげ》を越える。昼間なら、ここで奈良盆地の眺望がわっと眼前に広がる好きな場所だが、今は何も見えない。ただ、行く手には近い闇と遠い闇があるばかりだった。

香芝《かしば》から西名阪自動車道に入る。トランクの中の死体がごろりと転がる音を聞いたような気がした。もちろん気のせいだ、と首を振って想像を振り払った。高速道路は天理で果て、国道25号線に入って伊賀上野を目指す。カーブの度にライトが、色づきかけた道路際の木々を浮かび上がらせた。

その頃からだった。微かな音楽が、耳許で囁くように聞こえだした。

(バッハか……?)

細い、パイプオルガンの調べだった。哀切な旋律を別の旋律が追う。フーガ。バッハの小フーガだ。涸れない泉のように、無限に旋律が湧きだしてくるかに思える曲だった。それは耳許からふっと離れて遠くで鳴りだしたかと思うと、また近づいてくる。そして耳の中に入り込んでくると、音は奥でちろちろと舞った。

(幻聴が聞こえるようでは、俺ももう最後か)

空知はふっと笑った。

また音楽が耳許から離れる。やがて彼は、その旋律が車と並んで走っているのに気づいた。青白いぼんやりとした小さな光が、ゆらゆらと左の窓にずっと見えている。

どうやらそれが幻聴の姿らしかった。

「勝手についてこい」

その光に呟き、彼はさらにアクセルを踏み込んだ。音楽と光は一度後ろへ去ったかと思うと、また追いついて窓のすぐ外に並んだ。快調に飛ばすうちに、いつの間にかそれは消えていた。

伊賀上野のドライブインで一度車を停め、熱いコーヒーを飲んだ。砂糖を入れずにコーヒーを飲むのは初めてだった。苦味で眠気を払いながら、彼は窓から自分の車をじっと見ていたが、誰も近づく者はなかった。

上野城を左に見ながら市街を抜け、国道422号線を辿って山に入った。国道とは思えないような、行き違いもできない一車線の山道だった。木立の影が魑魅魍魎《ちみもうりょう》の群れに見える。ひと晩中この道を走り続けなくてはならないのなら、自分の精神は完全に恐怖に圧《お》し潰されるだろう。

空知は恵のことを思った。この酷い復讐を彼女があの世で喜んでくれるとは、さすがに彼にも思えなかった。ただ、その顔を心に描きながら、どうかこの山を越える力を自分に与えてくれと祈った。

信楽に出た時、午前三時を過ぎた。平石を出てから二時間が経過している。時折ライトが狸の焼き物を照らしだす。愛敬を振り撒くどころか、それは彼に向かって牙を向いているようだった。ある土産物屋の駐車場に高さ五、六メートルはあろうかという狸が佇立《ちょりつ》しているのが前方に見えた時、空知はできるものなら急ブレーキを踏み、Uターンして引き返したいとさえ思った。

また山道に入り、山越えをする。ようやく瀬田川に沿って走れるようになり、彼は安堵の溜め息をついた。瀬田西から名神高速道路に入る。

（難所は過ぎた）

彼は時速百キロで走り続けた。何もないように。検問も、事故も何もないようにとただ願った。もし運が悪ければ、その時は仕方がない。アリバイ工作なんて愚かなことを考えたものだ、と自らを呪うことになるだろう。とにかく走れ、今は。

遥か前方で何かが青く光っているのが見えた。それがぐんぐん近づいてくるにつれ、またバッハの小フーガが聞こえだした。

（お前、まだおったんか？）

彼は無性におかしくなってきた。からからと笑ったつもりが、喉の奥が引き攣《つ》っただけだった。——幾つ目かのトンネルを抜けると、光は音楽とともに消えていた。

彦根を過ぎ、米原で名神から北陸自動車道に入る。木之本まではすぐだった。余呉湖が見えるところまで帰り着いた時、空知は「よし」と声に出して言った。家の脇に車を停め、エンジンを切って降りようとした時、両手がハンドルを握り締めていたために硬直しており、引き剝すようにしなくてはならなかった。

袋詰めの死体をトランクから出し、サンタクロースのように背中に担いで家に入った。血の匂いが鼻を突く。彼はダイニングで死体を袋から出して床に転がした。強烈な臭気に顔をしかめ、口だけで呼吸をしつつ浴室に入る。そして最後の仕上げにかかった。

浴槽の底の新一の死体を引っぱり出し、ダイニングに運び出す。それから頭と首のない健一の死体を持ち上げ、入れ替わりに浴槽にほうり込んだのだ。

それで終わった。

後は新一の死体を平石に持ち帰り、健一の頭、手首と同じく床下に埋めればよい。しかし、もう一度死体と共にきた道を帰ることを思うと、気力が萎《な》えてしまいそうだった。

彼は、殺す前に新一から聞いた一冊の本のことを思い出した。恵が死ぬ前まで読んでいた文庫本が寝室にあるという。暗い寝室に入り、机の上を見ると電話の脇にそれはあった。

（彼女の形見……）

空知はその本に手を伸ばした。この本があれば、平石まで帰り着くこともできる、と彼は信じた。そして、それを取り上げる時、角が触れて受話器をはずしてしまったことには気がつかなかった。

彼は文庫本を口にくわえ、新一の死体を詰めた袋を担ぐと車に戻った。家に施錠はしなかった。適当な時間が経過したところで発見してもらわなくては死亡推定時刻が広がりすぎて、せっかくのアリバイが無効になってしまう。死体をまたトランクに積み込み、運転席に着くと文庫本を助手席に載せ、長い帰路についた。

＊

微かな幻聴の彼方で、もっと微かな声が物語を語り続けていた。小桑が、自分のドライブのコースを推察して話しているらしい。何を今さら。そんなことは、走った当人がすべて承知しているのだ。もういい。やめてくれ。

「あなたが辿ったのはこのコースだったはずです。それが一番早かった」

「ええ、ええ、そうです。それまでにも走って確かめてありました」

空知は苛立ちながら言った。

「後の仕事は新一の死体を埋めてしまうことと、適当に時間が経過したところで余呉に残した健一の死体を警察に発見させることです。死体発見が遅くなりすぎると、死後二日から三日経過などという検視結果が出て、せっかく用意した偽装アリバイが台なしになってしまいますから」

「そうです。月曜日の朝、木之本の消防署に『あの家でまた事件があった』と通報したのはもちろん私です。そろそろ見つけてくれという電話でした。恵さんが殺された時、消防署にかかってきた不審な電話はもちろん新一からのもので、早く死体を発見させて、なるべく正確で幅の狭い死亡推定時刻が出るように図ったんでしょう。私はそれに倣《なら》ったわけです」

小桑は胸の前で指を組んだ。

「空知さんのアリバイを確認しましょう。——最初に殺した新一の死体は見つかっていませんから、あなたはアリバイを問われることがなかった。問題の健一殺害の死亡推定時刻は二十八日の午後九時から二十九日の午前三時までの間です。あなたは二十八日の午後十一時半から二十九日の午前一時まで平石の自宅にいたことを警察に認めさせました。犯行現場と思われた余呉と平石の間は移動に三時間半を要しますから、アリバイが成立したわけです。ところが健一殺害の本当の犯行現場があなたの自宅裏だったとすると、その時間あなたは自宅にいたんですからアリバイは跡形もなく消えてしまいます。――これが空知マジックの種明しです。『アリバイ講義』が参考になりました。『犯行現場の錯誤』以外の項目を当て嵌めることはできなかったんです」

「ズバリ正解ですよ」空知はおどけて頭を抱えて見せた。「あなたの前でアリバイトリックの講義なんかするんやなかった」

「学習の成果を発揮できてほっとしました」

空知は顔を上げた。

「ところで中休みに一つ私に質問させてください」

「何でしょう？」

「あなたは、あなたはどうやってここまできたんですか？　ツイン21で別れてから私はすぐにここへ車を走らせた。罠だとは思っていませんでしたが、尾行されていないか注意する癖がついてしまっていて、私は常に後ろの車を見ていました。あなたの車らしきものは、いえ、どんな車も私を追尾してきはしなかった。それやのに、どうしてあなたが先回りできたんですか？　どうしてです？」

子供が駄々を捏《こ》ねるような言い方になっていた。

「別に『ルートの盲点』ではありません」

小桑は三度《みたび》窓の方を見た。そして、今度は立ち上がって窓辺に寄ると、後ろで手を組んでじっと外を見たままだった。

「何です。何が見えるんですか？」

空知はじれったくなって立ち上がった。

「人が、きます」

「人が？」

彼は小桑に並んで立った。

見ると黒い影法師がてくてく歩いてこちらに近づいてきていた。背の高さから見て男のようだ。

「こんな時間に誰が、こんなところを……」

影はどんどん細い道を近づいてくる。空知は目を凝らしてよく見ようとした。その時、雲が切れて月光が差した。影が照らし出される。

「まさか……」

空知は悲鳴をあげそうになった。

すぐそこまで近づいてきた男の顔は、小桑のものだった。

「空知さん」

並んで立った男は彼に向き直って言った。

「あれは、私の双子の兄です」

7

空知はぐったりとソファに沈み込んでいた。ダイニングの二脚の椅子には双子の男が座り、じっと彼を見つめる。

「そういう……ことやったんですか」

空知は腹を抱えて笑いたかったが、その元気がなかった。まんまと一杯食わされてしまったが、洒落が利いているではないか、と拍手を送りたい気もした。

「やられました。こういうのって、私の好みの冗談ですよ。双子であることを利用した殺人を犯した兄弟がいた。その兄弟を、双子であることを利用して私は殺した。そして私は、双子であることを利用した探偵の罠に嵌ったというわけですね」

「紹介します」小桑龍は左手に座った分身を指した。「小桑良。太平洋探偵社の探偵をしています」

良は笑みを浮かべながら一礼した。

「先ほどはご馳走さまでした」

空知もつられてにやりと笑った。

「こんなことなら、割り勘にしといたらよかった」

「はは、これは参った、はは」良は体を揺すって細切《こまぎ》れに笑う。「車でしばらくしてから京橋を発ったんです。ビールを目の前にしながら席を立つのは辛いことでしたけれど、これも仕事ですからね。はは、はは」

空知の頬がまた緩む。

どうして？　どうして自分までつられて笑わなくてはならないのだ？　――彼はもう自分の感情さえ理解できなかった。

「飲酒運転ですね、ひどい探偵や。警察に告げ口しますよ」

良は笑った。

「それはご勘弁を。はは。それはどうか」

「話を戻しましょうか」龍が真顔で言う。「空知さんのアリバイ工作の話に」

空知は「いいですよ」と応えた。「それはいいですけど、もう何も話すことはないんやないですか？」

「どこまでいってたんや、その肝心の話は？」

良が龍の方に顔を突き出すようにして尋ねた。

「二十八日土曜から二十九日日曜にかけて、空知さんがなさったことを確認した。二十八日の夜早いうちに柚木兄弟の一方をここで殺害してバスタブにほうり込んだ後、もう片方と一緒に平石に戻り、物置小屋でその男も殺害したこと。そして、その男の頭と両手首を切断してから小屋に火をつけて現場を始末してしまい、同時に人を集めてアリバイを作ったこと。男の死体を車でここに運んで戻り、浴槽に入れておいた死体と交換したこと。そこまで話してた」

「ああ、そしたらもう終わりか」

良は急にしみじみとした口調になって言った。

「そう、終わりや」龍は空知を見る。「これは『アリバイ講義』で言うところの、『犯行現場に錯誤がある場合』ですね？」

空知はこっくり頷いた。

「もちろん、そうです」

「新しいトリック、というわけですか……」

「もちろん」と空知は繰り返した。

彼は首をうな垂れたまま、突然ぺらぺらしゃべりだした。

「死体を移動させて犯行現場を誤認させる新しいトリックですよ。柚木をうちの裏で殺してから余呉に運び、そこが現場だと警察に思い込ませることができたらアリバイが成立する。問題は余呉の家が現場であるように、いかに偽装するかでした。人間一人が切り刻まれた殺害現場を作り出すことは簡単な作業やありません。どうやって殺人現場を作ろうか、とない知恵を絞った末に考えついたのがこのトリックです」

「つまり、本物の殺人現場を作って、そこに平石で殺した死体を据えること……」

龍は空知の言葉を継いでゆっくりと言った。

「そうです。いくら偽装したい現場の椅子やテーブルをひっくり返したり、置物を壊して格闘の跡を演出しても、警察の目は鋭い。たちまち下手な嘘はばれてしまうでしょう。しかし、その警察も本物の殺人現場——ただし同じ手口による別の殺人の——に死体が転がってたなら、騙されてくれてもいいんやないかと思ったわけです」

空知はふと自分が無気味に思えた。こんな時なのに、いい気分でオリジナルの新トリックに解説を加えている。——そんな自分自身が恐ろしかった。

「二人の被害者の血液型が完全に一致していることがポイントですね」

龍が言う。

「双子をいっぺんに殺すのが理想の形だったでしょう」

良が言う。

「死体の運搬には気を遣ったでしょう」

龍が言う。

「トランクに積む死体の形に合うよう、最初の死体をバスタブに入れたのです」

良が言う。

「バスタブに入れるためには浴室に運ばなくてはならない」

「浴室に運んだ本当の理由を考えさせないよう、頭と首を切り落としたわけです」

「さもあの浴室で切断が行なわれたかのように――」

「鋸の傷を浴槽の縁に作って――」

「頭を切断するだけでもよかった」

「本当はそれで足りた」

「手首を切ったのはついででしょう」

「さも死体の身元を隠したくて浴室で死体切断をしたがっていたかのように――」

「警察に思い込ませたかったから――」

「死体の身元を隠す必要があるなら――」

「死体をよそに捨てたでしょうから――」

同じ馬面が畳み込むように言葉を投げつけてくる。空知は眩暈《めまい》がしそうだった。

(悪い夢を見ているらしい……)

そう思おうとしたが、瞼《まぶた》をいくら擦り、揉んでも、まくしたてる二つの影は消えなかった。

死体の頭部と手首を切断した理由も、彼らは正しく言い当てていた。そのとおりだ。死体が移動したことを悟られないよう彼は措置を講じた。平石で殺す健一の死体はトランクに入った形のまま硬直するだろうし、また左を横にして詰めれば左体側一面に死斑が浮き出るだろう。だから、そういう死体が据えられる場所を現場に用意しておかなくてはならない。空知はその場所として浴槽を選んだ。そして、死体が浴槽にほうり込まれた理由として、身元を不明にするための死体切断が浴室で行なわれたという物語をでっち上げたのだ。

「死体の一部を切断した理由まで当たっています」空知は拍手をする真似をした。「そこまで当てられるとは思いませんでした。——実は私、警察はどう考えているのかと思って杉山という警部補に『身元を隠すために頭や手首を切りながら、余呉の家に死体を置いたままというのは変だ』などと言ってみたことがあるんです。彼は何も判っていませんでした」

「褒めていただいて」

「恐縮です」

双子は言った。

「それにしてもよく私のアリバイが見破れましたね。何がきっかけですか？」

龍が答える。

「ある女性とレストランで食事をした時のことをふと思い出しまして」

「どういうことです？」

「その女性と二人で店に入ろうとした時、中から出てきたカップルとぶつかりました。謝ってから店内に入ると、テーブルは一つしか空いていませんでした。私たちは忙しそうなウェイターに案内してもらう前に、さっさとそこに座ったんです」

何を言おうとしているのか、空知は怪訝に思いながら聞いた。

「連れの女性とあれこれ話していたんですが、なかなか注文を取りにこないので、大声でウェイターを呼びました。慌ててテーブルの上を片づけに一人走ってきました。彼は『申し訳ございません』と詫びましたが、少し考えてみると私たちも悪かったんです。ウェイターの案内を飛ばして勝手に席に着いたものですから、彼は新しい客が入ってきたことに気がついていなかったんです。ただ一つ空いていたテーブルに着いたということは、その前そこに座っていたのは、入口でぶつかったカップルです。つまり、ウェイターは食べ終えた皿を前に座っている私たちを見ても、さっきからのカップルがまだ食後の語らいをしているのだと思ったわけです」

　空知は彼の言わんとすることが判りかけた。

「判りますね？　食べ終えた皿がテーブルの上に並んでいて、その席に客が掛けているのを見れば、その客が食事を終えたところであるかに見えますよね。まして前後してそこに掛けた客の組み合わせがよく似ていたとしたら。しかし、実際はそうではない場合があると体験から知ったということです」

　空知は面白いと思った。

　何が面白いのだ？　己が破滅しようとしているのに。

　彼の脳裏に、ゆっくりと崩れゆく角砂糖のイメージが浮かんだ。甘美《かんび》な幻影だった。

「あなた、良さん」と空知は呼びかけた。

「何ですか？」

「あなたはさっき、『これも仕事ですから』という言い方をした。いったい、どういう仕事なんです？　私の犯罪を暴《あば》くことは、あなた方のような私立探偵の通常の仕事とは思えない。私を凝った罠に嵌めて、ご苦労な待ち伏せまでして……これのどこが仕事なんですか？」

「それは――」と良が言いかけた時。

「私から言います」と龍が口を挟んだ。「空知さんが柚木兄弟の殺害犯人であるかないか調べて欲しい、という依頼を受けてわれわれは動きました。その方は、そうでなければいい、と祈るような気持ちで調査を依頼してこられたんです。――誰だか判りますか？」

空知ははっとした。

「ユカリさん……ですか？」

セピア色の角砂糖の崩壊はなおも続く。

「そうです」という探偵の声が部屋中に凛《りん》と響いた。「三沢ユカリさんです。彼女は心からあなたのことを心配してらっしゃいました。お姉さんの復讐のために、あなたの手が血で汚れたのでなければいいと思いながらと、泣きそうな顔で私に確かめてくれと頼まれたんです」

「どうして彼女は私を疑ったんです？　何故だか判りません」

空知の頭は混乱した。

「何か根拠があってですか？」

龍は煙草に火をつけ、空になったケースを握り潰した。

「高井さんの失われたアリバイを、あなたがあまりにも向きになって捜されたからです」

空知は昇る紫煙を見つめていた。

「大事な小説を放ってまで、あなたはミナミの街を調べ歩いて回り、執念で高井さんのアリバイを発掘しました。彼女はそれを不自然に感じたそうです」

（どこが不自然なんや？）

「そうでしょうか？　恋した女性を柚木新一によって失った私が、妻を柚木健一によって失った男に親近感を覚えて助けてやろうとしただけです」

「ユカリさんはそんなふうに思わなかったんです。高井さんという人物について何の知識もないあなたが彼の無実を簡単に信じ、向きになって嘘くさいアリバイを掘り出すのに奔走するのは不自然だ。空知さんは真犯人を知っているのではないか、と思い始めてしまったんですよ」

「私が真犯人を知っている。すなわち私が犯人だということですね？」

「いいえ、そこまではおっしゃっていませんでした。ただ、あなたが事件に巻き込まれているのではないかと、そう思うだけで胸が痛む……と言ってましたね」

空知は三月最後の夜を思い出していた。思いがけず梅田のビルで、北の夜景を眺めていたユカリを見かけ、声をかけた夜のことを。片桐と愉快に飲み、語り合った夜のことを。——どうやらあの夜が、自分がささやかながら幸福だった生涯最後の夜だったらしいと思いながら。

「マジックミラーに柚木が映ったんです」

不意に出た空知の言葉に、龍は首を傾げた。

「彦根の駅の近くに、何とかいう喫茶店があって、そこの窓の一枚がマジックミラーになっていたんです。外から見ると鏡に見えるけど、中から見ると素通しのガラスになった窓です。そこで広瀬警部、あ、いや、加瀬警部やユカリさんと入った時、マジックミラーに柚木たちが映るのを見たんです。恵さんの葬儀の後でした。彼らはまさか私がその店にいて、窓越しに外を見ていたとは夢にも思わなかったでしょう。道路を隔てた向こうにスポーツ用品店がありました。その前で彼らは立ち止ると、店先にあったゴルフクラブを取り、二度三度と素振りをして通り過ぎました。その、楽しげに笑っていた顔を忘れたことはありません。彼らが恵さんの命を奪ったのだと私は確信しました。私は——私は——」

龍が立ち上がった。良もテーブルに両手を突いて立つ。

「私たちの仕事は終わりました。真実が知りたいというユカリさんのお気持ちに従って、今夜のことはありのまま報告します。私たちの依頼人は彼女ですから、彼女にだけ。もう私たちがお会いすることはないでしょう。空知さん、面白い小説を読ませていただいて、面白いお話を色々聞かせていただいてありがとうございました」

頭を下げる龍に空知は「待ってください」と声をかけた。

「あの時計の日付表示に血痕が残っていること、どうして知ることができたんですか？」

「私たちもここにくるまでは知りませんでした」

空知は唇を歪めて嗤った。

「では」

「失礼」

二人は立ち去った。

空知は呆然として、ソファから体を起こすことができなかった。

角砂糖の幻さえ、もう、消えた。

＊

双子は月明かりを浴びながら湖畔の道を歩いた。車を停めてある脇道まで歩く。

「やっぱり、後味が悪い」

龍が呟くと、良は薄く笑った。

「かわいそう、か。あの子が」

大きな雲の固まりが流れている。それがゆっくりと月を飲み込んだ。夜がまた暗く、深くなった。

「柚木新一に関する俺の調査報告の内容次第では、三沢恵は彼と結婚しなかったかもしれん。そうしたら、空知雅也も三沢ユカリもこんなことには……」

龍はポケットをまさぐってから舌打ちをした。良がにやりと笑う。

「吸えよ」

彼は立ち止まり、内ポケットからぼんやり銀色に光るシガレットケースを取り出すと、パチンと開いた。一本抜き出すと、龍に渡す。

「ようよう、元気出せよ、兄弟」

良はライターの火を点け、差し出した。龍は背を丸め、両手を翳《かざ》してその火を受けた。

モノローグ

彼はホテルの部屋に帰ってきた。

北を向いた窓から朝日が斜めに差し込んでいる。新しい一日がまた始まろうとしているのだ。

「ただいま」

彼はドアを背に、空疎な部屋に向かって声をかけた。窓も、壁も、机の上のワープロも、何も応えはしなかった。メイクされたまま皺一つないベッドだけが、一体どこで夜を明かしてきたんだ、と少し不満を訴えているような気がした。

「疲れたよ、俺は」

そう呟いてベッドに体を投げた。白い天井を眩しく思いながら、彼はしばらくその一点を見つめていた。

一睡もしないまま、余呉の家のソファに夜明け前まで抱かれていた。まだ山の端がぼんやりと明らむ少し前、闇が一番濃い時間にようやく起き上がって車に乗った。名神高速を大阪まで走りながら、眠りたいとは思わなかった。極度の疲労感のためにかえってすべての感覚が覚醒してしまい、奇妙なけだるい高揚感が体に満ちていた。

「柚木新一を殺したのは私です」

ふとそんなことを口にしていた。

「柚木健一を殺したのも私です」

助手席には恵の形見の文庫本が載っていた。無造作に道路地図の下に置いていたその本を見つけた時、彼は失笑してしまった。何て間抜けな殺人犯人だと呆れたのだ。そして、それに気がつかなかった周りの奴らも何て間抜けなんだ、とおかしかった。大阪までの間、彼は何度もその本をちらりと見た。自分に残されたただ一つの救いのような気がした。

八時が過ぎ、九時になっても彼はまだ寝転んで天井を見ていた。どうすれば昨夜のことが夢だったことになるだろうか？　彼は何かいい理屈はないかと考えを巡らせていた。

「これは夢かな」

独白を天井に向けて吐いても、それはたちまち沈黙に飲まれた。

「実は夢でした、ということにしてくれ。人生に一回だけそういうのがあっても、ええやろう」

何を馬鹿な独り言を、と思い、ベッドの上で体を起こした。窓からは双子のビルが正面に見えていた。そして彼は、その二つの墓標のような塔から目を離すことができなかった。

――自分は鏡の中へと入ってしまっていたのだ。

――とうに正気を失っていたのだ。

――異郷の住人なのだ。

鏡の世界の現実を受け容れようとした。

電話が鳴った。

ゆっくりと歩み寄り、受話器を取る。

「はい、空知です」

鏡の向う側からの声が応える。

「片桐です」

次の言葉が予想できて、空知は顫えた。
「新しいトリックはできましたか？」

——終——

●本文中の列車、飛行機の時刻表は日本交通公社出版事業局の協力により、ＪＴＢ時刻表一九八九年四月号より転載。

解説

鮎川哲也

有栖川氏が推理小説を書き始めたのは、同志社大学・推理小説研究会に在籍していた頃だから、かなり昔のことになるが、プロのミステリー作家として登場したのは、一九八九年のことで、その作品は長篇「月光ゲーム」であった。ついで「孤島パズル」を書き、エラリー・クイーン風な論理ミステリーの作家として注目を浴びた。そして一九九二年に発表した「双頭の悪魔」でその地位を確立するとともに、マニアたちの間でも本格ミステリー作家としてゆるぎない名声を確立した。

これらの長篇には、母校同志社大学のミステリー研及びそのメンバーをモデルにしたと覚《おぼ》しき若者たちが登場し、たより甲斐のある上級生「江神さん」をリーダーとして、難事件を解決していくという形をとっている。従って当然のことながら青春小説の匂いのする作風でもあった。

それはそれで結構なことであり、若き作家は今後も引き続きこの種の長篇を発表していくものと思われるのだが、今回文庫入りした「マジックミラー」は異色作というか、常連となっていた若者たちは一人も顔を見せることがない。その理由は、クイーン流の作風を一擲《いってき》して、クロフツ風のアリバイ物への転進を謀ったからである。

エラリー・クイーンが得意としている、論理の積み重ねによって事件の真相を看破《かんぱ》しようとする作風と、地道な捜査を重ねていって、ようやく曙光《しょこう》を見出そうとするクロフツ風のアリバイ破りの小説は、形式も違えば推理の方法も異なっており、エラリー・クイーンがクロフツ型の小説を一篇も書かなかった事実、あるいはクロフツがクイーン風の名探偵物を一篇ものにしていない事実からも推測できるように、作家の体質がまるっきり違っているために、さすがのクイーン、あるいはさすがのクロフツの才能を以てしても、書くことが不可能だからであった。

私の知る限り、世界中のミステリー作家を眺めても、二つのタイプの作品を融合させ発展させて一篇のすぐれた長篇にまとめ上げた人は、有栖川氏のほかにはいないのである。そうした意味からするならば「マジックミラー」は非常に技巧的な作品であり、と同時にクイーンやクロフツの上を狙って成功した稀少な例であった。

初読のときの私は、特に博多駅における美事なトリックに目をみはった。まだこういう方法が残されていたのか。そう思ってしばらくの間、呆けたように腕組みをして椅子に坐りつづけていた。後で知ったことだが、この作家は大変な鉄道マニアなのだそうである。

凝《こ》るといえば、ダイアローグと題した冒頭の短文のなかで、双生児を登場させたこともそうであった。戦前のアメリカに、ジョンストン・マッカレーという作家がいて、一卵性双生児の兄弟を主人公に数々の通俗ミステリーを書き、「新青年」の常連といってもよい人気作家だった。戦後、マッカレーが本国でもほとんど忘れ去られているのは不当な気もするが、あまりに通俗読者の受けを狙ったとあれば止むを得ぬことかも知れない。しかし、通俗冒険ミステリーであったからこそ双生児の活劇シリーズを書き続けることができたのであり、本格物で双生児を取り上げるということはなまなかな才能では書けるものではないのである。

本篇の場合にしても、プロローグを読んだだけで読者は、彼らが入れ替ることによって物語のなかの不可能興味を増幅させる気だな、と考える。そしてまた作者のほうも、読者の胸の内は承知している。従って作者としてはその分だけ書き難くなるわけだけれど、そこがまた有栖川氏の腕の見せどころということにもなる。

本格ミステリーの場合の不文律の一つに、読者に対して虚偽の叙述をしてはならないということがある。或る時点で、A吉が弟のB平に入れ替ったとしても、作者はとぼけた顔でA吉が化けたB平を「B平」と書くことはできないのである。まあ私だったら代名詞で押し通すほかはあるまいが、いままでB平という固有名詞で呼びつづけて来た作者が、心機一転したみたいに「彼」を連発するようになったとすると、目ざとい読者に気づかれることは間違いなく、作者の手の内はたちまち見抜かれてしまう。こうした一点を取り上げただけでも、双生児物の難しさはよく解って貰えると思う。以上は仮定の話だが、有栖川氏がさまざまな難点をどうやって乗り越えていくか、そこがまた見どころであるとともに、面白いところなのである。

なお本作は「地獄荘で語り明かした人たち」にデディケートされている。それについて少しふれておこう。

東京創元社が長篇本格ミステリーの公募をするようになって、三人の新人が生まれた。関西からも有栖川氏をはじめ本格派の作家たちが授賞式の集いに出席してくれる。男性作家は可愛らしい奥さんをつれて、女性作家は旦那さんをつれて。

そして宴果てたあと、東京在住の作家は帰宅するし、私は会場になったホテルに一泊して、若い作家たちと眠くなるまで語る。さらに一部の人たちは東京創元社の戸川編集長の自宅に誘われて、寝もやらずミステリー談義をする。有栖川氏はもとより若い人々にとっては、それが忘れられぬ楽しい思い出となって、心のなかに定着するというわけなのである。

地獄荘という名称は、かつて立教大学のミステリークラブに所属した若きめんめんが名づけたものだそうだ。機関誌「立教ミステリー」の編集長だった戸川氏は、締切が近づくと自分の勉強部屋に後輩たちを呼んで、夜も眠らせずに編集の手伝いをさせた。若者たちはネを上げて「戸川さんは鬼じゃ」「あの部屋は地獄じゃ」と吐息した。

その地獄荘の呼び名は戸川氏がプロの編集者となった今日もなお継承され、新進ミステリー作家を畏怖させている、という次第なのである。

文庫版のためのあとがき

『新本格』の仕掛人である講談社の宇山日出臣氏から「長編を書いてもらいたい」という電話をいただいたのは、一九八九年一月。私の処女作『月光ゲーム』（東京創元社）が世に出る直前のことだった。「あなたの作品を読んだことはないが（本が出ていないのだから当たり前だ）、ペンネームが気に入ったので」といううけったいなことを言われたのを思い出す。編集者からの原稿依頼というのはこんなものなのだろうか、と素人《しろうと》の私は思いつつ、「はい、書かせていただきます」とお受けして書いたのが本書『マジックミラー』だった。——ちなみに、今になって思えば宇山氏の行動はやはりまともではない。

本作のメイントリックは大学時代に考えついたもので、（ここだけの話）作者本人にとっては非常に自信のあるものだった。「早く発表しなくては。他人に先を越されては大変だ」などと（ここだけの話！）焦《あせ》りながら書いたし、今もとても愛着が深い。本作が頂戴《ちょうだい》した評の中では、ある読者の方からいただいたお便りにあった「アンチ鉄道ミステリ」という評が最もわが意を得たものだった。——お読みいただいた皆さん、いかがですか？

初出のノベルスの読者カード等で、第七章のアリバイ講義に関して、「作例が知りたい」というご意見をたくさん（でもないか）いただいた。未読の方の興味を削《そ》ぐのを避けるために作例を省いたのだが、そんなことをされると気になって仕方がない、という方もいらっしゃるらしい。文中で作家名まで出しておきながら思わせぶりに作品名を伏せたものについてだけは、以下で明らかにしたい。興味のない方、大きなお世話だというオタクは次の十七行を飛ばしていただきたい。

①証人に悪意がある場合
　「ナイルに死す」（A・クリスティ）
　「不連続殺人事件」（坂口安吾）
②証人がⓐⓑⓒすべてを錯覚している場合
　「人それを情死と呼ぶ」（鮎川哲也）
④証拠物件が偽造されている場合

「フレンチ警部の多忙な休暇」（F・W・クロフツ）

⑤犯行推定時間に錯誤がある場合ⓐⓑ

「鍵孔のない扉」（鮎川哲也）

⑥ルートに盲点がある場合

「シタフォードの謎」「ゼロ時間へ」（A・クリスティ）

⑦遠隔殺人

「空白の起点」「炎の虚像」他（笹沢左保）

⑧誘導自殺

「暗い傾斜」他（笹沢左保）

⑨「アリバイがない」場合

「真昼に別れるのはいや」（笹沢左保）

⑧の作例など、自殺であるとバラされてしまっては読む気が失《う》せる、と思ったら大間違いの傑作なので、ぜひご一読を。

今回の文庫化にあたって行なった加筆訂正はわずかな部分だが、作中にJTB時刻表がオリジナルの形で挿入《そうにゅう》されている点が異なっている（初出のノベルスでは編集部で作り直した表だった）。大方の読者にとってはどちらでもいいことであろうことに作者がこだわり、文庫担当の白川充氏に随分と無理を言って入れていただいたものだ。敬愛するマエストロ、鮎川哲也氏に解説を書いていただいた幸福とともに、深く感謝いたします。ありがとうございました。

新装版のためのあとがき

十五年前、この作品が文庫化された際に文章の手直しをした。新装版を出すにあたり、再び化粧直しの機会を得たわけだが、今回の方が修正を加えた箇所が多いように思う。といっても、新しいシーンを書き足したり、どこかを大幅に削ったりはしていないから、全編を掃除したという程度のことだが。

旧作を読み返すのは面映《おもはゆ》い。ましてやデビュー三年目に発表した第三作だから顔が赤くなるのでは、と懸念したのだが、これがそうでもなかった。よりひどい有様を覚悟して読んだからかもしれない。

中盤、はらはらして心臓が縮んだ。物語がスリリングだったからではなく、書いた当人がトリックの一部を忘れていたためだ。「おかしい。××の××について説明がつかん！」と頭を抱えたのだが、最後まで読むと納得した。はぁ。齢をとるとは、こういうことか。

加齢によって、人はあつかましくもなる。だから臆面もなく書いてしまうが、この小説の作者に「よくこんなことを考えたな」と言いたい。巷間、有栖川有栖の代表作は千枚を超す犯人当て小説『双頭の悪魔』だということになっているようだ。「またああいうのを書いてくださいよ」とリクエストされることがあり、それは可能だと本人は（希望も込めて）信じているのだけれど、『マジックミラー』のようなものをもう一度書く自信はない。

書き上げた直後、続編なり姉妹編なりが書けないものか、と思案したこともある。『マジックミラー』＝MMと対になるように『ブラックボックス』＝BBという題名も考えた。そんな野望もいつしか失せたはずだが……。若さと情熱を保つため、心の片隅に留めておくことにしよう。

新たな読者と出会うため、新装版という形でリイシューされることになったが、その目的が果たせることを切に望んでいる。

大路《おうじ》浩実《ひろみ》さんにスタイリッシュな装丁をしていただいたことを喜ぶとともに、辰巳《たつみ》四郎《しろう》さんによる旧版のジャケットをカラー口絵として巻頭に残せたことも、心からうれしく思います。ミステリファンならよくご存じのとおり、辰巳さんの装丁こそ新本格の印でした。お二人から素晴らしい顔を頂戴して、作者としては光栄が身に余ります。

鮎川哲也《あゆかわてつや》先生による解説は、旧版のままです。これは私にとって宝物なので。思えば、『マジックミラー』は幸せな作品です。

最後になりましたが、新装版のご提案をいただいた講談社文庫出版部の唐木厚《からきあつし》部長、〈塀際の魔術師〉の異名が頼もしい担当の長谷川淳《はせがわじゅん》さん、そして読者の皆様に御礼申し上げます。

ありがとうございます。

'08・3・25

有栖川　有栖

有栖川有栖 著作リスト（2009年7月現在）

★…火村英生シリーズ　☆…江神二郎シリーズ

〈長編〉

月光ゲーム――Yの悲劇'88――☆　東京創元社（'89）／創元推理文庫（'94）
孤島パズル☆　東京創元社（'89）／創元推理文庫（'96）
マジックミラー　講談社ノベルス（'90）／講談社文庫（'93）
双頭の悪魔☆　東京創元社（'92）／創元推理文庫（'99）
46番目の密室★　講談社ノベルス（'92）／講談社文庫（'95）
ダリの繭★　角川文庫（'93）／角川書店（'99）
海のある奈良に死す★　双葉社（'95）／角川文庫（'98）／双葉文庫（'00）
スウェーデン館の謎★　講談社ノベルス（'95）／講談社文庫（'98）
幻想運河　実業之日本社（'96）／講談社ノベルス（'99）／講談社文庫（'01）
朱色の研究★　角川書店（'97）／角川文庫（'00）
幽霊刑事《デカ》　講談社（'00）／講談社ノベルス（'02）／講談社文庫（'03）
マレー鉄道の謎★　講談社ノベルス（'02）／講談社文庫（'05）
虹果て村の秘密（ジュヴナイル）　講談社ミステリーランド（'03）
乱鴉の島★　新潮社（'06）／講談社ノベルス（'08）
女王国の城☆　東京創元社 創元クライム・クラブ（'07）
妃は船を沈める★　光文社（'08）

〈中編〉

まほろ市の殺人 冬　蜃気楼に手を振る　祥伝社文庫（'02）

〈短編集〉

ロシア紅茶の謎★　講談社ノベルス（'94）／講談社文庫（'97）
山伏地蔵坊の放浪　東京創元社（'96）／創元推理文庫（'02）
ブラジル蝶の謎★　講談社ノベルス（'96）／講談社文庫（'99）
英国庭園の謎★　講談社ノベルス（'97）／講談社文庫（'00）

ジュリエットの悲鳴　実業之日本社（'98）／実業之日本社ジョイ・ノベルス（'00）／角川文庫（'01）
ペルシャ猫の謎★　講談社ノベルス（'99）／講談社文庫（'02）
暗い宿★　角川書店（'01）／角川文庫（'03）
作家小説　幻冬舎（'01）／幻冬舎ノベルス（'03）／幻冬舎文庫（'04）
絶叫城殺人事件★　新潮社（'01）／新潮文庫（'04）
スイス時計の謎★　講談社ノベルス（'03）／講談社文庫（'06）
白い兎が逃げる★　光文社カッパ・ノベルス（'03）／光文社文庫（'07）
モロッコ水晶の謎★　講談社ノベルス（'05）／講談社文庫（'08）
動物園の暗号★☆　岩崎書店（'06）
壁抜け男の謎　角川書店（'08）
火村英生に捧げる犯罪★　文藝春秋（'08）
赤い月、廃駅の上に　メディアファクトリー（'09）

〈エッセイ集〉

有栖の乱読　メディアファクトリー（'98）
作家の犯行現場　メディアファクトリー（'02）／新潮文庫（'05）
迷宮逍遥　角川書店（'02）／角川文庫（'05）
赤い鳥は館に帰る　講談社（'03）
謎は解ける方が魅力的　講談社（'05）
正しく時代に遅れるために　講談社（'06）
鏡の向こうに落ちてみよう　講談社（'08）
有栖川有栖の鉄道ミステリー旅　山と渓谷社（'08）

〈共著・編著〉

鮎川哲也読本　原書房（'98）
＊芦辺拓・二階堂黎人と共同監修
本格ミステリーを語ろう！［海外編］　原書房（'99）
＊芦辺拓・小森健太朗・二階堂黎人との座談会本
有栖川有栖の密室大図鑑　現代書林（'99）／新潮文庫（'03）
＊画・磯田和一／文・有栖川有栖

有栖川有栖の本格ミステリ・ライブラリー　角川文庫（'01）
新本格謎夜会《ミステリー・ナイト》　講談社ノベルス（'03）
＊綾辻行人との謎ときイベント＋トークショー
有栖川有栖の鉄道ミステリ・ライブラリー　角川文庫（'04）
綾辻行人と有栖川有栖のミステリ・ジョッキー①　講談社（'08）
大阪探偵団　沖積社（'08）
＊河内厚郎との対談集
密室入門！　メディアファクトリー（'08）
＊安井俊夫との共著
まほろ市の殺人　祥伝社ノン・ノベル（'09）
＊我孫子武丸・倉知淳・麻耶雄嵩との競作

●本書は一九九〇年四月、小社ノベルスとして刊行されました。

|著者|有栖川有栖　1959年大阪市生まれ。同志社大学法学部卒業。在学中は推理小説研究会に所属。1989年に『月光ゲーム』で鮮烈なデビューを飾り、以降「新本格」ミステリムーブメントの最前線を走りつづけている。2003年に『マレー鉄道の謎』で第56回日本推理作家協会賞を受賞し、2008年には『女王国の城』で第8回本格ミステリ大賞を受賞。近著に『菩提樹荘の殺人』『怪しい店』『鍵の掛かった男』などがある。

新装版《しんそうばん》　マジックミラー

有栖川有栖《ありすがわありす》

講談社文庫

定価はカバーに
表示してあります

1993年5月15日旧版　第1刷発行
2007年9月28日旧版　第33刷発行
2008年4月15日新装版第1刷発行
2016年2月1日新装版第4刷発行

発行者——鈴木　哲
発行所——株式会社　講談社
東京都文京区音羽2-12-21　〒112-8001
電話　出版（03）5395-3510
　　　販売（03）5395-5817
　　　業務（03）5395-3615

Printed in Japan

デザイン—菊地信義
本文データ制作—講談社デジタル製作部
印刷———豊国印刷株式会社
製本———株式会社国宝社

ISBN978-4-06-276015-7

講談社文庫刊行の辞

二十一世紀の到来を目睫に望みながら、われわれはいま、人類史上かつて例を見ない巨大な転換期をむかえようとしている。

世界も、日本も、激動の予兆に対する期待とおののきを内に蔵して、未知の時代に歩み入ろうとしている。このときにあたり、創業の人野間清治の「ナショナル・エデュケイター」への志を現代に甦らせようと意図して、われわれはここに古今の文芸作品はいうまでもなく、ひろく人文・社会・自然の諸科学から東西の名著を網羅する、新しい綜合文庫の発刊を決意した。

激動の転換期はまた断絶の時代である。われわれは戦後二十五年間の出版文化のありかたへの深い反省をこめて、この断絶の時代にあえて人間的な持続を求めようとする。いたずらに浮薄な商業主義のあだ花を追い求めることなく、長期にわたって良書に生命をあたえようとつとめるところにしか、今後の出版文化の真の繁栄はあり得ないと信じるからである。

同時にわれわれはこの綜合文庫の刊行を通じて、人文・社会・自然の諸科学が、結局人間の学にほかならないことを立証しようと願っている。かつて知識とは、「汝自身を知る」ことにつきていた。現代社会の瑣末な情報の氾濫のなかから、力強い知識の源泉を掘り起し、技術文明のただなかに、生きた人間の姿を復活させること。それこそわれわれの切なる希求である。

われわれは権威に盲従せず、俗流に媚びることなく、渾然一体となって日本の「草の根」をかたちづくる若く新しい世代の人々に、心をこめてこの新しい綜合文庫をおくり届けたい。それは知識の泉であるとともに感受性のふるさとであり、もっとも有機的に組織され、社会に開かれた万人のための大学をめざしている。大方の支援と協力を衷心より切望してやまない。

一九七一年七月

野間省一

有栖川有栖　ロシア紅茶の謎
有栖川有栖　スウェーデン館の謎
有栖川有栖　ブラジル蝶の謎
有栖川有栖　英国庭園の謎
有栖川有栖　ペルシャ猫の謎
有栖川有栖　幻想運河
有栖川有栖　幽霊刑事《デカ》
有栖川有栖　マレー鉄道の謎
有栖川有栖　スイス時計の謎
有栖川有栖　モロッコ水晶の謎
有栖川有栖　新装版 マジックミラー
有栖川有栖　新装版 46番目の密室
有栖川有栖　虹果て村の秘密
有栖川有栖　闇の喇叭《らっぱ》
有栖川有栖　真夜中の探偵
有栖川有栖　論理爆弾
有栖川有栖／篠田真由美／二階堂黎人／法月綸太郎　「Y」の悲劇
有栖川有栖／恩田陸／加納朋子／貫井徳郎／法月綸太郎　「ABC」殺人事件
明石散人　東洲斎写楽はもういない
佐々木幹雄

明石散人　二人の天魔王〈「信長」の真実〉
明石散人　龍安寺石庭の謎〈スペース・ガーデン〉
明石散人　ジェームス・ディーンの向こうに日本が視える
明石散人　謎ジパング〈誰も知らない日本史〉
明石散人　アカシックファイル〈日本の「謎」を解く！〉
明石散人　真説 謎解き日本史
明石散人　視えずの魚《うお》
明石散人　鳥玄坊〈根源の謎〉
明石散人　鳥玄坊〈時間の裏側〉
明石散人　鳥玄坊〈ゼロから零へ〉
明石散人　大老猫《だいろうびょう》の外交術〈鄧小平秘録〉
明石散人　日本国大崩壊〈アカシックファイル〉
明石散人　七つの金印〈日本史アンダーワールド〉
明石散人　日本語千里眼
姉小路祐　刑事長《デカチョウ》
姉小路祐　刑事長《デカチョウ》四の告発
姉小路祐　刑事長《デカチョウ》越権捜査
姉小路祐　刑事長《デカチョウ》殉職
姉小路祐　東京地検特捜部

姉小路祐　仮面官僚〈東京地検特捜部〉
姉小路祐　汚職捜査〈警視庁サンズイ別動班〉
姉小路祐　合併裏頭取〈警視庁サンズイ別動班〉
姉小路祐　首相官邸占拠399分
姉小路祐　化野《あだしの》学園の犯罪〈教育実習生 西郷大介の事件日誌〉
姉小路祐　法廷戦術
姉小路祐　司法改革
姉小路祐　「本能寺」の真相
姉小路祐　京都七不思議の真実
姉小路祐　密命副検事
姉小路祐　署長刑事《デカ》〈大阪中央署人情捜査録〉
姉小路祐　署長刑事《デカ》時効廃止
姉小路祐　署長刑事《デカ》指名手配
姉小路祐　署長刑事《デカ》徹底抗戦
姉小路祐　監察特任刑事《デカ》
秋元康　伝染歌
浅田次郎　日輪の遺産
浅田次郎　勇気凛凛ルリの色
浅田次郎　勇気凛凛ルリの色
浅田次郎　四十肩と恋愛

浅田次郎 地下鉄《メトロ》に乗って
浅田次郎 霞町物語
浅田次郎 勇気凜凜ルリの色
浅田次郎 福音について 勇気凜凜ルリの色
浅田次郎 満天の星
浅田次郎 ひとは情熱がなければ生きていけない〈勇気凜凜ルリの色〉
浅田次郎 シェエラザード(上)(下)
浅田次郎 歩兵の本領
浅田次郎 蒼穹の昴 全4巻
浅田次郎 珍妃の井戸
浅田次郎 中原の虹 (一)(二)
浅田次郎 中原の虹 (三)(四)
浅田次郎 マンチュリアン・リポート
浅田次郎 天国までの百マイル
浅田次郎原作 ながやす巧漫画 鉄道員《ぽっぽや》／ラブ・レター
青木玉 小石川の家
青木玉 帰りたかった家
青木玉 上り坂下り坂
青木玉 底のない袋
青木玉 記憶の中の幸田一族〈青木玉対談集〉

芦辺拓 時の誘拐
芦辺拓 怪人対名探偵
芦辺拓 時の密室
芦辺拓 探偵宣言〈森江春策の事件簿〉
浅川博忠 小説角栄学校
浅川博忠 小説池田学校
浅川博忠 「新党」盛衰記〈新自由クラブから国民新党まで〉
浅川博忠 自民党幹事長〈三百億のカネ、八百のポストを握る男〉
浅川博忠 小泉純一郎とは何者だったのか
浅川博忠 政権交代狂騒曲
荒和雄 預金封鎖
阿部和重 アメリカの夜
阿部和重 グランド・フィナーレ
阿部和重 ABC〈阿部和重初期作品集〉
阿部和重 ミステリアスセッティング
阿部和重 IP／NN 阿部和重傑作集
阿部和重 シンセミア(上)(下)
阿部和重 ピストルズ(上)(下)
阿部和重 クエーサーと13番目の柱

阿川佐和子 あんな作家こんな作家どんな作家
阿川佐和子 恋する音楽小説
阿川佐和子 いい歳旅立ち
阿川佐和子 屋上のあるアパート
阿川佐和子 マチルデの肖像〈恋する音楽小説2〉
麻生幾 加筆完全版 宣戦布告(上)(下)
麻生幾 奪還
青木奈緒 うさぎの聞き耳
青木奈緒 動くとき、動くもの
赤坂真理 ヴァイブレータ 新装版
赤尾邦和 イラク高校生からのメッセージ
浅暮三文 ダブ(エ)ストン街道
安野モヨコ 美人画報
安野モヨコ 美人画報ハイパー
安野モヨコ 美人画報ワンダー
梓澤要 遊部(上)(下)
雨宮処凜 暴力恋愛
雨宮処凜 ともだち刑
雨宮処凜 バンギャル ア ゴーゴー1・2・3

講談社文庫　目録

有村英明　届かなかった贈り物〈心臓移植を待ちつづけた87日間〉
有吉玉青　キャベツの新生活
有吉玉青　車掌さんの恋
有吉玉青　恋するフェルメール〈37作品への旅〉
有吉玉青　風の牧場
有吉玉青　美しき一日《いちじつ》の終わり
甘糟りり子　みちたりた痛み
甘糟りり子　長い失恋
赤井三尋　翳《かげ》りゆく夏
赤井三尋　花　曇り
赤井三尋　バベルの末裔
赤井三尋　月と詐欺師(上)(下)
赤井三尋　面影はこの胸に
あさのあつこ　NO.6〔ナンバーシックス〕#1
あさのあつこ　NO.6〔ナンバーシックス〕#2
あさのあつこ　NO.6〔ナンバーシックス〕#3
あさのあつこ　NO.6〔ナンバーシックス〕#4
あさのあつこ　NO.6〔ナンバーシックス〕#5
あさのあつこ　NO.6〔ナンバーシックス〕#6

あさのあつこ　NO.6〔ナンバーシックス〕#7
あさのあつこ　NO.6〔ナンバーシックス〕#8
あさのあつこ　NO.6〔ナンバーシックス〕#9
あさのあつこ　NO.6beyond〔ナンバーシックス・ビヨンド〕
あさのあつこ　待ってる〈橘屋草子〉
赤城　毅　虹のつばさ
赤城　毅　麝香姫《じゃこうひめ》の恋文
赤城　毅　書《ル》・物《シャ》狩《スー》人《ル》
赤城　毅　書《ル》・物《ラビ》迷《ラン》宮《ト》
赤城　毅　書《ル》・物《トリビ》法《ュナ》廷《ル》
新井満・新井紀子　ハイジ紀行〈ふたりで行く『アルプスの少女ハイジ』の旅〉
新井満・新井紀子　木を植えた男を訪ねて〈ふたりで行く南仏プロヴァンスの旅〉
化野《あだしの》燐《りん》　蠱《こ》猫《ねこ》〈人工憑霊蠱猫〉
化野燐　白《はく》澤《たく》〈人工憑霊蠱猫〉
化野燐　渾《こん》沌《とん》王《おう》〈人工憑霊蠱猫〉
化野燐　件《くだん》獣《じゅう》〈人工憑霊蠱猫〉
化野燐　呪《じゅ》物《ぶっ》館《かん》〈人工憑霊蠱猫〉
化野燐　妄《もう》邪《じゃ》船《ぶね》〈人工憑霊蠱猫〉
化野燐　人外鏡〈人工憑霊蠱猫〉

化野燐　迷《まよ》異《い》家《が》〈人工憑霊蠱猫〉
青山真治　ホテル・クロニクルズ
青山真治　死の谷'95
阿部夏丸　泣けない魚たち
阿部夏丸　オグリの子
阿部夏丸　見えない敵
阿部夏丸　父のようにはなりたくない
青山　潤　アフリカにょろり旅
青山　潤　うなドン〈南の楽園にょろり旅〉
梓　河人　ぼくとアナン
赤木ひろこ　ひでさん〈松井秀喜ができたわけ〉
朝倉かすみ　肝、焼ける
朝倉かすみ　好かれようとしない
朝倉かすみ　ともしびマーケット
朝倉かすみ　感応連鎖
天野　宏　薬の雑学事典〈薬好き日本人のための〉
阿部佳　わたしはコンシェルジュ
秋田禎信　カナスピカ
朝比奈あすか　憂鬱なハスビーン

講談社文庫　目録

荒山　徹　柳生大戦争
荒山　徹　柳生大作戦（上）（下）
荒山　徹　友を選ばば柳生十兵衛
天野作市　気高き昼寝
天野作市　みんなの旅行
青柳碧人　浜村渚の計算ノート
青柳碧人　浜村渚の計算ノート 2さつめ〈ふしぎの国の期末テスト〉
青柳碧人　浜村渚の計算ノート 3さつめ〈水色コンパスと恋する幾何学〉
青柳碧人　浜村渚の計算ノート 3と$\frac{1}{2}$さつめ〈ふえるま島の最終定理〉
青柳碧人　浜村渚の計算ノート 4さつめ〈方程式は歌声に乗って〉
青柳碧人　浜村渚の計算ノート 5さつめ〈鳴くよウグイス、平面上〉
青柳碧人　浜村渚の計算ノート 6さつめ〈パピルスよ、永遠に〉
青柳碧人　双月高校、クイズ日和
青柳碧人　東京湾 海中《かいちゅう》高校
青柳碧人　希土類少女《レアアース・ガール》
朝井まかて　花《はな》競《くら》べ〈向嶋なずな屋繁盛記〉
朝井まかて　ちゃんちゃら
朝井まかて　すかたん
朝井まかて　ぬけまいる

朝井まかて　恋歌
歩《あゆみ》りえこ　ブラを捨て旅に出よう〈貧乏乙女の〝世界一周〟旅行記〉
アダム徳永　スローセックスのすすめ
安藤祐介　営業零《ぜろ》課《か》接待班
安藤祐介　被取締役《とりしまられやく》新入社員〈大翔製菓広報宣伝部〉
安藤祐介　おい！山田
安藤祐介　宝くじが当たったら
青木理　絞首刑
天祢《あまね》涼　キョウカンカク　美しき夜に
麻見和史　石の繭〈警視庁殺人分析班〉
麻見和史　蟻《あり》の階段〈警視庁殺人分析班〉
麻見和史　水晶の鼓動〈警視庁殺人分析班〉
麻見和史　虚空の糸〈警視庁殺人分析班〉
赤坂憲雄　岡本太郎という思想
有川浩　三匹のおっさん
有川浩　三匹のおっさん　ふたたび
有川浩　ヒア・カムズ・ザ・サン
青山七恵　わたしの彼氏
青山七恵　快楽

荒崎一海　無流心月剣〈宗元寺隼人密命帖㈠〉
浅野里沙子　花篝《はなかがり》御探し物請負屋
朱野帰子《かえるこ》　駅物語
朱野帰子　超聴覚者 七川小春〈真実への潜入〉
東浩紀　一般意志2・0〈ルソー、フロイト、グーグル〉
五木寛之　ソフィアの秋
五木寛之　狼のブルース
五木寛之　海峡物語
五木寛之　風花のひと
五木寛之　鳥の歌（上）（下）
五木寛之　燃える秋
五木寛之　真夜中の望遠鏡〈流されゆく日々'78〉
五木寛之　ナホトカ青春航路〈流されゆく日々'79〉
五木寛之　海の見える街にて〈流されゆく日々'80〉
五木寛之　改訂新版 青春の門 全六冊
五木寛之　新装決定版 青春の門 筑豊篇（上）（下）
五木寛之　旅の幻燈
五木寛之　他力
五木寛之　こころの天気図

五木寛之　新装版 恋歌
五木寛之　百寺巡礼 第一巻 奈良
五木寛之　百寺巡礼 第二巻 北陸
五木寛之　百寺巡礼 第三巻 京都Ⅰ
五木寛之　百寺巡礼 第四巻 滋賀・東海
五木寛之　百寺巡礼 第五巻 関東・信州
五木寛之　百寺巡礼 第六巻 関西
五木寛之　百寺巡礼 第七巻 東北
五木寛之　百寺巡礼 第八巻 山陰・山陽
五木寛之　百寺巡礼 第九巻 京都Ⅱ
五木寛之　百寺巡礼 第十巻 四国・九州
五木寛之　海外版 百寺巡礼 インド1
五木寛之　海外版 百寺巡礼 インド2
五木寛之　海外版 百寺巡礼 朝鮮半島
五木寛之　海外版 百寺巡礼 中国
五木寛之　海外版 百寺巡礼 ブータン
五木寛之　海外版 百寺巡礼 日本・アメリカ
五木寛之　青春の門 第七部 挑戦篇
五木寛之　親鸞 (上)(下)
五木寛之　親鸞 激動篇 (上)(下)
井上ひさし　モッキンポット師の後始末
井上ひさし　ナイン
井上ひさし　四千万歩の男 全五冊
井上ひさし　四千万歩の男 忠敬の生き方
井上ひさし　ふふふ
井上ひさし　ふふふふ
井上ひさし　黄金《きん》の騎士団 (上)(下)
井上ひさし　一分ノ一 (上)(中)(下)
井上ひさし
司馬遼太郎　国家・宗教・日本人
池波正太郎　私の歳月
池波正太郎　よい匂いのする一夜
池波正太郎　梅安料理ごよみ
池波正太郎　田園の微風
池波正太郎　新 私の歳月
池波正太郎　おおげさがきらい
池波正太郎　わたくしの旅
池波正太郎　わが家の夕めし
池波正太郎　新しいもの古いもの
池波正太郎　作家の四季
池波正太郎　新装版 緑のオリンピア
池波正太郎　新装版 殺しの四人〈仕掛人 藤枝梅安(一)〉
池波正太郎　新装版 梅安蟻地獄〈仕掛人 藤枝梅安(二)〉
池波正太郎　新装版 梅安最合傘〈仕掛人 藤枝梅安(三)〉
池波正太郎　新装版 梅安針供養〈仕掛人 藤枝梅安(四)〉
池波正太郎　新装版 梅安乱れ雲〈仕掛人 藤枝梅安(五)〉
池波正太郎　新装版 梅安影法師〈仕掛人 藤枝梅安(六)〉
池波正太郎　新装版 梅安冬時雨〈仕掛人 藤枝梅安(七)〉
池波正太郎　新装版 近藤勇白書 (上)(下)
池波正太郎　新装版 忍びの女 (上)(下)
池波正太郎　新装版 まぼろしの城
池波正太郎　新装版 殺しの掟
池波正太郎　新装版 抜討ち半九郎
池波正太郎　新装版 剣法一羽流
池波正太郎　新装版 若き獅子
池波正太郎　新装版 娼婦の眼
井上　靖　楊貴妃伝
井上　靖　わが母の記

講談社文庫　目録

石川英輔　大江戸神仙伝
石川英輔　大江戸仙境録
石川英輔　大江戸えねるぎー事情
石川英輔　大江戸遊仙記
石川英輔　大江戸仙界紀
石川英輔　大江戸生活事情
石川英輔　大江戸リサイクル事情
石川英輔　雑学「大江戸庶民事情」
石川英輔　大江戸仙女暦
石川英輔　大江戸仙花暦
石川英輔　大江戸えころじー事情
石川英輔　大江戸番付事情
石川英輔　大江戸庶民いろいろ事情
石川英輔　大江戸開府四百年事情
石川英輔　江戸時代はエコ時代
石川英輔　大江戸妖美伝
石川英輔　大江戸省エネ事情
石川英輔　ニッポンのサイズ〈身体ではかる尺貫法〉
石川英輔　実見　江戸の暮らし
石川英輔　〈見てきたように絵で巡る〉ブラッとお江戸探訪帳
石川英輔／田中優子　大江戸生活体験事情
石牟礼道子　新装版　苦《く》海《がい》浄《じょう》土《ど》〈わが水俣病〉
今西祐行　肥後の石工
いわさきちひろ　ちひろのことば
松本猛／いわさきちひろ　いわさきちひろの絵と心
松本猛／いわさきちひろ　ちひろへの手紙
いわさきちひろ／絵本美術館編　ちひろ・子どもの情景〈文庫ギャラリー〉
いわさきちひろ／絵本美術館編　ちひろ・紫のメッセージ〈文庫ギャラリー〉
いわさきちひろ／絵本美術館編　ちひろの花ことば〈文庫ギャラリー〉
いわさきちひろ／絵本美術館編　ちひろのアンデルセン〈文庫ギャラリー〉
いわさきちひろ／絵本美術館編　ちひろ・平和への願い〈文庫ギャラリー〉
石野径一郎　新装版　ひめゆりの塔
今西錦司　生物の世界
井沢元彦　義経幻殺録
井沢元彦　光と影の武蔵〈切支丹秘録〉
井沢元彦　新装版　猿丸幻視行
一ノ瀬泰造　地雷を踏んだらサヨウナラ
泉麻人　ありえなくない。
泉麻人　お天気おじさんへの道
伊井直行　ポケットの中のレワニワ
伊集院静　乳房
伊集院静　遠い昨日
伊集院静　夢は枯野を〈競輪躁鬱旅行〉
伊集院静　野球で学んだことヒデキ君に教わったこと
伊集院静　峠の声
伊集院静　白秋
伊集院静　潮流
伊集院静　機関車先生
伊集院静　冬の蜻《と》蛉《んぼ》
伊集院静　オルゴール
伊集院静　昨日スケッチ
伊集院静　アフリカの王(上)(下)〈『アフリカの絵本』改題〉
伊集院静　あづま橋
伊集院静　ぼくのボールが君に届けば
伊集院静　駅までの道をおしえて
伊集院静　受け月
伊集院静　坂の上の上〈野球小説アンソロジー〉

μ

2015年12月15日現在